내가 죽어 누워 있을 때

As I Lay Dying

세계문학전집 **81**

내가 죽어 누워 있을 때

As I Lay Dying

윌리엄 포크너

김명주 옮김

민음사

일러두기

1 이 책은 William Falkner, *As I Lay Dying*(Vintage, 1991)을 저본으로 번역했다.

2 원서에 이탤릭체로 편집된 부분은 본문에 고딕체로 구분하여 표시했다.

3 본문의 각주는 모두 옮긴이주이다.

차례

달

주얼과 나는 앞뒤로 줄을 이어 길을 따라 들판으로부터 올라오고 있다. 목화 창고에서 누군가 우리를 본다면, 내가 주얼보다 15피트 정도 앞서 걷고 있는데도, 나보다 머리 하나만큼 키가 큰 주얼의 밀짚모자를 넘겨다볼 수 있을 것이다. 모자는 가장자리가 닳아 빠지고 뜯겨 있다.

들판 한가운데 있는 목화 창고를 향하여, 길은 수도관처럼 곧게 뻗어 있다. 푸른 목화가 줄지어 심긴 들판 사이로 난 길은 한여름 더위에 벽돌처럼 딱딱하게 구워지고 수많은 발걸음에 부드럽게 다져져 있다. 목화 창고를 지나면, 반듯했던 길은 오른쪽으로 완만한 곡선을 그리며 구부러졌다가 다시 들판을 가로지른다. 그것 역시 행인의 발걸음에 아무렇게나 다져진 길이다.

목화 창고는 통나무 틈새로 붉은 찰흙이 떨어져 나온 지 오래된 낡은 집이다. 한쪽으로 기우뚱 경사진 지붕은 부서졌고, 햇빛에 가물거리는 네모진 건물은 퇴색하고 텅 빈 채 기울어져 있다. 길 쪽으로 서 있는 벽과 맞은편 벽에는 커다란 창문이 뚫려 있다. 그 창문에 이르자 나는 안으로 들어가는 대신, 몸을 돌려 창고 바깥을 돌아서 간다. 그러나 15피트쯤 뒤에 걷고 있던 주얼은 오로지 앞만 뚫어지게 바라보며 한걸음으로 성큼, 창문을 뛰어넘는다. 그러곤 여전히 나무 같은 얼굴에 박힌 나무같이 창백한 눈으로 앞만 바라보면서 단 네 걸음에 창고 내부를 가로지른다. 남루한 작업복 바지에 하체만 살아 움직이는 듯, 상체는 담배 가게의 인디언 나무 인형처럼 경직되고 엄숙한 모양이다. 다시 한걸음에 맞은편 창문을 넘는다. 내가 창고 바깥을 돌아서 올 때 그는 이미 길에 들어서 있다. 다시 한 줄로, 그러나 이번엔 주얼이 앞장서서, 절벽 밑을 향하여 길을 오른다.

툴의 마차가 우물가 난간에 매인 채, 세워져 있다. 고삐는 마차의 좌석 기둥에 둘둘 감겨 있고, 마차의 짐칸에는 의자 두 개가 실려 있다. 주얼은 우물에 멈춰 서서 버드나무 나뭇가지에 걸린 조롱박을 집어 들고 물을 마신다. 나는 주얼을 거기에 두고 계속해서 길을 오른다. 그러자 캐시가 톱질하는 소리가 들리기 시작한다.

꼭대기에 다다랐을 때, 톱질 소리가 멈춘다. 톱밥이 어지럽게 널린 마당에 서서 캐시는 널판자 두 개를 맞추고 있다. 주변이 어두워서 널판자는 황금처럼 노랗게 보인다. 부드러운 황금빛이다. 널판자의 측면은 손도끼날 자국이 부드럽게 물결치고 있다. 훌륭한 목수지, 캐시는 말이야. 그는 선반 위에 두꺼운 판자 두 개를 놓고, 다 만들어진 상자의 한 모서리에 가장자리를 맞춘다. 무릎 꿇고 가장자리를 들여다보고는 다시 내려놓고 손도끼를 집어 든다. 훌륭한 목수야. 애디 번드런은 더 이상 바랄 게 없겠지. 죽어 누워 있기에 캐시의 관보다 더좋은 것은 없을 것이다. 이 관은 엄마를 편안하고 안전하게 해 줄 것이다. 나는 집으로 들어간다. 손도끼로 나무 찍는 소리를 들으며. 탁. 탁. 탁.

코라

　모아두었던 계란으로 어제 케이크를 만들었다. 썩 잘 구워
졌다. 우리에게 닭은 꼭 필요한 존재다. 알을 잘 낳으니까. 그
런데 주머니쥐들이 들끓는 바람에 이제 몇 마리 남지 않았다.
여름에는 뱀 때문에 닭을 잃기도 하는데, 뱀은 다른 어떤 동
물보다도 빨리 닭장을 망가뜨리고 만다. 그래서 툴 씨가 생각
했던 것보다 훨씬 더 비싼 닭을 샀지만, 비싼 닭은 계란을 많
이 낳으니까 값비싸게 사느라 쓴 돈을 메울 수 있을 거라고 내
가 남편에게 장담했다. 어쨌든, 어떤 닭을 구입할지는 내가 결
정하는 것이니까 조심해야 한다. 더 저렴한 닭을 키울 수도 있
었지만, 로윙턴 부인의 말대로 좋은 종자를 키우는 것이 낫다.
암소든 돼지든, 좋은 종자를 키우는 것이 결국 이득이 된다
는 사실을 남편 역시 인정한다. 어쨌든, 닭을 많이 잃는 바람

에 우리가 먹을 것은 이제 거의 없다. 내가 비싼 닭을 골랐기 때문에 손해가 더 많다고 생각하는 남편이 날 꾸짖을 것이 뻔하다. 로윙턴 부인이 케이크를 만들어 달라고 부탁했을 때, 케이크를 하나 만들어 팔면 닭 두 마리 값은 벌 수 있으리라고 계산했다. 그러면 한 번에 하나씩 빼서 모아두니까, 계란 값은 들지 않는 셈이다. 마침 바로 그 주에 닭이 계란을 많이 낳아서, 팔려고 계획한 숫자를 채우고도, 케이크를 만드는 데 충분한 계란까지 얻게 되었다. 그 덕에 케이크를 만드는 데 사용한 밀가루, 설탕, 땔감은 거저 얻은 셈이다. 그래서 어제, 내 생애 최대의 정성을 들여 케이크를 만들었는데, 제법 잘 되었다. 그런데 케이크를 가지고 오늘 아침 읍내에 들어갔을 때, 로윙턴 부인은 마음을 바꿔 파티를 열지 않게 되었다고 말했다.

"그래도 케이크를 사주어야지요." 케이트는 말한다.

"글쎄. 로윙턴 부인에게 케이크는 이제 쓸모가 없다잖아." 하고 내가 말한다.

"아니에요. 로윙턴 부인은 당연히 엄마의 케이크를 사야 해요." 케이트는 말한다. "하기야, 잘사는 부잣집 마나님은 언제든지 마음을 바꿀 수 있겠지요. 가난한 사람은 바꿀 수 없지만."

하느님의 눈으로 보면 부자란 아무것도 아니다. 하느님은 마음을 보시니까. "어쩌면 토요일 바자회에서 케이크를 팔 수 있을지도 모르겠구나." 내가 말한다. 케이크는 정말 맛있게 구워졌다.

"아마 2달러 받기도 힘들 거예요." 케이트는 말한다.

"하지만, 그 케이크를 만드는 데는 돈이 거의 들지 않았단다." 내가 말한다.

계란을 열두 개 따로 모아두었다가 설탕, 밀가루와 바꾸었다. 그래서 케이크를 만드는 데 비용이 들지 않은 것이다. 남편이 알고 있는 것처럼, 계란은 평소보다, 즉 우리가 늘 팔던 것보다 훨씬 많았고, 남은 계란으로 케이크를 만들었다. 우리는 계란을 거저 얻은 것이나 매한가지였던 것이다.

"로윙턴 부인은 약속을 했으니 케이크를 사야 했어요." 케이트는 억울한 듯 다시 말한다. 하느님은 마음을 보신다. 사람마다 정직에 대한 견해가 다른 것이 하느님의 뜻이라면, 그 뜻에 의문을 품는 것은 옳지 않을 것이다.

"로윙턴 부인은 처음부터 케이크가 필요 없었는지도 몰라." 내가 말한다. 어쨌거나 내가 만든 케이크는 정말 훌륭하다.

방 안은 더웠지만 애디는 두 손과 얼굴만 밖으로 내민 채, 턱까지 이불을 덮고 있다. 베개 위로 고개를 꼿꼿하게 세우고 그녀는 창문 밖을 내다보고 있다. 캐시가 손도끼로 나무 찍는 소리와 톱질하는 소리가 들려왔다. 우리가 귀먹었다 해도, 애디의 얼굴 표정만 보면 캐시가 일하는 소리를 들을 수 있고, 그 모습을 볼 수 있을 만큼, 그녀는 캐시에게만 온통 신경을 쏟고 있는 듯하다. 그녀의 앙상한 얼굴에는 피부 밑으로 뼈가 하얀 선처럼 드러나 있다. 그녀의 눈은, 촛농이 녹아 흘러내리는 두 개의 촛불과도 같았다. 그러나 영원한 구원과 은혜는 그녀의 얼굴에서 찾아볼 수 없다.

"이번 케이크는 정말 잘 만들어졌어요." 내가 말한다. "하지만 애디의 케이크만큼 훌륭하진 않아요." 이 집 딸내미가 해야 할 빨랫감과 다림질감이, 다림질된 적이 있기나 한지 모르지만, 베갯잇 속에 꼬깃꼬깃 뭉쳐 있는 것이 보인다. 이것을 보면 애디가 딸 교육에 얼마나 무심한지 알 수 있다. 네 명의 사내들과 말괄량이 같은 딸에게 모든 것을 맡기고 누워 있으니 어련할까마는.

"근방에서 애디만큼 케이크를 잘 만드는 사람은 없을 거예요." 내가 말한다. "확실한 것이 하나 있지요. 애디가 자리를 털고 일어나서 케이크를 만들기 시작하면, 그땐 우리 것을 팔 기회가 없을 거예요." 이불 아래 누워 있는데도 애디는 널판자처럼 평평하다. 그녀가 숨쉬고 있음을 알 수 있는 것은 오로지 숨을 쉴 때마다 나는 매트리스의 부스럭거리는 소리 때문이다. 뺨의 솜털도 잠잠하고, 애디 옆에 서서 부채질하는 딸애조차 움직임이 없는 듯하다. 소녀는 부채 잡은 손을 바꿀 때도 흔드는 동작을 멈추지 않은 채 재빠르게 바꾼다.

"애디 아줌마는 잠들었나요?" 케이트가 낮게 속삭인다.

"어머니는 밖에 있는 캐시를 지켜보고 있어요." 애디의 딸이 말한다. 널판자를 가르는 톱질 소리가 들린다. 마치 코 고는 소리 같다. 율라가 창밖을 내다본다. 그녀의 목걸이는 빨간 모자와 잘 어울린다. 그 목걸이가 겨우 25센트라고는 아무도 생각지 못할 것이다.

"그 부인은 케이크를 사야 했어." 케이트가 말한다.

난 돈을 좀 더 유용하게 쓸 수 있었을지도 모른다. 하지만, 빵 굽는 것 외에 돈이 거의 들지 않았으니 손해는 없다. 남편에게 그렇게 얘기해야지. 누구든지 실수할 수 있지만, 손해 보지 않고 실수를 만회하는 일은 드물다고 말이다. 그래도 내 실수 덕에 케이크를 먹는 것 아니겠어.

누군가 복도를 걸어오고 있다. 달이다. 방문을 지나치면서도 그는 안을 들여다보지 않는다. 달이 뒤쪽으로 계속 걸어가는 모습을 율라가 지켜본다. 그녀는 손을 올려 목걸이를 살짝 만지작거리다가 다시 머리를 매만진다. 내가 자신을 지켜보고 있음을 깨달은 율라는 갑자기 창백해진다.

달

아버지와 버논 툴 아저씨는 뒤뜰 현관에 앉아 있다. 아버지는 코담뱃갑에서 코담배를 꺼내 아랫입술에 밀어 넣고 엄지와 다른 손가락으로 입술을 붙잡고 있다. 내가 현관 앞을 가로질러 양동이로 가서 물을 떠 마시자, 그들은 주위를 돌아본다.

"주얼은 어디 있지?" 아버지가 묻는다. 어릴 적, 히말라야 삼목으로 만든 통에 한동안 부어 두었다 먹는 물이 얼마나 맛있는지 처음 알았다. 따스하면서도 시원한, 삼목을 스치는 뜨거운 7월의 어렴풋한 바람 냄새, 바로 그 맛을 담고 있었다. 최소한 여섯 시간은 담아둬야 하고, 반드시 바가지로 떠먹어야 한다. 물은 금속으로 떠먹으면 절대로 안 된다.

밤에는 물맛이 더욱 좋았다. 모두가 잠들기를 기다리며 짚으로 만든 침대에 누워 있다가 일어나서 물통으로 다가갔다.

물통도, 그것을 올려놓은 선반도 모두 검은빛이었다. 물의 잔
잔한 표면은 아무것도 없는 둥그런 구멍과도 같았다. 국자로
휘젓기 전엔 잔잔한 물통의 수면에서 한두 개의 별을 볼 수
있었다. 먹기 전, 국자에 퍼 올린 물의 표면에도 한두 개의 별
이 비쳤다. 그런 후, 난 좀 더 크고 성숙해진 듯했다. 모두가 잠
들기를 기다렸다. 셔츠의 뒷자락을 걷어 올리고 누워서, 다른
사람들이 잠자는 소리를 들으며, 내가 살아 있음을 실감했다.
내 몸 구석구석을 스쳐 지나가는 시원한 침묵을 느끼면서, 저
기 어둠 속에서 캐시도 그렇게 느끼지 않을까, 아니면 나보다
훨씬 일찍, 그러니까 지난 이 년 전부터 나처럼 느껴왔을지도
모른다고 생각하면서 누워 있었다.

아버지의 발은 형편없는 평발이었고, 발가락은 뒤틀리고 발
톱도 없었다. 어릴 적 집에서 만든 허름한 신발을 신고 습한
곳에서 너무나 열심히 일했기 때문에 다 망가진 것이다. 아버
지의 의자 옆에는 그의 투박한 단화가 놓여 있다. 마치 날이
무딘 무쇠 도끼로 내려친 듯한 신발이다. 버논 툴 아저씨는 마
을에 다녀왔다. 난 그가 작업복을 입고 마을에 가는 것을 본
일이 없다. 그의 아내는 언젠가 학교에서 선생을 한 적이 있다
고 한다.

바가지에 남은 앙금을 바닥에 버리고 소매로 입을 닦는다.
아침이 되기 전에 비가 올 것 같다. 어쩌면 해 지기 전에라도.
"주얼은 헛간에서 마구를 매고 있어요." 내가 말한다.

그는 말과 장난을 치며 헛간에 있다. 곧 헛간을 나와 초원
으로 나갈 것이다. 말은 눈에 띄지 않게 시원한 소나무 묘목

사이에 있다가, 주얼이 날카롭게 휘파람을 한번 불면, 콧김을 뿜고 푸른 그림자들 사이에서 번쩍 모습을 나타낸다. 주얼이 다시 한번 휘파람을 불면, 말은 거만하게 경사를 달려 내려온다. 귀를 쫑긋 세우고 사팔눈을 굴리며, 20피트쯤 앞쪽에 멈춰 선다. 옆구리를 보이고 서서 부끄러운 듯, 조심스럽게 어깨 너머 주얼을 바라본다.

"이리 와봐." 주얼이 말하자 말이 움직인다. 아주 재빠르게 움직이는 바람에 털이 한쪽으로 몰리고, 불꽃이 소용돌이치듯 혀를 날름거린다. 털과 꼬리를 나부끼며 눈을 굴리면서 짧은 순간 공중에 뜨는 듯하더니 다시 멈춰 선다. 그러곤 다리를 모으고 주얼을 바라본다. 주얼은 양팔을 옆구리에 올려놓고, 천천히 말에게 다가간다. 주얼의 다리가 없었더라면 말과 주얼은 마치 해 속에 서 있는 두 개의 야만인 조각상처럼 보였을 것이다.

주얼이 말에게 다가가 막 만지려고 하자, 말은 앞발을 치켜들고 주얼에게 달려든다. 주얼은 마치 날개의 환영에 둘러싸인 것처럼, 반짝거리는 말발굽의 미궁 속으로 빠져드는 듯하다. 위로 추어올려진 말의 가슴 밑에서 주얼은 뱀처럼 야무지고 유연하게 움직인다. 말이 그의 양팔을 걷어차기 전에, 잠깐 동안 주얼의 몸은 유연한 뱀처럼 수평으로 잽싸게 솟구쳐 오른다. 곧이어 얼굴을 위로 하고 땅으로 떨어진다. 그러고 나서 그들은 굳어버린 듯 미동도 없다. 말은 다시 떨리는 다리를 곧게 세우고 고개를 떨구고 있다. 주얼은 발꿈치를 땅에 대고 서서 한 손으로는 말의 콧구멍을 틀어막고, 다른 손으로는 말의 목을 쓰다듬으며 껴안는다. 이어서 그는 상스럽고 포악한 욕설을 말에게 퍼붓는다.

말은 신음하고 떨면서, 잠시 놀라운 정적 속에 얼어붙은 듯서 있다. 잠시 후, 주얼은 말의 등에 올라탄다. 마치 채찍을 휘두르는 것처럼 굽혔다 펴는 유연한 동작이다. 잠시 공중에 떠있던 주얼의 몸은 곧바로 말과 하나의 형태로 합쳐진다. 말은고개를 숙인 채 다리를 벌리고 서 있다가 갑자기 쏜살처럼 달려나간다. 그들은 난폭하게 펄떡거리며 언덕을 내려간다. 주얼은 양어깨에 붙은 거머리처럼 말 등에 높이 서 있다. 울타리까지 다 내려간 말은 종종걸음을 치다가 멈춰 선다.

"자, 실컷 달렸으니 이제 멈춰라." 주얼이 말한다.

마구간에 다다르자, 말이 완전히 멈추기도 전에 주얼은 미끄러지듯 뛰어내린다. 말이 마구간으로 들어가자 주얼도 따라간다. 말은 앞만 보면서 뒷발로는 주얼을 찬다. 그러곤 벽을 한번 더 걷어차는데, 무슨 총소리 신호처럼 들린다. 주얼도 말의배를 발로 차고 주먹으로 머리를 친다. 그런 다음 미끄러지듯구유로 가서 그 위에 올라선다. 짚을 올려놓는 선반에 대롱대롱 매달려 그는 머리를 숙이고, 마구간의 천장을 가로질러 문간 쪽을 빤히 내다본다. 길은 텅 비어 있다. 거기에서는 캐시가 톱질하는 소리조차 들리지 않는다. 그는 위로 올라가 재빠르게 짚더미를 끄집어 내리고 선반에 쑤셔 넣는다.

"자, 먹어라. 기회가 있을 때 빨리 먹어치워라. 이 밥통 큰놈아. 귀여운 녀석."

주얼

바로 저기 창문 아래서 저놈의 관을 만들려고 망치질하고 톱질하고 있기 때문이지. 바로 엄마가 빤히 내다보고 있는 곳에서. 숨을 쉴 때마다 두드리고 자르고 하는 소리로 가득하니, 마치 보란 듯이, 자신이 얼마나 훌륭한 관을 만드는지 보란 듯이 말이다. 다른 곳에 가서 하라고 말했건만. '엄마가 관 속에 누워 있는 것을 꽤나 보고 싶은 모양이지?'라고 내가 말했었다. 그가 어렸을 때, 엄마가 꽃을 키울 요량으로 거름을 좀 가져오라고 했는데, 캐시는 빵 만드는 팬에다가 외양간에 있는 똥을 잔뜩 담아 온 적이 있었지. 그때와 다를 바 없다.

그리고 거기 있는 저자들. 꼭 말똥가리처럼 앉아서 부채질이나 하면서 엄마가 죽기를 기다리고 있는 것이다. 잠을 못 이룰 정도로 시끄럽게 톱질, 못질 하는 짓을 그만두라고 말했건만. 이불 위에 놓여 있는 엄마의 두 손, 흙에서 파낸 나무뿌리 같은 두 손을 씻으려 해도, 씻도록 내버려두지도 않는다. 나는 부채를 부치는 듀이 델의 팔을 바라본다. 제발 엄마를 내버려 두라고 말했었다. 자르고 두드리고, 바로 엄마의 얼굴 바로 앞에서 빠르게 부채를 부쳐대서, 가뜩이나 피곤한데 숨조차 쉴수 없게 한다. 한 켜씩 저며 내는 저놈의 손도끼. 길을 지나가는 모든 사람들이 훌륭한 목수라고 인정할 때까지 계속해서 한 켜씩 깎아낸다. 교회 지붕에서 떨어진 게 캐시가 아니라 나였더라면, 쏟아져 내리는 나뭇더미에 깔려 다친 것이 아버지가 아니고 나였더라면. 그러면 어머니를 보려고 군 내의 모든 놈들이 찾아오지는 않았을 것이다. 하느님이 있다면, 도대체 하느님은 왜 있는지 모르겠군. 높은 언덕에 엄마와 나 단둘이 서서, 저자들의 얼굴 위로 바위를 마구 굴려버리고 싶다. 돌덩이를 집어 들고 언덕 위에서 아래로, 그들의 얼굴과 이빨, 모든 것을 부숴버리고 싶다. 엄마가 조용히 지낼 수 있을 때까지, 빌어먹을 저 손도끼 소리가 들리지 않을 때까지 말이다. 한 켜 더 저며 낸다. 한 켜 더…… 좀 더 조용해질 수 있다면 얼마나 좋을까.

달

그가 모퉁이를 돌아 계단을 오른다. 그는 우리를 쳐다보지 않는다. "다 준비되었나요?" 그가 묻는다.

"네가 마구를 다 챙겼으면 준비는 끝났지. 그런데 잠깐만 기다려." 내가 말한다. 그가 아버지를 쳐다보고는 걸음을 멈춘다. 버논 아저씨는 움직이지 않은 채 침을 뱉는다. 그는 조준이라도 한 듯 매우 정확하게, 현관 아래에 있는 먼지 구멍으로 침을 뱉는다. 아버지는 천천히 무릎을 문지르며, 절벽 너머 들판을 가로질러 먼 곳을 응시한다. 주얼은 잠시 아버지를 바라보다가 들통으로 가서 물을 마신다.

"난 우유부단한 걸 누구보다도 싫어한다." 아버지가 말한다.

"3달러를 벌 수 있는 일이에요." 내가 말한다. 아버지의 셔츠 등판은 다른 곳보다 빛이 더 많이 바랬다. 그의 셔츠에는 땀자국이 없다. 본 적도 없다. 아버지가 스물두 살이었을 때 바깥에서 일하다가 병을 얻은 적이 있었다고 한다. 아버지는 평소 말하길, "내가 다시 땀을 흘리면 그때 난 죽게 될 것이오." 아버지는 최소한 그렇게 믿고 있는 듯하다.

"너희들이 돌아올 때까지 엄마가 견디지 못한다면, 엄마는 무척 실망할 거다." 아버지가 말한다.

버논 아저씨는 먼지 구멍으로 다시 침을 뱉는다. 그러나 아침이 되기 전에 비가 올 것이다.

"네 엄마에겐 마차가 중요하지." 아버지가 말한다. "무슨 일이 있으면 바로 출발하고 싶어할 거다. 난 엄마를 알거든. 게다가 난 엄마와 약속했지. 마차를 항상 대기시켜 놓겠다고. 엄마에겐 마차가 중요해."

"그렇다면 더더욱, 우린 그 3달러가 필요해요." 내가 말한다. 아버지는 무릎에다 손을 비비면서 들판 너머 먼 곳을 응시한다. 아버지는 이를 몽땅 잃은 후, 입 부근이 옴폭 들어가서 코담배를 씹을 때마다 천천히 반복적으로 입이 처진다. 짧게 깎은 수염 때문에 얼굴 아랫부분은 늙은 개 같은 인상을 준다. "아버지가 빨리 결정을 내려야지, 우리가 가서 어둡기 전에 한 짐 해올 것 아니에요?" 내가 말한다.

"엄만 그 정도로 아프진 않아." 주얼은 말한다. "그러니 입 닥쳐, 달."

"맞아. 너희 엄마는 지난주보다 훨씬 나아 보이는구나. 너희들이 돌아올 때쯤이면 아마 다 나아 있을지도 모른다." 버논 아저씨가 말한다.

"아저씨는 잘 알 겁니다." 주얼이 말한다. "아저씨 식구들은 늘 여기에서 엄마를 보아 왔으니 잘 아실 겁니다." 버논 아저씨는 주얼을 바라본다. 시뻘겋게 달아오른 얼굴에 박힌 주얼의 눈은 창백한 나무 같다. 그는 우리들 중 어느 누구보다도 머리 하나는 더 크다. 항상 그랬다. 그래서 엄마는 주얼을 더 많이 매질하고, 더 많이 예뻐한 것이라고 내가 말했었다. 주얼은 하잘것없고 약해 빠져 보였었다. 그래서 엄마는 그의 이름을 주얼[1]로 지어주었다고 내가 설명하곤 한다.

"닥쳐라, 주얼!" 별 관심도 없이 아버지는 말한다. 여전히 무릎을 문지르며 들판 건너 저편을 바라볼 뿐이다.

"버논 아저씨의 마차를 빌리세요. 그러면 우리가 뒤쫓아 가지요." 내가 말한다. "만일 엄마가 우릴 기다리지 못하고……"

"그 잘난 입 좀 닥치시지." 주얼이 말한다.

"엄마는 우리 마차로 가길 원한다. 나도 그렇게 했으면 하지." 아버지가 말한다.

"엄마가 저기 누워 보고 있단 말이에요. 캐시가 시끄럽게 만들고 있는 저……" 주얼은 거칠고 상스럽게 말하지만, 차마 그 말을 입에 담지는 못한다. 어둠 속에서 애써 용기를 내어 소리 지른 어린아이가 제 소리에 놀라 멍하니 침묵에 빠져드는 것처럼 주얼은 말을 멈춘다.

"엄마는 우리 마차로 가길 원하듯, 관도 필요로 했단다." 아버지가 말한다. "관이 훌륭하고, 또 우리 손으로 만들었다는

---

1) 보석이라는 뜻이다.

사실을 엄마가 알면 더욱 편히 쉴 수 있지 않겠니. 엄마는 본래 남 앞에 나서는 것을 싫어하니까. 너희들도 알잖냐?"

"그렇다면 더욱, 정말 남 앞에 나서지 않게 해야지요." 주얼이 말한다. "도대체 저렇게 시끄럽게 하면서 어떻게 남의 눈에 띄지 않는단 말인가요?" 주얼은 창백한, 나무 같은 눈으로 아버지의 뒤통수를 쏘아본다.

"물론 관이 다 만들어질 때까지 너희 엄마는 잘 버틸 수 있을 게다. 모든 것이 준비될 때까지, 그리고 엄마 스스로가 편안하게 느낄 때까지. 길이 이 상태라면, 엄마를 읍내로 옮기는 데 그다지 시간이 걸리지 않을 거야." 하고 버논 아저씨가 말한다.

"곧 비가 올 것 같군." 아버지가 말한다. "난 정말 운이 없어. 늘 그랬듯이." 그는 무릎에 손을 비빈다. "바로, 언제 올지 모를 그놈의 의사 때문이야. 의사에게 너무 늦게 알렸어. 의사가 내일쯤 와서 엄마에게 이제 끝장이라고 말한다면 엄마는 기다리지 않을 거야. 난 엄마가 어떤 사람인지 잘 아니까. 마차가 있건 없건, 기다릴 리가 없어. 아마 벌컥 화를 낼 거야. 무슨 일이 있어도 화나게 해서는 안 되는데……. 제퍼슨에 있는 가족 묘지와 거기에서 기다리고 있는 외가 식구들을 생각하면 엄마도 마음이 조급할 거야. 나귀가 걷는 것만큼 빨리, 제퍼슨으로 데려가 주겠다고 약속했거든. 거기서 편히 쉴 수 있도록." 아버지는 무릎에 대고 다시 손을 비볐다. "어떤 남편이라도 이런 일이 나만큼 끔찍하진 않을걸."

"사람들 모두, 엄마를 그리로 데려가지 못해서 안달 난 것이 아니라면, 왜……." 주얼이 특유의 거칠고 사나운 목소리로 말한다. "캐시는 종일 엄마의 창문 바로 아래서 망치질하고 톱질하고, 그놈의……."

"네 엄마의 소망이다." 아버지가 말한다. "넌 엄마에 대해 애정이나 다정함이 조금도 없어. 넌 그래 본 적이 없지. 엄마나 나나 누군가에게 빚을 져본 일이 없다. 널판자를 자르고 못질한 사람이 바로 우리 식구라는 것을 알기에 엄마는 좀 더 편히 쉴 수 있을 거다. 엄마는 뒤처리가 늘 깔끔하지."

"3달러를 벌 수 있다고요." 내가 말한다. "가란 말씀인가요, 가지 말라는 말씀인가요?" 아버지는 무릎을 문지른다. "내일 해 지기 전까지 돌아올 겁니다."

"글쎄." 들판 저편을 바라보며 머리는 헝클어진 채, 잇몸으로 코담배를 천천히 씹으며 아버지는 말한다.

"빨리 결정하세요. 아버지." 주얼이 말한다. 버논 아저씨는 먼지 구멍에 정확하게 침을 뱉는다.

"저물녘까진 돌아와야 해. 엄마를 오래 기다리게 해서는 안 된다." 아버지가 말한다.

주얼은 힐끗 뒤돌아본 뒤, 집을 돌아 가버린다. 거실로 들어가 문 앞에 서자, 사람들의 말소리가 들린다. 앞으로 약간 기울어진 집의 거실을 통해, 언덕 아래로부터 미풍이 불어 들어온다. 문 앞에 떨어졌던 깃털이 바람을 타고 올라 천장을 따라 스치다가 다시 뒷문으로 날아간다. 사람들의 목소리도 깃털과 함께 날아간다. 거실로 들어설 때, 사람들의 말소리가 바로 머리 위, 허공에서 울리는 것 같다.

코라

이제까지 보아온 것 중에 가장 마음 흐뭇한 일이었다. 달이 제 엄마의 임종을 지킬 수 없도록 멀리 떠나보내면서 그가 다시는 엄마를 볼 수 없을 거라는 사실을 앤스 번드런은 알고 있었다. 달은 뭔가 다르다고 내가 늘 말했다. 달은 제 엄마의 성품을 가장 많이 닮은 아이고 정말 애정을 품을 줄 아는 아이라고 생각해 왔다. 하지만 주얼은 아니다. 그 애는 제 엄마가 그렇게 고생하며 낳고, 감싸주고, 사랑해 주었건만, 온갖 짜증을 다 부리고, 갖은 나쁜 짓은 다 하고, 말썽을 가지가지 부리며 제 엄마의 속을 썩였다. 나 같으면 종종 혼내 주었으련만. 떠나기 전에 와서 작별 인사를 할 아이도 아니다. 엄마의 임종을 지키는 대신에 3달러를 벌 기회를 놓칠 아이가 아니다. 영락없는 번드런네 사람이다. 사랑할 줄도 모르고, 적게 일하고 많이 버는 것 이외에는 아무런 관심도 없는 아이다. 툴 씨 말로는, 달이 그들더러 기다려주길 간청했다 한다. 엄마를 저런 상태로 내버려두고 떠날 수 없다며 거의 무릎 꿇고 빌었다고 한다. 하지만 앤스와 주얼에겐 3달러 버는 일보다 중요한 일이 없을 것이다. 앤스를 조금이라도 아는 사람이라면 다른 어떤 행동도 기대할 수 없을 것이다. 그런데 그 주얼이란 녀석, 제 엄마의 희생과 각별한 애정의 세월을 그렇게 팔아버리다니. 날 속일 수는 없지. 번드런 부인이 자식들 중 주얼을 가장 덜 좋아했다고 툴은 말하지만 난 알고 있다. 그녀는 주얼에게 각별했다. 독살해 버리고 싶을 만큼 미워하는 앤스를 그래도 참아낼 수 있었던 것은 바로 주얼 때문이었다. 그런데 겨우 3달러 때문에 죽어가는 엄마에게 마지막 키스도 하지 않다니…….

지난 삼 주 동안, 시간이 날 적마다, 나는 집안일도 소홀히 하면서 이곳에 오곤 했다. 오로지, 불쌍한 번드런 부인이 홀로 죽음을 맞지 않도록 도와주기 위해서였고, 미지의 세계와 맞닥뜨리는 순간에 용기를 줄 수 있기를 바라서였다. 내가 잘했다고 공치사하는 것은 아니고, 난 내 자신에게도 그렇게 해줄 사람이 곁에 있기를 바란다. 감사하게도 내 혈육들이 내 임종을 지켜보겠지. 남편과 내 아이들은 진정 하늘의 축복이다. 더러 시련의 시간이 있긴 했지만.

번드런 부인은 외로운 여자였다. 다른 사람들이 그녀를 그냥 참아주고 있다는 사실을 애써 숨기고 있을 때, 자신이 특별하다고 믿는 거만함 때문에 외로운 여자였다. 몸이 채 식기도 전에, 신의 뜻을 거스르면서까지 40마일이나 떨어진 먼 땅에 자신을 묻으라고 주문할 만큼 유난스럽다. 번드런 가족과 함께 묻히는 것이 싫었던 거지.

"그래도 번드런 부인이 원했으니까." 툴이 말했다. "친정 식구들 곁에 묻히기를 원했지."

"그랬으면 왜 멀쩡할 때 안 갔대요?" 내가 물었다. "아무도 말리지 않았을 텐데. 다른 식구들처럼 비정하고 이기적인 막내조차 말리지 않을 거예요."

"어쨌든 번드런 부인이 원한 것이오." 남편이 말했다. "앤스가 그렇게 말하더군."

"물론 당신은 앤스의 말을 믿겠지요." 내가 말했다. "당신 같은 사람이나 믿지, 누가 앤스 말을 믿겠어요. 그런 말 마세요."

"그가 날 이용하여 뭔가 얻어내려고 하는 말이 아니라면 앤스를 믿기로 했소."

"그런 말 마세요." 내가 말한다. "여자의 자리는 살아서나 죽어서나 제 남편과 아이들이 있는 곳이에요. 내가 죽을 때 당신과 아이들을 버리고 앨라배마 주로 가서 묻힌다면 좋겠어요? 잘되거나 못되거나 내 운명은 당신에게 맡겨야지. 그렇지 않아요?"

"모든 사람이 같은 것은 아니잖소."

난 정말 그렇게 할 것이다. 하느님과 다른 사람 앞에서 부끄럼 없이 바르게 살려고 노력해 왔다. 기독교인인 남편의 명예와 평안을 위해서, 아이들을 사랑스럽고 훌륭한 사람으로 키우기 위해서 최선을 다해 왔다. 그에 대한 보상으로, 내가 죽게 되면 사랑했던 가족의 작별 키스를 받아야 한다. 오만과 뼈 아픈 슬픔을 숨긴 채 홀로 죽어가는 애디 번드런과는 달라야 한다. 죽는 편이 차라리 낫지. 그녀는 고개를 바싹 세우고 누워 아마도 캐시가 관을 잘 만드는지 감시하고 있는 듯하다. 하기야 비 때문에 강물이 불어나 건너지 못하기 전에 서둘러 3달러를 버는 일에만 혈안이 된 사람들이니, 그럴 만도 하다. 한 짐 더 벌목하여 돈을 벌려고만 하지 않았으면, 먼저 마차에 이불을 깔고 번드런 부인을 태우고 강을 건너가, 기독교인에게 걸맞은 제대로 된 장례식을 치를 시간이 있었으련만.

하지만 달은 다르다. 가장 마음 푸근한 아이였지. 종종 인간에 대한 희망을 잃고 모든 일에 회의를 느낄 때가 있다. 하지만 하느님은 늘 인간에 대한 신뢰를 회복시켜 주시고, 피조물에 대해 더할 나위 없이 큰 사랑을 보여주신다. 그러나 주얼은 아니다. 그 애는 오로지 3달러 버는 일에 혈안이 되어 있을 뿐이다. 달은 좀 게으른 괴짜고 제 아버지처럼 하는 일 없이 집에서 빈둥거리지만 그래도 제 엄마를 사랑하고 있다. 캐시는 훌륭한 목수지만 쓸데없이 뭔가를 많이 만들기만 하고, 주얼은 돈 버는 일에만 관심이 있고, 하는 일마다 구설수에 오른다. 늘 반쯤 벗고 다니는 듀이 델은 또 어떤가. 죽어가는 제 엄마에게 부채질을 하면서 옆에 서 있다가 누군가 엄마에게 뭔가 말을 걸고 기분을 돋아주려 하면 무뚝뚝하게 중간에서 끊어 버리고…… 마치 어느 누구도 엄마 곁에 오지 못하도록 경계하는 것 같다.

그래도 달은 죽어가는 엄마를 바라보며 서 있었다. 그냥 바라보기만 했지만, 난 달의 시선에서 하느님의 넘치는 사랑과 자비를 느낄 수 있었다. 번드런 부인이 진짜 사랑한 아이는 주얼이 아니라, 달이었다. 그 애는 엄마의 임종을 지켜보지 못하도록 아버지가 자신을 떠나보낼 것을 알고는, 엄마가 누워 있는 방에 들어오지도 못한 채 문 밖에서 그냥 바라보고 있었다. 아무 말 없이 그냥 쳐다보기만 했다.

　"달, 무슨 일이지?" 계속 부채질을 하면서 짤막하게, 달조차 경계하는 듯, 듀이 델이 말했다. 그는 아무 말 없이 죽어가는 엄마를 바라보았다. 말은 없어도 가슴속엔 수많은 말을 담고 있는 듯했다.

듀이 델

래프와 난 처음으로, 이랑을 따라 목화를 함께 따고 있었다. 아버지는 땀을 흘리면 돌아가신다고 하시니, 그 때문에 다른 사람들이 우리 농사를 도와준다. 주얼은 매사 관심이 없고 마치 남의 식구처럼 무심하다. 캐시는 뜨겁고 누런 여름, 슬프고 지루한 날에도 톱질하고 못 박는 일만 좋아한다. 아버지는 다른 사람들의 도움을 받는 것에 익숙하여 시키는 데만 바쁘지 정작 자신은 아무 일도 하지 않는다. 달 역시 일하지 않는다. 저녁 식사 때 음식이나 램프를 건너 먼발치를 응시하는 달은 머릿속에서 퍼 올린 흙으로 가득하고, 두 눈은 들판 저 너머를 바라보고 있곤 했다.

우리는 이랑을 따라 목화를 따고 있었다. 숲이 점점 가까워질 때, 둘 다 목화 주머니를 든 채 비밀스러운 그늘이 드리워진 곳으로 향하고 있었다. 목화 주머니가 가득 차면 숲으로 들어가려 했었다. 이제 반쯤 찼는데 갈까 말까 망설이고 있었다. 내 탓은 아니었다. 주머니가 가득하지 않으면 다음 이랑에서 목화를 더 따야 하지만, 꽉 찼다면 나도 어쩔 수 없어. 어쩔 수 없이 해야만 해. 우리만의 비밀 장소로 목화를 따면서 움직였다. 그러곤 손과 손을 마주잡으며 서로의 눈을 똑바로 쳐다보았다. "뭘 하려는 거야?" 내가 물었다. "목화를 따서 네 주머니 속에 넣는 거야." 그가 말했다. 이랑 끝에 이르자 내 주머니는 정말 꽉 채워졌다. 난 어쩔 수가 없었다.

정말로 어쩔 수 없는 일이었다. 바로 그때 달이 나타났다. 그는 래프와 내가 한 짓을 알았다. 마치 엄마가 죽는다는 사실을 말없이 알려주었듯이, 달은 나의 비밀을 다 알고 있음을 말없이 보여주고 있었다. 만약 달이 모든 것을 알고 있다고 직접 말로 했다면 오히려 그를 믿지 않았을 것이다. "아버지께 말할 거니? 그리고 래프를 죽여버릴 거야?" 말없이 물었고, 그 또한 말없이 "내가 왜 그래야지?"라는 표정을 지었다. 달이 나의 비밀을 알고 있기 때문에 그를 증오하면서도, 또한 그것 때문에 그와 대화를 나눌 수 있다.

어머니를 바라보며 달은 문간에 서 있다.

"무슨 일이지?" 내가 말한다.

"엄마는 곧 돌아가실 거야." 달이 말한다. 늙은 말똥가리 같은 버논 툴 아저씨가 와서 엄마의 임종을 돌보겠지. 하지만 난 그들을 속일 수 있다.

"엄마가 언제 돌아가시는데?" 내가 묻는다.

"우리가 돌아오기 전에." 그가 말한다.

"그렇다면 왜 주얼을 함께 데려가는 거야?" 내가 묻는다.

"짐을 실을 때 도와줄 사람이 필요해." 달이 말한다.

툴

앤스는 계속해서 무릎을 비벼댄다. 작업복은 색이 바래고,
한쪽 무릎은 나들이용 정장 바지에서 잘라낸 헝겊으로 꿰맨
자국이 있다. 그것 역시 닳아서 철판처럼 반질반질하다. "자기
아내를 땅에 묻기 위해 멀리 가야만 하다니, 정말 끔찍한 일이
오." 앤스가 말한다.

"사람은 앞일을 내다볼 줄 알아야지." 내가 말한다. "더디
오든 빨리 돌아오든 간에 어쨌거나 손해가 되는 일은 없지 않
소."

"아내는 곧바로 출발하고 싶어할 것이오." 앤스가 말한다.
"사정이 좋더라도 제퍼슨까지는 꽤 먼 거리요."

"하지만 지금은 길 사정이 좋으니까." 내가 말한다. 오늘 밤
부터 비가 내릴 것이다. 번드런네는 여기서 3마일밖에 떨어지

지 않은 뉴호프 교회에 가족 묘지가 있다. 그런데 하루 꼬박 걸리는 먼 데서 온 여자와 결혼하고, 장례에서까지 부담을 떠안는 것은 매우 앤스다운 일이다.

그는 들판 저편을 바라보며 무릎을 문지른다. "이건 정말 끔찍한 일이오." 앤스가 말한다.

"아이들은 곧 돌아올 거요. 나 같으면 걱정하지 않겠소."

"3달러가 걸려 있는 일이었소." 앤스가 말한다.

"급히 서둘러 돌아올 필요가 없을지도 모르지요. 바라건대 말이오."

"아내는 죽어가고 있소." 그가 말한다. "본인이 죽으려고 작정하고 있소."

사실상 여자에겐 이곳 생활이 고되다. 어떤 여자들에겐 더욱 힘들 수도 있다. 우리 어머니는 일흔이 넘도록 사셨다. 비가 오나 눈이 오나 매일 밖에서 일하시고, 막내가 태어난 이래로 단 하루도 앓아누우신 적이 없었다. 마침내 어느 날, 사십 년 동안 한 번도 입지 않고 장롱에만 넣어 두었던 레이스 달린 잠옷을 입고 침대에 누워 이불을 끌어당기곤, 눈을 감으셨다. "너희들 모두 아버지를 잘 돌봐드려라. 이제 피곤하구나." 어머니의 마지막 말씀이었다.

앤스는 손으로 무릎을 문지른다. "하느님의 뜻이겠지요." 그가 말한다. 모퉁이 너머에서 캐시가 톱질하고 못 박는 소리가 들린다.

사실이다. 더 진실한 말이 또 어디 있겠는가. "오, 주님, 자비를 베푸소서." 내가 말한다.

앤스의 막내아들 바더만이 자기 키만큼이나 긴 낚싯대를 들고 언덕을 올라온다. 땅 위에 낚싯대를 내던지며, "흥!" 하고 투덜거린다. 마치 어른처럼 어깨 너머로 침을 획 내뱉는다. 정말 자기 키만 한 낚싯대를 메고 있다.

"그게 뭐냐? 호그피시? 어디에서 났지?" 내가 묻는다.

"다리 밑에서 잡았어요." 그가 말한다. 물고기를 엎어놓자, 물에 젖었던 곳은 흙으로 범벅이 되고, 눈도 흙으로 한 겹 덮인 채, 등이 휘어져 있다.

"거기에 그냥 내버려 둘 작정이냐?" 앤스가 묻는다.

"엄마에게 보여드릴 거예요." 바더만이 말한다. 그가 문 쪽을 바라볼 때 바람을 타고 사람들의 말소리와 캐시가 널판자 두드리는 소리가 들린다. "아, 손님이 있군요."

"우리 식구들이란다. 모두들 네 물고기를 보고 싶어 할 거다." 내가 말한다.

바더만은 아무 말 없이 문 쪽을 쳐다본다. 그러곤 흙으로 범벅된 물고기를 내려다본다. 발로 물고기를 다시 뒤집어보고 발가락으로 물고기의 눈을 쑤셔대 동그랗게 도려낸다. 앤스는 들판 너머를 바라보고 있다. 바더만은 아버지의 얼굴을 힐끔 쳐다본 뒤, 문 쪽으로 다시 시선을 돌린다. 그러다가 몸을 돌려 집 모퉁이를 향해 걸어간다. 그때 앤스가 몸을 돌리지도 않은 채 막내아들을 부른다.

"물고기를 씻어야지." 앤스가 말한다.

바더만은 멈춰 서서, "듀이 델 누나가 하면 안 되나요?"라고 대꾸한다.

"아니, 네가 씻어라." 앤스가 말한다.

"아빠아."

"네가 씻어야 해." 앤스는 바더만을 쳐다보며 말한다. 바더만은 다시 돌아와 물고기를 집어든다. 그러나 물고기가 그의 손에서 미끄러지는 바람에 흙탕물을 뒤집어쓰고 만다. 털썩 떨어져 입을 헤벌리고, 눈은 멍한 채로 흙 속에 묻힌다. 마치 죽어 있는 것이 부끄럽다는 듯이, 그래서 몸을 숨기려고 서두르는 것처럼 보인다. 바더만은 물고기 위에 다리를 벌리고 서서 어른처럼 욕지거리한다. 그러나 앤스는 쳐다보지도 않는다. 바더만은 물고기를 집어 들고 집 뒤로 향한다. 땔나무를 한 짐 팔에 안은 것처럼, 머리부터 꼬리까지, 자기 팔보다 길고 제 몸만큼이나 큰 물고기를 들고 간다.

앤스가 입은 옷은 소매가 짧아서 팔목이 쑥 삐져나왔다. 나는 앤스가 몸에 맞는 옷을 입은 모습을 본 적이 없다. 앤스는 주얼이 입던 낡은 옷을 받아 입는 것 같다. 하지만 주얼의 옷은 아니다. 주얼은 물레에서 뽑은 실처럼 가냘프고, 특히 팔이 길다. 땀이 나지 않는 것을 제외하곤 제 아버지와 똑 닮았다. 어쨌든 앤스가 입은 옷은 그 자신의 것이 분명하다. 타다 남은 찌꺼기 숯 같은 눈으로 앤스는 늘 들판 너머만 바라본다.

계단까지 그늘이 미치자, 앤스는 말한다. "5시군."

내가 일어서자, 코라가 밖으로 나오며 집으로 가자고 말한다. 앤스는 신발을 집으려고 손을 뻗는다. "번드런 씨, 일어나지 마세요." 코라가 말한다. 그는 어렵사리 신발을 신고 있다. 모든 일에 그러하듯이, 자신은 능력이 없어서 시도조차 할 수 없기를 마치 바라는 것 같다. 이번에도 역시 마지못해 신을 신고 저벅저벅 걷는다. 방으로 들어설 때 앤스는 쇠로 만든 신발을 신은 듯 요란한 소리를 내며 걷는다. 눈을 깜박거리며 방에 들어선다. 늘 그렇듯이 여태 침대에 누워 있는 번드런 부인과 부채질하는 듀이 델의 모습이 낯설고 놀라운 듯하다. 마치 이제는 부인이 일어나 앉아 있거나, 다 나아서 방이라도 쓸고 있는 모습을 기대했다는 듯이. 방에 들어서서는 아무 하는 일 없이 멍청하게 서 있다.

"이제 떠나야 해요. 닭에게 모이를 줘야 하거든요." 코라가 말한다. 곧 비가 내릴 것이다. 저렇게 생긴 구름 모양은 거짓말을 하지 않는다. 비가 내려 목화가 잘 자랄 수 있으면 좋겠다. 앤스에겐 또 다른 문제가 생기겠지만. 캐시는 여전히 관을 만드는 데 여념이 없다. "우리가 도울 일이 있으면 언제든지……." 코라가 말한다.

"앤스가 알려줄 거요." 내가 말한다.

앤스는 우릴 쳐다보지도 않는다. 놀란 듯이 주위를 두리번거리고 있을 뿐이다. 놀라는 일에 이제 진력이 난 듯, 그리고 그 사실에 또다시 놀란 것처럼 두리번거린다. 캐시가 저토록 열심히, 우리 집 헛간을 고쳐줄 수 있다면 좋으련만.

"별로 도울 일이 없을 거라고 내가 앤스에게 말했소. 어쨌든 그러길 바라야지." 내가 말한다.

"아내의 마음은 확고해서, 꼭 제퍼슨에 가고 싶어 하오." 앤스가 말한다.

"죽음은 모두에게 찾아오는 것이지요." 코라가 말한다. "주님의 위로가 있기를."

"옥수수 말이오." 내가 말한다. 번드런 부인이 아파서 일손이 모자라면 내가 돕겠다고 말한다. 근처에 사는 다른 사람들처럼 번드런네 일을 이제까지 많이 도와주었다. 이제 와서 그만둘 수는 없는 일이다.

"오늘 옥수수 밭일을 하려고 했었는데. 이런 상황에서는 아무래도 다른 일에 신경 쓸 여유가 없네요." 앤스가 말한다.

"옥수수 수확을 다 끝낼 때까지 번드런 부인이 어쩌면 견뎌줄지도 모르지요." 내가 말한다.

"하느님의 뜻이 그러하다면." 그가 말한다.

"주님의 위로가 있기를." 코라가 말한다.

캐시가 우리 집 헛간 고치는 일도 저토록 열심히 해줄 수 있다면 좋으련만. 우리가 지나가자 캐시가 우리를 바라본다. "이번 주에 아저씨네 일은 해드릴 수 없을 겁니다." 캐시가 말한다.

"서둘 필요 없다. 언제든지 시간이 나면 와서 봐줘." 내가 말한다.

이제 마차를 탄다. 코라는 케이크 상자를 무릎 위에 올려놓는다. 비가 내리기 시작한다.

"앤스가 도대체 뭘 하려는 건지 모르겠어요." 코라가 말한다.

"가엾은 앤스. 번드런 부인은 삼십여 년 동안 앤스에게 일을 시켜야 했어. 이젠 부인도 지쳤을 거야." 내가 말한다.

"앞으로 삼십 년은 더, 번드런 아줌마가 앤스 아저씨를 따라다니며 일을 시켜야 할 거예요." 케이트가 말한다. "번드런 부인이 이제 가고 나면, 목화 수확이 끝나기도 전에 벌써 새 여자를 얻을걸요."

"캐시와 달은 이제 결혼할 나이예요." 율라가 말한다.

"불쌍한 아이." 코라가 말한다. "불쌍한 녀석이지."

"주얼도 결혼할 나이가 아닌가요?" 케이트가 묻는다.

"맞아. 주얼도." 율라가 말한다.

"글쎄. 주얼이 결혼 생활에 묶이는 것을 싫어할 여자애들이 근처에 한둘이겠어? 뭐, 어쨌든 걱정할 필요는 없지." 케이트가 말한다.

"정말? 케이트!" 코라가 말한다. "불쌍한 어린 녀석."

마차가 덜커덩거리기 시작한다. 오늘 밤엔 비가 내릴 것이다. 맞아. 버드셀 마차가 이토록 삐걱거리는 걸 보면 날씨가 무척이나 건조한 모양이다. 그러나 곧 괜찮아지겠지. 비가 올 것은 분명하니까.

"케이크를 산다고 했으면 샀어야지." 케이트가 말한다.

앤스

빌어먹을 길이로군. 비까지 내리기 시작했다. 여기 이렇게
서도 훤히 보이는 것 같다. 이놈의 비가 벽처럼 아이들을 가로
막고 있겠지. 그 때문에 내 약속도 지키지 못하게 될 것이고.
어떤 일이든지 내가 맘먹은 일엔 최선을 다하는데⋯⋯. 빌어먹
을 아이들 탓이다.

길이 바로 집 옆으로 뚫린 탓에 온갖 불운이 어김없이 들락
거린다. 언젠가 애디에게도 말한 적이 있다. 길바닥에 있는 모
든 불운이 여기를 그냥 지나치지 못한다고. 그러나 애디는 여
자들이 늘 그러듯이, "벌떡 일어나 이사하지그래요."라고 말했
다. 길이란 여행을 위하여 하느님이 만든 것이기 때문에 행운
이 있을 이유가 없다고 그녀에게 말했다. 하느님이 길을 땅바
닥에 납작하게 만든 것은 그만한 이유가 있다. 하느님이 무엇

인가를 계속 움직일 목적으로 만든다면 그것은 길이나, 말, 혹은 마차처럼 앞뒤로 길게 뻗어야 한다. 그런데 한자리에 머물도록 만든 것이라면, 나무나 사람처럼 위아래로 뻗어야 한다. 그런 까닭에, 위아래로 쭉 뻗은 사람이 길에 살아서는 안 되는 것이다. 길과 집 중에서 어떤 것이 먼저 만들어졌는지 생각해 보면 된다. 집이 먼저 세워져 있는데 그 옆에 길이 만들어질 수 있을까? 결코 그럴 수 없다. 절대로. 마차를 타고 길을 지나는 사람들마다 현관에 침을 뱉는다면 집 안에 사는 사람들이 마음 놓고 편히 살 수 있겠는가? 사람이란 나무나 옥수수처럼 한곳에 머무르도록 만들어졌다. 만약 사람이 계속 움직여야 하고 어딘가로 떠나야 한다면 하느님은 사람을 뱀처럼 길바닥에 쭉 뻗어 기어다니는 모양으로 만들었어야 한다. 분명히 그렇다.

집을 길 옆에 이 모양으로 세워놓아서 온갖 불운이 닥치는 것이다. 게다가 세금까지 내야 한다. 캐시가 목수가 될 마음을 품은 것도 이 길 탓이다. 이 길이 없었더라면 목수가 되겠다는 생각은 하지 않았을 것이다. 캐시가 교회 지붕에서 떨어져 여섯 달 동안 손 하나 까딱 못하고 누워 있는 탓에 나와 애디는 노예처럼 일만 했다. 목수 일감이 지천에 널려 있는데도 캐시는 전혀 일하지 못했다.

달도 마찬가지다. 사람들은 달을 정신병원에나 보내라고 말한다. 못된 사람들이다. 나는 일하기를 싫어하는 것이 아니다. 난 늘 내 몫은 해왔고 가족을 먹여 살려 왔다. 그런데 달은 늘 제 일만 하고, 멍청하게 들판을 바라보면서 소일만 하는 탓에 늘 일손이 달렸던 것이다. 처음에는 괜찮았다. 그땐 토지가 위아래로 뻗어 있었으니까, 달이 움직이지 않고 멍청히 토지만 바라보아도 큰 문제는 없었다. 그런데 길이 들어서자, 토지가 납작하게 앞뒤로 쭉 뻗게 된 다음에도 여전히 일은 안 하고 땅만 바라보니, 사람들이 달을 정신병원에나 보내라고 말한 것이다. 법을 내세워 내 일손 하나를 빼앗으려고 한 것이다.

결국 내가 다 부담해야 한다. 아내는 건강하고 힘이 넘쳤는데, 그놈의 길 때문에 저렇게 몸져눕게 되었다. 아내는 자기 침대에 편안히 누워 쉬면서 아무것도 요구하지 않는다. "애디, 당신 많이 아파?" 내가 물었다.

"난 아프지 않아요." 애디가 대답했다.

"그냥 누워서 쉬어." 내가 말했다. "당신은 병든 것이 아니라, 그냥 피곤할 뿐이야. 누워서 쉬는 편이 낫겠어."

"난 아프지 않아요. 일어날게요."

"그냥 편히 누워 있어." 내가 말했다. "그저 피곤한 것이니 내일이면 일어날 수 있을 거요." 그러나 그녀는 그냥 누워 있었다. 그놈의 길만 아니었다면 다른 여자들처럼 건강하고 원기 왕성할 텐데…….

"난 의사 선생을 부른 적이 없소." 내가 말했다. "맹세라도 할 수 있단 말이오."

"자네가 날 부르지 않은 건 알고 있네." 피바디가 말했다. "부르지 않은 것은 분명하지. 그건 그렇고 애디는 어디 있나?"

"저기 누워 있소." 내가 말했다. "조금 피곤할 뿐이오, 하지만 곧 괜찮아질……."

"당장 나가게. 현관에 나가 기다리고 있게."

이제 의사가 왔으니 치료비도 내가 부담해야 한다. 내 자신은 이도 제대로 없는 처지다. 형편이 나아지면 의치를 해 넣고, 하느님이 주신 맛난 음식이나 마음껏 먹으려고 했는데……. 그날까지 아내는 시골에 사는 여느 아낙처럼 건강하고 원기 왕성하기를 바랐는데……. 3달러를 버는 일이니 그 대가는 감수해야 할 것이다. 3달러를 벌기 위해 아이들이 떠난 것에 대해서도 내가 그 대가를 치러야 한다. 이제 너무도 또렷하게, 이 비가 우리 사이를 벽처럼 가로막고 있음을 알 수 있다. 마치 저주받은 인간처럼, 이 세상에 비를 퍼부을 데가 우리 집 말고는 없다는 듯이 비가 내리고 있다.

사람들이 자신의 불운을 저주하는 것을 들은 적이 있다. 그거야 그들의 죄가 커서다. 난 저주를 받을 만큼 죄지은 일이 없으니 내 운명을 저주하지 않는다. 그렇다고 내가 신심 깊은 사람은 아니다. 그러나 내게 중요한 것은 오로지 평화다. 암 그렇고말고. 내 삶이 남들이 내세우는 삶보다 더 훌륭하지도 않고, 그렇다고 더 나쁘지도 않다. 하느님은 최소한 들판에 떨어지는 참새만큼은 날 염려하실 것이다. 하지만 나같이 곤궁한 사람이 길 때문에 일을 망치는 것은 좀 너무하다.

바더만이 무릎까지 피투성이가 되어 집 모퉁이를 돌아온다. 아마도 잡아온 물고기를 도끼로 찍어 자른 모양이다. 아니면 개가 먹도록 던져버렸을지도 모르고. 어쨌든, 제 형들만큼이나, 바더만에게조차 난 기대하고 싶은 것이 없다. 바더만은 집을 힐끗 보면서 조용히 걸어와 계단에 털썩 주저앉는다.

"휴. 정말 피곤해 죽겠어."

"가서 손이나 닦아라." 내가 말한다. 애디처럼 아이들을 제대로 키우려고 애쓰는 사람도 드물다. 그것만큼은 알아줘야 한다.

"물고기가 꼭 돼지처럼 피가 많아요." 바더만이 말한다. 그러나 난 이놈의 날씨 때문에 다른 건 생각할 여유가 없다. "아빠, 엄마는 더 아픈가요?" 바더만이 말한다.

"가서 손이나 닦아라." 난 도무지 아무것도 생각할 여유가 없다.

달

뒤통수가 깨끗하게 다듬어져 있는 것을 보니, 그는 이번 주에 읍내에 다녀온 모양이다. 마치 하얀 뼈마디처럼, 햇볕에 까맣게 그을린 자국과 머리 사이의 하얀 선이 선명하다. 그는 한 번도 뒤돌아보지 않는다.

"주얼." 내가 부른다. 길은 두 쌍의 쫑긋한 노새 귀 사이로 터널을 이루며 뒤로 달린다. 마치 길은 리본이고 앞바퀴는 얼레인 듯, 길은 마차 밑으로 풀려나간다. "주얼, 어머니가 곧 돌아가실 거라는 사실을 알고 있어?"

한 사람이 이 세상에 태어나기 위해서는 두 사람이 필요하다. 그중 한 사람이 죽게 되고, 이제 그런 식으로 세상은 끝나게 되는 것이다.

듀이 델에게 말했다. "넌 엄마가 돌아가시길 바라지? 그래야 읍내에 갈 수 있으니까. 그렇지 않아?" 우리 둘 모두가 알고 있는 사실을 그녀는 입 밖에 내려고 하지 않는다. "네가 너 스스로에게조차 말할 수 없는 이유가 있지. 네가 일단 말로 뱉으면 그 사실이 더욱 자명해지니까. 그렇지? 하지만 그것이 사실임을 너도 잘 알고 있지. 난 네가 언제 알게 되었는지 알아맞힐 수도 있어. 왜 네 자신조차 사실을 인정하지 않는 거지?"

그녀는 입 밖에 내뱉지 않을 것이다. 그냥 계속해서, 아빠께 고자질할 거야? 래프를 죽일 작정이니? 하고 묻기만 한다. "넌 믿을 수가 없는 거야. 듀이 델, 듀이 델 번드런이 그렇게 엄청난 불운을 당할 수 있다는 사실을 믿을 수 없는 거지. 그렇지 않아?"

일몰을 한 시간 남기고 태양은 마치 피 묻은 계란 모양으로 적란운의 끄트머리에 걸려 있다. 태양 빛은 불길해 보이는 적 갈색으로 변했고, 마치 번개가 칠 때 같은 유황 냄새를 풍겼다. 피바디가 오면 아마도 밧줄을 사용해야 할 것이다. 생야채로 배를 가득 불린 그를, 풍선 띄우듯 유황 냄새나는 길 위로 끌어올려야 하겠지.

"주얼," 내가 말한다. "애디 번드런이 죽어가고 있다는 사실을 알고 있니? 애디 번드런이 죽어가고 있다는 사실을."

피바디

앤스가 마침내 스스로 나를 불렀을 때, 난 말했다. "앤스는 결국 부인을 다 지쳐빠지게 만들었군." 지긋지긋하지만 옳은 말이었다. 처음엔 왕진을 가지 않으려 했다. 왜냐하면, 어쩌면 내가 할 수 있는 일이 남아 있을지도 모르고, 내참, 죽어가는 사람을 되살려 놔야 할지도 모르기 때문이었다. 어쩌면 의과 대학에서와 비슷한, 바보 같은 도덕률이 천국에도 있을지모른다. 어쩌면 버논이 나를 불렀을지도 모른다. 버논이 자신의 일에도 그러하듯, 앤스의 돈을 최대한 아껴주기 위해 적시에 날 불렀는지도 모른다. 그러나 날씨가 오늘 어떨지 충분히알 만큼 시간이 지난 후에야 비로소 날 찾은 것을 보면, 앤스가 불렀음이 틀림없다. 폭풍우가 휘몰아치는데 의사가 필요한사람은 매우 불운하고 가망이 없는 경우라는 것을 난 잘 알고 있다. 게다가 의사가 필요하다고 느낀 사람이 앤스라면 더더욱, 이미 가망 없이 늦어졌을 것이 뻔하다.

우물에 이르러 마차를 기둥에 매니, 태양은 마치 거대한 산맥처럼 생긴 검은 구름 뒤로, 타다 남은 찌꺼기 덩어리처럼 내려앉았다. 바람 한 점 없다. 그곳에 닿기 1마일 전부터 캐시의 톱질 소리가 들렸다. 앤스는 길 위 절벽의 꼭대기에 앉아 있다.

"말은 어디 있나?" 내가 묻는다.

"주얼이 타고 갔소. 주얼 말고는 아무도 그 말을 다룰 수가 없소. 선생님은 걸어서 올라와야 할 거요." 앤스가 말한다.

"나더러 걸어 올라오라고? 100킬로그램의 거구보고 저 절벽을 걸어 오르라는 말인가?" 내가 말한다. 앤스는 나무 옆에 앉아 있다. 나무에게는 뿌리를 주면서 앤스 번드런에게는 발과 다리를 주시다니, 이건 하느님의 실수다. 하느님이 만약 바꾸어 주었더라면 언젠가 이 고장의 삼림이 헐벗게 될 불상사를 걱정하지 않아도 될 텐데. 다른 지역도 마찬가지고. "도대체 나더러 어떻게 하라는 건가?" 내가 말한다. "여기 이렇게 서 있다가 구름이 터져 비라도 쏟아지면 흔적도 없이 사라지라는 말인가?" 말이 있더라도 초원을 가로질러 산마루를 거쳐 마침내 앤스의 집에 다다르기까지는 십오 분이나 걸릴 것이다. 길은 마치 절벽에 부딪혀 뒤틀린 팔다리같이 생겼다. 앤스는 십이 년 동안 마을에 나타나지 않았다. 그도 제 어머니의 자식인데, 제 어머니가 저를 낳으려고 어떻게 저곳까지 올라왔는지.

"바더만이 밧줄을 가져올 겁니다." 앤스가 말한다.

잠시 후 바더만이 말고삐를 가지고 나타난다. 말고삐의 한쪽 끝을 앤스에게 주고는 고삐를 풀며 절벽을 내려온다.

"줄을 꼭 잡으시오." 내가 말한다. "난 이미 내 장부에 이 왕진을 적어 놓았으니, 내가 올라가든 말든 자네는 똑같은 액수를 지불해야 하네."

"나도 알고 있소. 선생은 올라오실 수 있어요." 앤스가 말한다.

젠장, 내가 왜 여기서 그만두지 않는지 모르겠다. 나이 일흔에다가, 100킬로나 되는 몸뚱이로 저 빌어먹을 절벽을 올라가기 위해 줄로 끌어올려져야 하다니. 난 오로지, 은퇴하기 전까지 사망 환자의 왕진으로 5만 달러의 수입 기록을 세울 목적밖에 없다. "자네 마누라 따위가 내게 무슨 의미가 있겠나." 내가 말한다. "저 지긋지긋한 절벽 위에서 누워 앓고 있으니 말이야."

"미안합니다." 앤스가 말한다. 그는 줄을 내려놓고 집 쪽으로 향한다. 성냥의 유황 같은 태양 빛이 아직 조금 남아 있다. 널판자는 마치 유황으로 그어놓은 줄무늬처럼 보인다. 캐시는 뒤돌아보지 않고, 널판자를 깎을 때마다 창문으로 가져가 엄마에게 보여주고 괜찮은지를 묻는다고 한다. 바더만은 우리를 앞질러 간다.

그때 앤스가 그를 불러 세워 묻는다. "줄은 어디 있지?"

"아까 그 절벽에 자네가 놓고 오지 않았나." 내가 말한다. "줄 걱정은 마시오. 돌아가는 길에 그 절벽을 다시 내려가야 할 테니까. 곧 폭풍우가 닥칠 테니, 여기에 오래 머무르지 않을 거요. 일단 출발하면 속히 갈 것이오."

듀이 델은 침대 옆에 서서 애디에게 부채를 부쳐주고 있다. 우리가 방에 들어서자 애디는 고개를 돌려 우리를 바라본다. 그녀는 이렇게 열흘 동안 죽은 듯 누워 있었다. 죽음이 일종의 변화라면 그 변화를 막는 일조차 오랫동안 앤스의 몫이었다. 난 어릴 적, 죽음을 단순히 몸의 변화라고 생각했었다. 그러나 이제 난 죽음을 마음의 변화로 이해한다. 즉 사별을 견디어야 하는 사람들의 마음에서 일어나는 변화 말이다. 허무주의자들은 죽음이 끝이라고 하고, 근본주의자들은 새로운 시작이라고 말한다. 그러나 사실상 죽음이란, 가족 또는 세들었던 사람이 집이나 마을을 떠나는 것이나 다름없다.

애디는 눈만 끔벅거리며 우리를 바라본다. 그 눈은, 감각이나 시각을 통해서가 아니라, 마치 호스에서 터져 나오는 물줄기처럼 우리에게 닿는다. 그러나 호스 꼭지가 뿜어내는 물줄기의 충격이 미치는 순간, 마치 물줄기는 전혀 없었던 것처럼 느껴진다. 그녀는 남편을 바라보지 않는다. 대신 나를 바라보고, 그런 다음 막내아들에게 눈길을 돌린다. 이불 밑에 누워 있는 그녀의 몸은 썩은 나뭇가지처럼 앙상하다.

"자, 애디 부인. 좀 어때요?" 내가 이렇게 말할 때에도 듀이 델은 부채질을 멈추지 않는다. 애디는 베개 위에 비스듬히 누워서 바더만을 바라본다. "딱 적당한 시간을 선택해서 나를 불렀군요. 이런 폭풍 전야에 말이오." 그러곤 앤스와 바더만을 밖으로 내보낸다. 방을 나가는 막내아들을 애디는 계속해서 바라본다. 그리고 눈동자 말고는 아무것도 움직이지 않는다.

내가 방에서 나오자, 앤스는 현관에, 꼬마는 계단에 앉아 있다. 앤스는 팔을 옆으로 길게 늘어뜨리고, 머리는 물에 젖은 수탉처럼 헝클어진 채 우체통 옆에 뻣뻣이 서 있다. 그는 눈을 끔벅거리며 나를 쳐다본다.

"왜 좀 더 일찍 날 부르지 않았나?" 내가 묻는다.

"그냥 먼저 끝내야 할 이런저런 일들이 있어서요. 나와 사내애들은 옥수수를 거둬들이느라 바빴고, 딸아이는 제 엄마를 돌봐야 하고, 사람들이 와서 많이 도와줬지요. 그런데 일이 이렇게 될 줄은……."

"빌어먹을 돈 때문이지." 내가 말한다. "돈이 생길 때까지 기다리지, 내가 사람들에게 진료비 내라고 닦달하는 것을 보았나?"

"아니에요. 돈 때문이 아니었어요." 앤스가 말한다. "난 그냥, 아내가 좋아질 거라고…… 그렇지 않나요?" 계단 꼭대기에 앉아 있는 꼬마는 유황빛 태양 아래서 더욱 작아 보인다. 이 고장에서는 바로 그게 문제다. 날씨뿐 아니라, 다른 모든 것들도 너무 오래 머물러 탈이다. 강이나 땅처럼 불투명하고, 느리고, 때로는 폭력적인 것들이 어찌 할 수 없는 운명으로 천천히 인간의 삶을 형성하고 창조해 내고 있는 것이다. "난 알고 있었지요." 앤스가 말한다. "또렷하게 늘 알고 있었지요. 아내는 늘 죽을 생각만 했단 말이오."

"꽤나 잘한 일이군." 내가 말한다. "별것도 아닌 일에……." 바더만은 빛바랜 통바지를 입고, 움직이지 않은 채 계단의 끄트머리에 앉아 있다. 내가 나오자 그는 나를 바라봤고, 그다음은 앤스를 쳐다봤다. 그러나 지금은 더 이상 우리를 바라보지 않고 그냥 앉아 있다.

"아내에게 죽을 거라고 말했나요?" 앤스가 묻는다.

"무엇 때문에, 대체 무엇 때문에 내가 그 말을 한단 말인
가."

"아내는 알고 있을 겁니다. 선생님을 보는 순간 자신이 죽으
리란 사실을 알았을 거라고요. 글로 쓴 것만큼이나 분명하게
요. 의사 선생님이 말할 필요가 없지요. 그녀의 마음은 오로
지……"

우리 뒤에 서 있던 듀이 델이 부른다. "아버지." 난 소녀를,
그녀의 얼굴을 쳐다본다.

"어서 들어가 보세." 내가 말한다.

우리가 방에 들어갈 때, 애디는 문을 쳐다보고 있다. 나를
바라보는 그녀의 눈은 마치 기름이 다하기 전, 마지막으로 타
오르는 불빛과도 같다. "엄마는 의사 선생님이 밖으로 나가기
를 원해요." 듀이 델이 말한다.

"자, 애디." 앤스가 말한다. "이 의사 선생은 당신을 낫게 해
주려고 멀리 제퍼슨에서 왔단 말이오." 그녀는 날 바라본다.
그녀의 눈빛만으로도, 나를 거칠게 밀어내고 있다는 사실을
알 수 있다. 여자의 눈에서 그런 의미를 읽은 적이 있다. 동정
심과 연민에서 우러나와 진짜 도움을 주려고 하는 사람을 방
에서 쫓아내고, 그 대신에 자기를 고작해야 마차 끄는 말로밖
에 여기지 않던 짐승 같은 인간들에게 매달리는 것을 본 적이
있다. 그것이 바로, 이해 불능의 사랑이라고 불리는 것이다. 그
오만과 맹렬한 욕망은 우리 존재가 태어날 때의 초라하게 벌

거벗은 모습을 감추려 하고, 우리를 수술대 위로, 다시 흙으로 격정적이고 고집스럽게 되돌리려 한다. 나는 방을 떠난다. 현관 너머에서 캐시의 톱이 천천히 널판자 켜는 소리를 낸다. 잠시 후에 듀이 델이 캐시의 이름을 부른다. 그녀의 목소리는 거칠고 강하다.

"캐시! 캐시!" 그녀가 부른다.

달

    침대 옆에 아버지가 서 있다. 아버지의 다리 뒤에서 바더만은 동그란 얼굴에 박힌 동그란 눈으로, 입을 헤벌린 채, 들여다보고 있다. 엄마는 아버지를 바라본다. 꺼져가는 생명의, 남아 있는 모든 빛을 온통 눈에 모아놓은 듯, 긴박하고 돌이킬 수 없는 눈빛이다. "엄마는 주얼을 보고 싶어 해요." 듀이 델이 말한다.

    "주얼과 달은 통나무를 한 짐 해오려고 떠났소. 시간이 좀 있을 거라고 생각했지. 당신이 기다려주리라고 말이오. 3달러가 걸린 일이니……." 아버지는 몸을 구부려 어머니의 손을 잡는다. 어머니는 아무런 질책도 없이, 그냥 아버지를 바라본다. 마치 아버지의 목소리가 숨기고 있는 돌이킬 수 없는 침묵에 귀를 기울이는 듯. 그러곤 열흘 동안 한 번도 움직인 적이 없

는 몸을 일으켜 세웠다. 듀이 델은 얼른 어머니의 등을 받쳐
준다.

"엄마." 듀이 델이 말한다. "엄마."

어머니는 창밖을 내다본다. 스러져가는 저녁놀 아래 몸을
구부리고 널판자를 톱질하는 캐시를 내다본다. 톱에서 튀는
불꽃이 톱질을 밝혀주고, 그 불빛으로 널판자와 톱까지도 훤
히 보인다. 어둠 속에서도 캐시는 열심히 일하고 있다.

"캐시." 듀이 델은 여전히 거칠고 강한 목소리로 캐시를 부
른다.

황혼 녘 창문 속에 나타난 수척한 얼굴의 어머니를 캐시가
바라본다. 그가 어린 시절부터 봐왔던, 세월에 따라 변해온 엄
마의 얼굴이 모두 겹쳐진 모습이다. 그는 톱질을 멈추고 자신
이 자른 널판자를, 어머니의 얼굴이 고정되어 있는 창문을 향
해 들어올린다. 그는 두 번째 널판자를 끌어당겨, 다 만들어
진 후의 모습대로 두 개의 널판자를 나란히 기대 세운다. 그
러고는 바닥에 있는 널판자를 가리키며 팬터마임처럼, 완성된
모습의 상자를 두 손으로 만들어낸다. 겹쳐진 그림 같은 어머
니는 아무런 비난이나 칭찬도 없이 한참 동안 캐시를 바라본
뒤, 창문에서 사라진다.

어머니는 다시 누워 아버지는 쳐다보지도 않은 채, 바더만
을 바라본다. 남아 있는 모든 생명이 엄마의 눈으로 쏠린 듯,
잠시 동안 두 개의 불꽃이 타오른다. 그러나 누군가가 그 불꽃
을 훅 불어 꺼버린 듯이 이내 사라지고 만다.

"엄마, 엄마." 손을 약간 쳐들고 열흘 동안 해왔던 부채질을

멈추지 않은 채 듀이 델은 침대 쪽으로 다가가 울부짖기 시작한다. 그녀는 여전히 천천히 부채를 부치면서 강하면서도 앳된, 독특한 음색과 성량을 지닌, 맑고 떨리는 소리로, 알 수 없는 말을 하며 흐느꼈다. 그러곤 어머니의 말라빠진, 한 줌의 뼈만 남은 무릎 위로 몸을 던져, 어머니를 붙잡고 침대 전체가 삐걱거릴 정도로, 격정적으로 몸부림쳤다. 부채를 잡고 있는 손은 여전히 이불 위로 흔들거리며.

아버지의 다리 뒤에 숨어 바더만이 이 광경을 빤히 엿본다. 입은 헤벌리고, 얼굴의 피가 모두 입으로 빠져나간 듯 창백한 모습으로 지켜보고 있다. 이로 입술을 깨물며 빨아댄다. 눈은 동그랗게 뜨고, 얼굴은 빛바랜 벽지 위에 붙은 백지처럼 황혼 속에서 점점 더 창백해지더니, 침대로부터 뒷걸음치다가 마침내 문 밖으로 나가버린다.

아버지는 지는 해를 등지고 침대에 기대앉는다. 등이 휘어진 채 웅크리고 있는 그의 그림자는 불평 불만이 가득 찬 털북숭이 올빼미 같은 모습이다. 그 올빼미 몸속에는 번득이는 지혜가 들어 있는 듯한데, 너무 심오한 탓인지 아니면 너무나 우매한 탓인지 헤아리기가 어렵다.

"빌어먹을 녀석들 같으니라고." 아버지가 말한다.

주얼, 내가 부른다. 잿빛 투창이 날아가 태양을 가린 것처럼 해가 밋밋한 잿빛으로 변한다. 빗속에서 노새는 입에 김이 서리고, 진흙으로 뒤범벅되어 있다. 바깥쪽의 노새는 갑작스럽게 도랑 윗길 구석으로 미끄러진다. 기우뚱한 통나무는 물에 젖어 누런빛으로 번들거리고, 도랑 속에 가파르게 기울어져 부서진 바퀴로 납덩이 같은 무게가 쏠린다. 망가진 바큇살과 주얼의 발목 근처에서, 물인지 흙인지 알 수 없는 시냇물이 소용돌이치고, 흙인지 물인지 알 수 없는 황토색 길을 돌아, 하늘인지 땅인지 알 수 없는, 검푸르게 흐르는 덩어리 속으로 휩쓸린다. 주얼, 다시 부른다.

캐시는 톱을 들고 문으로 다가온다. 아버지는 팔을 힘없이 늘어뜨리고 구부정하게 침대 곁에 서 있다. 옆모습이 초라한 아버지는 머리를 돌린다. 잇몸으로 잎담배를 씹을 때 턱이 축 처진다.

"돌아가셨군요." 캐시가 말한다.

"그래, 우리 곁을 떠났구나." 아버지가 말한다. 캐시는 아버지를 쳐다보지 않는다. "관은 다 만들었니?" 아버지의 물음에 캐시는 대답하지 않고, 톱을 든 채 방 안으로 들어온다. "빨리 완성해야 할 거다. 다른 아이들은 멀리 있으니 네가 최선을 다해 봐라." 아버지가 말한다. 캐시는 어머니의 얼굴을 내려다볼 뿐, 아버지가 하는 말에 전혀 아랑곳하지 않는다. 캐시는 침대에 다가가지 않고, 톱밥과 땀이 엉겨 붙은 손으로 톱을 든 채, 중간에 멈춰 선다. 그의 얼굴은 평온해 보인다. "만약 어려운 일이 있으면 사람들이 내일 와서 도와줄 거다. 버논도 도와줄 거야." 아버지가 말한다. 캐시는 듣고 있지 않다. 마치 어둠이 야말로 궁극적인 죽음의 전조인 양, 황혼 속으로 스러져가는 엄마의 평화스러우면서도 엄격한 얼굴을 바라다본다. 마침내 어머니의 얼굴은 황혼에서 떨어져 나와, 낙엽의 그림자처럼 가볍게 두둥실 떠다니는 듯하다. "너를 도와줄 교회 성도들이 많이 있을 거다." 아버지가 말하지만 캐시는 듣지 않는다. 잠시 후 캐시는 아버지를 쳐다보지도 않고 방을 나간다. 조금 있으니 다시 톱질 소리가 들리기 시작한다. "슬픔에 빠진 우리를 사람들이 도와줄 거야." 아버지가 말한다.

끊임없이, 서두르지 않은 채, 꺼져가는 태양 빛을 휘젓는 톱질 소리에 어머니는 마치 다시 깨어나 그 소리를 하나 둘 세듯 열심히 듣고 기다리는 듯한 표정이다. 아버지는 어머니를 쳐다본 후, 침대 위에 엎드린 듀이 델의 검은 머리카락과, 빛바랜 이불 위에 부채를 움켜쥔 채 꼼짝 않는 그녀의 팔을 바라본다. "듀이 델, 일어나서 저녁상을 차려야지." 아버지가 말한다.

그러나 듀이 델은 움직이지 않는다.

"어서 일어나 저녁을 지으란 말이다." 아버지가 말한다. "먹고 힘을 내야지. 피바디 선생도 여기까지 오느라 무척 배가 고플 거다. 그리고 캐시도 얼른 먹고 제시간에 일을 마쳐야지."

듀이 델은 천천히 일어선다. 그러곤 어머니의 얼굴을 바라본다. 베개 위에 놓인 얼굴은 빛바랜 청동 주상 같고, 오로지 손만이 생명을 간직한 것 같다. 무기력하나 뭔가 삐뚤어지고 꼬부라진 느낌. 모든 게 소진되었으나 아직도 경계하는 그 무엇 때문에 피로, 기진맥진, 고통이 미처 떠나지 않은 듯하다. 어머니의 손은 마치 죽음 이후 영면의 현실성을 의심이라도 하듯이, 결코 지속되지 않을 정지의 순간, 즉 죽음을 경계하려는 듯하다.

듀이 델은 몸을 굽혀 이불을 턱까지 끌어당겨 가지런히 펴준다. 그런 다음 아버지를 쳐다보지도 않고 방을 나가버린다.

그녀는 황혼을 향해 서 있는 피바디의 등을 바라본다. 그녀의 눈길을 의식한 피바디가 몸을 돌려 말한다. 난 슬퍼하지 않으려고 한다. 네 어머니는 늙고 병들었잖아. 우리가 알고 있는 것보다 훨씬 고통받고 있었지. 결국 회복할 수 없었을 게다. 바더만이 이제 커가고 있으니, 네가 형제들을 돌봐야 해. 난 슬퍼하지 않으려 애쓰는 거야. 너도 가서 저녁이나 짓도록 해라. 많이 만들 필요는 없지만, 그래도 먹어야 하지 않겠니. 듀이 델이 그를 바라보며 말한다. 의사 선생님이 알기만 한다면 날 도와줄 수 있을 거예요. 알기만 한다면……. 나는 나고, 선생님은 그저 선생님일 뿐이에요. 나도 알아요. 그러나 선생님은 몰라요. 선생님이 알기만 한다면 날 도와줄 수 있겠지요. 선생님이 날 도와주기만 한다면 내가 말할 수 있어요. 이건 나와 선생님, 그리고 달만 아는 거예요.

아버지는 움직이지 않은 채 팔을 옆으로 축 늘어뜨리고, 구부정하게 침대 곁에 서 있다. 손을 머리로 가져가 문지르며 바깥에서 나는 톱질 소리를 듣는다. 손바닥과 손등을 다리에 비비며 침대로 더 가까이 다가가서 엄마의 얼굴을, 그리고 이불 밑에 놓인 손을 만진다. 그러곤 듀이 델이 했던 것처럼 턱까지 이불을 덮어준 다음, 가지런히 펴려고 하지만, 오히려 흐트러뜨린다. 서투른 동작으로 다시 펴려고 하지만, 그의 손은 짐승의 앞발처럼 거칠고 어설퍼서 이불 위의 주름은 마치 심술이나 부리듯이 자꾸만 늘어만 간다. 마침내 손을 멈추고, 그는 양옆으로 팔을 내려 다리에 손바닥과 손등을 차례로 문지른다. 톱질 소리가 꾸준히 들려온다. 아버지는 잇몸으로 잎담배를 씹으며 나지막하게 갈아내는 듯한 숨을 내쉰다. "하느님의 뜻이지. 난 이제 새 이빨을 해 넣을 수 있게 되었다."

주얼의 모자는 물에 젖어 목까지 축 처져 있고, 어깨 근처에다 질끈 동여맨 삼베 자루로 물이 흘러내린다. 발목까지 차오르는 물구덩이에서 미끄러운 2×4인치 통나무, 다 썩어가는 통나무를 지렛목 삼아 마차를 끌어올리려 한다. 내가 말한다. 주얼, 엄마가 돌아가셨어. 애디 번드런이 죽었단 말이야.

바더만

난 달리기 시작한다. 뒤뜰로 갔다가 현관 끄트머리에 돌아와서 멈춘다. 그런 다음 난 울기 시작한다. 물고기가 흙 속에서 뒹굴던 자리가 어디인지 난 느낄 수 있다. 물고기는 이제 더 이상 물고기가 아닌 채 조각조각 잘려 있고, 내 손과 바지에 묻은 피도 더 이상 피가 아니다. 전엔 이렇지 않았는데. 전엔 이런 일이 없었는데. 이제 엄마는 너무 멀리 가버려 내가 쫓아갈 수 없을 것이다.

뜨거운 한낮을 지나 시원해진 저녁녘 너풀거리는 나무는 꼭 닭처럼 생겼다. 내가 현관에서 뛰어내려 땅에 닿는 바로 그 지점에 물고기가 뒹굴고 있었다. 지금은 더 이상 물고기가 아닌 채 조각조각 잘려 있지만. 침대에서 나는 소리, 그리고 엄마의 얼굴, 다른 사람들의 목소리가 들린다. 피바디 의사 아저씨가 걸을 때마다 방바닥이 삐걱거리는 소리도 들린다. 그 사람이 와서 한 짓이다. 엄마는 괜찮았는데, 그 사람이 와서 엄마를 이렇게 만들어 놓은 것이다.

"뚱뚱한 개자식."

현관에서 뛰어내려 달려간다. 헛간 지붕이 황혼에서 홀연히 나타난다. 서커스의 분홍색 여자처럼 펄쩍 뛰면, 헛간을 통해 따뜻한 냄새가 나는 곳으로 갈 수 있다. 기다릴 필요도 없이. 손으로 덤불을 붙들고, 발밑에서는 자갈과 먼지가 부스러진다.

그러면 따뜻한 냄새가 나는 곳에서 숨 쉴 수 있게 된다. 말을 만져보려고 마구간에 들어간다. 그런 다음 울 수 있다. 울음을 토해 낼 수 있다. 말은 실컷 걷어차다가 마침내 멈출 것이고, 그러면 난 울 수 있다. 우는 것이 가능할 거야.

"그가 엄마를 죽인 거야. 그가 죽인 거야."

살갗에 손을 대면 말의 생명이 그 밑에서 흐르는 것을 느낄 수 있다. 그 생명은 반점을 거쳐 흐르고 내 코로 느껴진다. 내 아픔이 울기 시작하고 울음을 토해 낸다. 토해 내면서 난 숨을 쉰다. 소리가 퍽 크게 난다. 생명의 기운이 손바닥 밑에서부터 솟구쳐 팔 위로 올라간다. 그러곤 마구간을 떠난다.

회초리를 찾을 수가 없다. 어둠 속에서 흙길을 따라 절벽에 이르렀는데, 난 찾을 수가 없다. 우는 소리가 퍽 크게 들린다. 소리가 이렇게 크지 않으면 좋을 텐데. 흙먼지를 뒤집어쓴 마차 안에서 회초리를 찾아내고는 마당을 가로질러 길로 뛰어나간다. 어깨에 멘 회초리가 휘청거린다.

내가 달려가자 말들은 놀라 눈을 굴리며 쿵쿵거리고, 매어
둔 고삐를 홱 당기며 뒷걸음친다. 회초리를 내려친다. 찰싹하
는 소리가 들린다. 회초리가 말의 머리와 가슴의 멍에에 부딪
는 것이 보인다. 말이 뒷걸음치고 돌진할 때 가끔씩 헛맞기도
한다. 어쨌든 난 기분이 좋다.

"네놈들이 우리 엄마를 죽인 거야."

회초리가 부러지고, 말들은 뒷걸음치며 쿵쿵거리고, 큰 소
리로 땅바닥을 쿵쾅거린다. 비가 오기 전 텅 빈 대기 때문에
그 소리는 더욱 크게 들린다. 부러진 회초리는 후려칠 수 있을
만큼 아직 충분히 길다. 난 이쪽저쪽으로 뛰어다니며, 고삐를
홱홱 당기며 날뛰는 말들을 갈긴다.

"네놈들이 우리 엄마를 죽였단 말이야."

계속해서 내려친다. 말들은 연마장(練馬場)에 매인 듯이 빙
빙 돌고, 마차는 한쪽이 번쩍 들려져 두 개의 바퀴로만 돌아
가며 말의 뒷다리도 축에 못을 박아 고정된 듯 앞으로 나가지
못한다.

난 먼지 속을 달린다. 빨아들이는 듯한 먼지바람 속을 달린
다. 기우뚱 반쯤 뒤집어진 마차가 사라져버린 듯이 보이지 않
는다. 회초리로 힘껏 때린다. 이번엔 땅바닥을 후려치고, 부연
허공에다 회초리를 휘두른다. 먼지바람은 마치 그 안에 자동
차가 있기라도 한 것처럼 빠르게 길 아래로 빨려 들어간다. 회
초리를 바라보며 난 운다. 내 손안에서 부러진 회초리는 이제
난로에 넣는 장작만큼이나 짧아져 있다. 난 회초리를 집어던
지고 운다. 이젠 그다지 시끄럽지 않다.

암소가 헛간 문간에서 뭔가를 씹으며 서 있다. 내가 마당으로 들어서는 것을 본 암소는 음매 운다. 혀는 날름거리고 입 안으로 가득 들어가는 풀이 퍼덕거린다.

"젖을 짜주지 않을 테야. 너를 위해 아무것도 하지 않을 테야."

내가 지나가자 암소가 움직이는 소리가 들린다. 돌아서니 암소는 바로 뒤에 서 있다. 달콤하면서도 거칠고 더운 입김이 느껴진다.

"젖 짜주지 않겠다고 내가 말했잖아."

암소는 킁킁거리며 나를 밀어낸다. 소는 입을 다문 채 깊숙한 곳으로부터 신음한다. 난 손을 홱 잡아 뺀다. 마치 주얼이 하듯이 암소에게 욕을 해댄다.

"저리 가란 말이야."

손을 밑으로 구부려 내렸다가 느닷없이 암소를 공격한다. 암소는 깜짝 놀라 뒷걸음치고 한 바퀴 돌더니 나를 바라보며 멈춘다. 암소는 다시 신음 소리를 내며 길 쪽으로 다가가, 서서 길을 바라본다.

마구간은 어둡고 조용하고 따뜻하며, 특유의 냄새를 풍긴다. 여기서는 언덕 꼭대기를 바라보며 조용히 울어도 된다.

교회 지붕에서 떨어져 다친 다리를 절룩거리며 캐시가 언덕으로 다가온다. 그는 우물가에서 아래를 내려다보다가, 다시 길 쪽을 올려다보고는 헛간으로 돌아간다. 길을 내려오는 캐시는 몸이 뻣뻣해 보인다. 그는 끊어진 말고삐를 쳐다보고, 길가의 먼지, 그리고 먼지가 가라앉은 위쪽 길을 바라다본다.

"지금쯤 툴의 집은 지났어야 하는데……. 그랬으면 좋겠군."

캐시는 몸을 돌려 절룩거리며 길을 내려온다.

"바보 같은 녀석, 내가 그렇게 말했건만."

난 이제 울지 않는다. 난 아무것도 아니다. 듀이 델은 언덕으로 올라와 나를 부른다. 바더만. 넌 이제 아무것도 아니다. 난 조용하다. 바더만, 너. 내가 우는 소리를 들으며, 흐르는 눈물을 느끼면서 난 조용히 흐느낀다.

"그때는 그런 일이 없었어. 그땐 그런 일이 일어나지 않았어. 바로 저기 땅 위에서 나뒹굴고 있었어. 그런데 지금, 듀이 델이 그것을 가지고 요리를 한 거야."

캄캄하다. 나무 소리가 들린다. 침묵의 소리. 그러나 살아 있는 소리가 아님을 난 알고 있다. 말이 내는 소리조차 살아 있는 소리가 아니다. 어둠이 말을 녹여버려, 쿵쿵거리는 소리와 발 구르는 소리로 흩어진 듯하다. 차가운 살과 암모니아 털 냄새, 얼룩빼기 말의 엉덩이와 단단한 뼈, 이 모든 것이 어우러져 한 마리 말이 된다는 것은 환상인가. 서로 갈라졌으나 내밀하고 친숙한 또 하나의 존재는 나라는 존재와 과연 다른가. 말이 녹아내린다. 다리, 휘둥그레진 눈, 차가운 불꽃과도 같은 현란한 얼룩으로 각각 나뉘어, 마침내 희미하게 흐느적거리며 어둠 속에서 둥둥 떠다닌다. 모든 것은 한 덩어리로서만 있지 제각각은 존재하지 않는다. 동시에, 저마다 따로 존재한다면 한 몸체일 수 없다. 난 소리를 눈으로 볼 수 있다. 소리가 말을 휘어 감고, 껴안으며, 그의 단단한 몸집을 둘러싸는 것이 보인다. 발굽 뒤의 털, 엉덩이, 어깨, 머리로 굽이감긴다. 냄새와 소

66

리까지도. 난 두렵지 않다.

　"요리를 해서 먹는다고. 요리해서 먹는단 말이지."

듀이 델

의사 선생은 맘만 먹으면 나를 도울 수 있을 텐데. 그는 나를 위해 무엇이든 할 수 있을 것이다. 내게 중요한 모든 것은 내 몸속에 들어 있는 각종 기관들이다. 그래서 몸속에 중요하지 않은 어떤 것이 들어갈 자리가 있을지 의아스러울지도 모른다. 그는 덩치가 큰 사람이고, 난 작다. 커다란 덩치에도 하찮은 것이 들어갈 자리가 없는데, 하물며 나같이 작은 몸속은 어떻겠는가? 그러나 빈자리가 내 몸 속에 있다는 것을 난 알고 있다. 달갑지 않은 일이 일어났을 때, 하느님은 여자에게 신호를 주셨다.

문제는 내가 혼자이기 때문이다. 이것을 만져볼 수만 있더라도 다를 것이다. 왜냐하면 그땐 혼자가 아니니까. 그런데 배 속의 아기를 만질 수 있어서 외롭지 않은 것은 좋지만, 그렇게 되면 모든 사람들이 다 알게 될 것이다. 그러면 의사가 나를 도와줄 것이고 난 외롭지 않을 것이다. 그땐 홀로여도 괜찮을 거야.

마치 달이 그랬던 것처럼, 의사가 래프와 나 사이에 끼어들도록 해야 한다. 그러면 래프도 나처럼 비참해지겠지. 그는 래프고 난 듀이 델이다. 엄마의 죽음 때문에 슬픔에 잠겨 잠시 내 문제를 잊고 있었다. 의사 선생은 나를 위해 많은 일을 할 수 있을 테지만, 그는 아무것도 알지 못한다.

뒷문에서는 헛간이 보이지 않는다. 캐시의 톱질 소리가 저편에서 들려온다. 마치 집 바깥에 서서 집 주위를 뱅뱅 돌다가, 누군가 안으로 들어가면 어디로든 쫓아 들어오는 강아지와도 같다. 래프는 나보다 더 걱정이 많다고 한다. 당신은 걱정이 뭔지 몰라. 난 걱정하는 게 아니고 걱정하려 애쓸 뿐이다. 그러나 걱정할 만큼 오래 집중해 생각할 수가 없다.

나는 부엌으로 가 불을 켠다. 불규칙하게 조각난 물고기가 팬 안에서 조용히 피를 흘리고 있다. 조각난 물고기를 찬장에 집어넣고 복도 쪽으로 귀를 기울인다. 엄마가 몸져누운 지 열흘 만에 돌아가셨다. 엄마는 자신이 죽었는지도 아직 모를 것이다. 어쩌면 캐시의 일이 다 끝날 때까지, 혹은 주얼이 돌아올 때까지 떠나지 않을지도 모른다. 찬장에서 야채가 담긴 접시를 꺼내고, 차가운 스토브에서 빵 굽는 팬을 꺼낸다. 그러곤 문 쪽을 지켜보며 가만히 선다.

"바더만은 어디 있지?" 캐시가 묻는다. 불빛 아래서 그의 팔에 묻은 톱밥은 마치 모래 같다.

"나도 몰라. 한참 동안 보이지 않던데."

"피바디 선생의 말들이 도망가 버렸어. 바더만을 찾아봐. 바더만은 그 말이 어디 있는지 알 거야."

"글쎄. 사람들에게 저녁 식사하라고 말해 줘."

헛간이 보이지 않는다. 난 걱정할 줄 모른다고 말했었다. 어떻게 우는 줄도 모른다. 울어보려고 애쓰지만 안 된다. 한참 후에 다시 톱질 소리가 먼지 가득한 어둠 속에서 땅바닥을 따라 들려온다. 널판자를 다듬고 있는 캐시의 모습이 보인다.

"와서 식사해. 그리고 아버지께도 말씀드려 줘." 내가 말한다. 캐시는 나를 위해서라면 뭐든 해줄 거다. 다만 아무것도 모르고 있다. 캐시는 제 생각대로 살고, 난 또 내 방식대로 사는 것이다. 그리고 난 래프의 생각을 따라야 한다. 그뿐이다. 그는 왜 읍내에 살지 않을까. 시골 사람인 우리는 읍내 사람들만큼 근사하지 않은데, 그가 왜 이런 시골에서 사는지 모르겠다. 헛간 지붕이 보이지 않는다. 암소가 길목에서 음매 울고 있다. 내가 돌아서자 캐시는 이미 가버리고 없다.

나는 버터밀크를 가지고 들어간다. 아버지와 캐시와 의사 선생이 식탁에 둘러앉아 있다.

"바더만이 잡은 물고기는 어디 있지?" 의사 선생이 묻는다.

나는 우유를 식탁에 올려놓는다. "물고기를 요리할 시간이 없었어요."

"드레싱도 없지 않은 무 잎사귀는 나처럼 덩치 큰 사람에겐 너무 빈약해." 그가 말한다. 캐시는 말없이 먹고 있다. 모자를 썼던 머리가 착 달라붙어 있다. 셔츠는 땀으로 범벅이 되었다.

그는 손과 팔뚝을 아직 씻지 못했다.

"시간을 내서 생선을 요리했어야지." 아버지가 말한다. "바더만은 어디 있냐?"

난 문 쪽으로 걸어간다. "어디 있는지 찾을 수가 없어요."

"얘야, 생선 걱정일랑 말고 여기 와서 앉아라." 피바디 선생이 말한다.

"걱정하지 마세요. 전 비가 퍼붓기 전에 암소 젖이나 짤게요."

아버지는 자기 몫의 음식을 덜고 접시를 돌린다. 그러나 그는 먹지 않는다. 접시의 양쪽을 움켜쥔 채, 머리는 약간 숙이고, 삐죽삐죽 흐트러진 머리카락이 불빛에 보인다. 그는 마치 큰 망치로 소를 내려치고는, 이제 죽어버린 소가 진짜 죽었는지도 모르고 있는 듯한 표정이다.

그러나 캐시와 피바디 선생은 먹고 있다. "자네도 좀 먹어야지. 캐시와 나처럼 말이야. 먹어둬야 해." 의사 선생이 아버지에게 말한다.

"그래요." 아버지는 마치 수송아지가 연못에 무릎을 꿇고 물을 먹다가 사람들이 달려들면 벌떡 일어서듯 고개를 쳐든다. "내가 먹는다고 아내가 불평하진 않겠지요."

집이 시야에서 벗어나자 난 걸음을 빨리 한다. 암소가 절벽 아래에서 울고 있다. 암소는 내게 코를 문지르며 달콤하고 더운 입김을 내뿜는다. 입김은 내 옷을 통해 뜨거운 내 몸속으로 들어온다. "잠시 기다려야 해. 그러면 네 일을 해줄게." 암소는 나를 따라 헛간으로 들어오고, 나는 그곳에 양동이를 내려놓는다. 암소는 양동이 속으로 얼굴을 들이민다. "내가 말했잖아. 잠시 기다리라고. 더 급한 일이 있단 말이야." 헛간은 어둡다. 내가 그냥 지나가자 암소는 벽을 걷어찬다. 나는 계속해서 걸어간다. 부서진 판자는 제 발로 반듯하게 선 창백한 판자같이 보인다. 밖으로 비탈이 보이고 얼굴 위로 스쳐 들어오는 공기가 느껴진다. 천천히, 아직 채 어두워지지 않은 희미한 빛 속에서 텅 빈 공간을 스치는 바람이 느껴진다. 경사위에 비밀스럽고 뭔가를 기다리는 듯한 모습으로 촘촘히 틀어박힌 소나무도 보인다. 문에 비치는 암소의 그림자는 양동이에 코를 대고 비비고 있다.

그러곤 마구간을 지난다. 거의 다 지나치고 있었다. 먼저 말을 하기 전에 난 오랫동안 마음속으로 그 말을 해보고 들어본다. 들어보면서, 정말 그 말을 할 때인지 두려워진다. 내 몸과 내 뼈, 그리고 살이 분리되면서 저마다 열리는 것을 느낀다. 홀로 분리되는 과정은 정말 무시무시하다. 래프. 래프. "래프." 래프. 래프. 앞으로 약간 몸을 기울이고, 한 발은 앞으로 내밀었지만 아직 걷고 있지는 않다. 어둠이 내 가슴을 스치고, 다시 암소를 스쳐 지나간다. 암소가 뿜는 달콤한 숨소리 위로 어둠이 밀려든다. 그리고 어둠은 숲을 메우고, 침묵으로 가득 찬다.

"바더만. 너 바더만이지."

그가 마구간에서 나온다. "요 쪼끄만 녀석이."

그는 저항하지 않는다. 밀려오는 마지막 어둠이 휘파람을 불며 달아나버린다. "난 아무 짓도 안 했어."

"어딜 갔던 거야?" 바더만을 붙들고 심하게 흔들어댄다. 심하게 흔드는 손을 멈출 수 없다. 그렇게 심하게 흔들고 있다는 사실도 몰랐다. 내 손은 나와 바더만 모두를 함께 흔들어댄다.

"내가 안 했어. 난 건드리지도 않았단 말이야."

내 손은 흔들기를 멈췄지만 여전히 그를 붙들고 있다.

"도대체 여기서 뭐하고 있는 거니? 내가 부를 때 왜 대답하지 않았니?"

"난 아무 짓도 안 했어."

"집에 들어가서 저녁이나 먹어라."

바더만은 내 손에서 빠져나가지만 난 다시 그를 붙잡는다. "그만둬. 날 내버려 두란 말이야."

"너 거기서 뭘 하고 있었지? 날 엿보려고 거기 있던 것은 아니니?"

"아니야. 놓으란 말이야. 난 누나가 여기 있는 줄 몰랐어. 날 내버려 둬."

난 여전히 그를 붙들고 얼굴을 노려본다. 그는 울기 시작한다. "가서 밥이나 먹으렴. 난 소젖 짠 다음에 갈게. 다른 사람들이 다 먹기 전에 가야 해. 의사 선생의 말들이 알아서 제퍼슨으로 돌아갔으면 좋겠구나."

"의사가 우리 엄마를 죽였어." 그는 울기 시작한다.

"쉬, 울지 마."

"엄마는 아무 잘못도 없는데, 그 의사가 와서 우리 엄마를 죽인 거야."

"쉬잇." 그는 울부짖지만 내가 그를 붙잡고 있다.

"그 사람이 죽인 거야." 암소가 우리 뒤로 와서 음매 한다. 난 다시 바더만을 흔든다.

"그만둬. 그만두란 말이야. 너 이렇게 울면 병이 나서 읍내에도 갈 수 없게 될 거야. 집으로 가서 저녁이나 먹어."

"난 밥 먹기도 싫고, 읍내에 가기도 싫어."

"그러면 여기 남아. 네가 바르게 행동하지 않으면 너를 여기 남겨두고 가버릴 거야. 어서 가라니까. 그 뚱뚱한 의사가 네 몫까지 다 먹어버리기 전에." 그는 천천히 언덕 위로 사라진다. 언덕 꼭대기, 나무, 집 지붕이 하늘을 배경으로 보인다. 암소는 음매 음매 울어대며 내게 코를 비벼댄다. "좀 더 기다려야 해. 네 몸속에 들어 있는 것은 내 것에 비하면 아무것도 아니야. 너도 여자이긴 하지만." 암소는 계속해서 날 따라온다. 그러곤 죽은 듯한, 덥고 창백한 바람이 내 얼굴을 다시 스친다. 의사 선생이 하려고만 한다면 내 문제를 해결해 줄 수 있을 것이다. 그는 모른다. 암소가 내 등 뒤에서 쿵쿵거린다. 따뜻하고 달콤한 숨결, 그리고 코 고는 듯한 소리로 음매 운다. 하늘은 경사면 아래로 비밀스러운 숲속에 납작하게 깔려 있다. 언덕 위에서 번개가 번쩍이다 사라진다. 죽은 바람은, 마찬가지로 죽은 듯한 어둠 속에서 죽은 땅을 훑고 지나간다. 눈이 미치는 곳보다 훨씬 멀리 바람이 훑고 지나간다. 땅은 죽은 채 누워 있다. 온기가 나를 감싸며 내 옷을 뚫고 속살에 닿는다. 내가 말했다. 당신은 걱정이 무엇인지도 몰라. 나도 모른다. 난 내가 걱정하고 있는지조차 알지 못한다. 걱정할 수 있는지 없는지도 모른다. 울 줄도 모른다. 내가 울려고 애쓰고 있는지조차 모른다. 아무것도 모르는 뜨거운 흙 속에 아무렇게나 떨어진 젖은 씨앗이 된 것 같다.

바더만

저 관이 완성되면 엄마를 그 안에 넣을 것이다. 오랫동안 그 말을 할 수 없었다. 난 어둠이 벌떡 일어서서 소용돌이치며 가버리는 것을 보았다. "캐시, 엄마를 그 안에 넣고 못질할 거야?" 내가 아기였을 때 방 안에 갇힌 적이 있었다. 새로 만든 문은 너무 크고 무거워서 내가 열 수 없었고 별수 없이 그 안에 갇히게 되었다. 쥐들이 방 안의 공기를 써버려 난 숨조차 쉴 수 없었다. "캐시, 관을 못질해서 잠가버릴 거야? 못질, 못질해 버릴 거냐고."

아버지는 이리저리 왔다 갔다 한다. 그의 그림자는 캐시가 톱질하는 쪽으로 갔다가, 다시 톱밥이 부서져 내리는 널판자로 오락가락한다.

듀이 델은 우리에게 바나나를 준다고 한다. 쇼윈도 안에는 빨간 기차가 철로 위에 서 있다. 기차가 달리면 철로는 불빛이 깜빡깜빡 빛난다. 아버지는 밀가루와 설탕, 커피가 너무 비싸다고 한다. 난 시골 꼬마니까. 도시 아이들은…… 자전거…… 시골 꼬마에게는 밀가루, 설탕, 커피가 왜 비싼 것일까? "대신 바나나를 먹을래?" 그러나 바나나도 없다. 다 먹어치웠다. 기차가 달리면 철로의 불빛이 반짝거린다. "아빠, 난 왜 도회지 아이가 아니에요?" 하느님의 뜻이다. 난 하느님에게 시골 소년으로 만들어 달라고 한 적이 없는데. 기차를 만들 수 있는 하느님이라면, 밀가루, 설탕, 커피 같은 것을 모두 좀 더 싸게 만들 수 있지 않을까? "대신 바나나 먹을래?"

아버지는 이리저리 오고 간다. 그의 그림자도 함께 오락가락한다.

엄마가 아니었다. 내가 거기서 보았다. 엄마라고 생각했는데 엄마가 아니었다. 엄마는 어디론가 가버리고 다른 사람이 거기 누워서 이불을 뒤집어쓰고 있는 것이다. 엄마는 가버렸다. "엄마는 읍내로 멀리 가버린 걸까?" "읍내보다도 훨씬 멀리 떠난 거야." "토끼나 주머니쥐도 죽으면 읍내보다 훨씬 멀리 가버리는 거야?" 토끼와 주머니쥐를 만든 것은 하느님이다. 하느님은 기차도 만들었다. 엄마도 토끼와 다르지 않다면, 왜 저마다 다른 장소로 가야 하는 것일까.

아버지는 이리저리 걷는다. 그의 그림자도 따라서 걷는다. 톱은 이제 잠든 듯이 소리난다.

캐시가 관에 못질해 버린다면 엄마는 토끼가 아니다. 엄마가 토끼가 아니라면, 난 어린이용 침대 안에서 숨이 막혀버릴 것이고 캐시는 못질을 하고 말 거다. 만약 그렇게 된다면 관속에 있는 사람은 절대로 엄마가 아니다. 분명히 엄마가 아니었어. 사람들은 그것이 엄마라고 생각하고, 그래서 캐시는 못질을 하려는 것이다.

그 물고기도 엄마가 아니었다. 바로 저기 흙 속에 뒹굴고 있었으니까. 내가 토막 내어, 지금은 조각조각 동강이 나 있다. 피가 줄줄 흐르는 팬에 요리되어 먹히기를 기다리며 부엌에 있다. 물고기가 지금처럼 토막 나 있지 않았을 때 엄마는 살아 있었는데 지금은 물고기가 토막 나 죽어 있으니 엄마는 엄마가 아니다. 내일 요리해서 먹을 거다. 그러면 엄마는 피바디 의사와 아빠, 캐시, 듀이 델의 몸속에 들어가 그들이 되는 것이다. 그럼 엄마는 숨을 쉴 수 있겠지. 물고기는 바로 저기 누워 있었다. 버논 아저씨는 알고 있다. 그는 거기에 있었고 그것을 보았으니까. 우리 모두에게 물고기는 살아 있게 될 거다. 그런 다음 또 없어지겠지.

툴

그가 와서 우리를 깨웠을 때는 거의 자정이었다. 그리고 비가 내리고 있었다. 폭풍이 몰아치는 시끄러운 밤이었다. 가축을 모두 먹이고 집에 들어와 저녁을 먹은 다음, 자리에 누우니 비가 오기 시작했다. 피바디의 말들이 땀에 흠뻑 젖어 망가진 안장을 질질 끌고 오른쪽 다리에 멍에를 걸친 채 우리 집 앞에 서 있었다. "마침내 애디 번드런, 그녀가 죽은 모양이에요." 코라가 말한다.

"이 근처에 있는 어느 집에 왕진 왔는지도 모르잖소. 어쨌거나, 그 말이 피바디의 것인지 어떻게 안단 말이오?" 내가 말한다.

"그럼 아니에요?" 그녀가 말한다. "애디 집에 갈 채비나 해요."

"무엇 때문에. 만일 애디가 죽었다 할지라도 아침까진 어쩔 수 없지 않소. 또 폭풍우도 몰아칠 텐데." 내가 말한다.

"내가 해야 할 일이에요. 어서 마차를 준비해요."

그러나 난 움직이지 않는다. "우리가 필요했다면 그들이 먼저 우리를 부르지 않겠소. 애디가 죽었는지도 확실히 모르고 말이오."

"저것이 피바디의 말이잖아요. 아니라고 말할 수 있어요?"

그러나 난 마차를 준비하러 가지 않는다. 도움이 필요하면 부를 때까지 기다리는 것이 현명하다. "크리스천으로서 내가 해야 할 일이에요. 당신은 내 의무를 방해할 셈인가요?" 코라가 말한다.

"내일 가면 되지 않소. 내일은 하루 종일 거기에 있을 수 있잖아." 내가 말한다.

그래서 우린 다시 잠이 들었다. 코라가 다시 날 깨웠을 때는 비가 마구 퍼붓고 있었다. 램프를 들고 문으로 나가는 동안, 불빛이 유리창에 비치고 있었기에 그는 내가 오는 것을 보았고, 그래서 계속 문을 두드렸던 모양이다. 작은 소리로, 마치 두드리며 잠이 들기라도 한 듯이 연약하게, 그러나 꾸준하게 두드리고 있었다. 문을 열고서야 비로소 얼마나 낮은 곳에서 문을 두드리고 있었는지 알게 되었다. 램프를 쳐들자 램프 위로 빗방울이 반짝거렸다. 복도 뒤쪽에서 코라가 물었다. "버논, 누구지요?" 그러나 처음엔 아무것도 보이지 않았다. 마침내 램프를 내리고 현관문 근처 아래쪽을 내려다볼 때까지는 아무것도 보이지 않았다.

그는 물에 빠진 강아지 같았다. 통바지에 모자도 없이 4마일이나 되는 거리를 진흙탕을 지나 온 탓에 무릎까지 흙탕물이 튀어 있었다. "맙소사." 내가 말한다.

"버논, 누구지요?" 코라가 묻는다.

올빼미의 눈에 불을 들이델 때처럼, 눈동자 한가운데가 동그랗고 까맣게 작아지며 그는 나를 쳐다보았다. "그 물고기 알지요?" 그가 묻는다.

"어서 들어오너라." 내가 말한다. "무슨 일이냐. 혹시 너의 엄마가……."

"버논." 코라가 말한다.

그는 문 뒤쪽 어둠 속에 서 있다. 비가 램프 위로 휙휙 휘몰아쳐서 금방이라도 불이 꺼질 것 같다. "아저씨는 거기 있었지요. 그리고 보았어요." 그가 말한다.

그러자 코라가 문으로 와서 그를 안으로 끌어들이며 말한다. "비가 오는데 어서 들어와야지." 그는 물에 빠진 강아지 같다. "내가 말하지 않던가요. 분명 일이 일어났다고요. 어서 가서 마차를 준비해요."

"하지만 애가 아직 아무 말도……." 내가 말한다.

그는 카펫 위에 빗물을 떨어뜨리며 나를 바라본다. "카펫을 다 버리겠어요. 당신은 가서 마차를 준비해요. 내가 이 아이를 돌볼 동안." 코라가 말한다.

그는 나를 빤히 쳐다보며 여전히 물방울을 떨어뜨리고 서있다. "아저씨는 거기에 있었어요. 물고기가 거기 누워 있는 것을 보았잖아요. 캐시가 엄마를 관에 가두고 못질을 하려고 해요. 그리고 물고기는 땅 위에, 바로 거기에 누워 있었지요. 아저씨도 보았어요. 흙 속에 물고기가 누워 있던 자국도 있어요. 내가 여기에 올 때까지는 비가 많이 오지 않았으니까, 시간 맞춰 돌아갈 수 있을 거예요."

아직 정확히 모르는데도 난 온몸에 소름이 끼쳤다. 그러나 코라는 알고 있었다. "가능한 한 빨리 마차를 준비해요. 이 아이는 슬픔과 걱정으로 머리가 돌아버린 것 같아요."

난 다시 소름이 끼쳤다. 이따금 누구나 생각하게 된다. 이세상에 있는 모든 슬픔과 상흔에 대해서. 마치 번개처럼 언제 어디서나 닥칠 수 있는 것이다. 사람이 그런 것들로부터 안전하려면 하느님에 대한 강한 믿음이 필요하다. 때로 코라는 다른 누구보다도 하느님과 가까워지려고 다른 사람을 밀쳐낼 만큼 지나치게 조심스러워서 탈이긴 해도, 이런 일이 일어나면 아내가 하는 일이 옳다. 난 그녀를 따라야 한다. 그녀가 늘 말하듯이, 항상 거룩하고 바른 일을 하려고 노력하는 아내가 있어서 얼마나 축복인지 모른다.

이따금 누구나 그런 생각을 해야 한다. 그러나 자주는 아니다. 그래야 좋거든. 하느님은 사람을 행동하도록 만들었지 생각만 하라고 만들지는 않았다. 머리는 기계와 같아서 너무 많이 쓰면 견디지 못하거든. 늘 하던 일만 하고, 불필요한 일은 전혀 하지 않으며, 같은 일을 계속하는 것이 상책이다. 내가 늘 말했고, 지금도 말하는데, 달의 문제는 바로 그것이다. 달은 생각을 너무 많이 한다. 그 애에게 필요한 것은 그를 바르게 잡아줄 배필이라는 코라의 말이 맞다. 내 생각엔, 결혼이

유일한 해결책인 사람은 이미 가망이 없는 경우다. 코라의 말에 따르면, 하느님이 여자를 만든 이유란, 남자들은 옳은 것을 봐도 그것이 옳은지 모르니까 여자들이 가르쳐줘야 하기 때문이라는 것이다. 옳은 말이지.

마차를 준비해서 집으로 돌아왔을 때 코라와 바더만은 부엌에 있었다. 그녀는 잠옷 위에다 옷을 껴입고 머리에는 숄을 두르고는 우산과 함께 기름종이에 둘둘 만 성경을 끼고 있었다. 바더만은 난로의 함석판에 엎어 놓은 물통 위에 앉아 있었다. 뚝뚝 듣는 물방울이 카펫이 아닌 부엌 바닥에 떨어지도록, 코라가 부엌으로 옮겨놓은 것이다. "도대체 물고기 이외엔 아무 말도 하지 않는군요. 하느님이 내린 벌이에요. 이 아이를 통해서, 앤스 번드런에게 주님이 형벌과 경고를 내린 것이에요." 코라가 말한다.

"내가 떠날 땐 비가 오지 않았어요. 떠나서 오던 중에 비가 내리기 시작했어요. 그리고 물고기가 흙 속에 있었어요. 아저씨도 보았지요? 캐시는 관에 못을 박아 엄마를 가두고 있어요. 하지만 아저씨도 보았잖아요."

우리가 그곳에 도착했을 때, 빗줄기는 더욱 굵어졌다. 바더만은 코라의 숄을 몸에 감고 우리 사이에 앉아 있었다. 그는 아무 말도 하지 않았다. 코라가 받쳐주는 우산 밑에서 아무 말 없이 앉아 있었다. 가끔씩 하던 찬송을 멈추고 코라가 말했다. "앤스 번드런에게 내리는 하느님의 벌이야. 부디 그녀가 밟아온 죄악의 길을 그녀에게 보여줄 수 있기를……." 그러곤 코라는 다시 찬송을 불렀다. 바더만은 그냥 앉아서, 노새가 빨리 움직이지 않아 답답하다는 듯이 몸을 앞으로 기울이고 있었다.

"바로 저기 누워 있었어요." 그가 말한다. "하지만 집을 떠난 후에 비가 내리기 시작했어요. 가서 창문을 열어야겠어요. 캐시가 아직 관에 못을 박지 않았을 테니까요."

관에 마지막 못을 박았을 때는 자정이 훨씬 지나 있었다. 집에 돌아와 마구를 정리하고 침대에 누웠을 때 이미 어스름 새벽이었다. 코라는 나이트캡을 쓰고 곁에서 베개를 베고 누워 있었다. 아직도 코라의 찬송 소리가 귀에 쟁쟁하고, 노새를 앞지르려는 듯이 몸을 깊숙이 앞으로 내밀던 소년의 모습이 생생하다. 톱을 가지고 왔다 갔다 하는 캐시가 보이기도 한다. 앤스는 허수아비처럼 서 있었는데, 마치 연못에 무릎까지 담그고 서 있는 수송아지처럼 누군가 와서 호수를 들어 올려 세로로 세워놓는다 할지라도 전혀 개의치 않을 바보같이 보였다.

마지막 못을 박아 관을 완성하여 집 안에 다시 들여놓았을 때 이미 동이 트고 있었다. 방 안에는 창문이 열려 있고, 침대 위에 누워 있는 애디 위로 비바람이 몰아치고 있었다. 앤스는 두 번이나 하품을 했다. 너무나 졸려서 어쩔 줄 모르는 그의 얼굴은 한동안 땅속에 묻어두었다가 막 파온 크리스마스 가면 같았다고 코라가 말했다. 마침내 애디의 시신을 관에 넣고 못을 박았다. 그러자 앤스가 열어놓은 창문으로 들어오는 비바람은 더 이상 애디의 시신을 건드리지 못했다. 다음 날 아침 사람들이 방에 들어가 보니, 앤스는 거꾸러진 수소처럼 바닥에 쓰러져 자고 있었고, 관 뚜껑엔 수없이 많은 구멍이 송송 뚫려 있었다. 캐시가 새로 산 송곳은 마지막으로 뚫린 구멍 속에 부러진 채 꽂혀 있었다. 관 뚜껑을 열자, 애디의 얼굴에도 두 군데나 송곳 구멍이 나 있었다.

하느님이 내린 벌이라고 해도 이건 너무했다. 하느님은 다른 할 일이 많았을 텐데 이런 하찮은 일에까지 신경 쓰시다니. 다른 중요한 일이나 돌보셔야 한다. 어차피 앤스는 자기 자신 외엔 책임질 수 없는 인간이다. 사람들이 나지막이 그를 욕할 때에도 난 그가 그리 나쁜 사람이라고 생각지는 않았다. 그렇지 않고서야 이토록 오래 버티지 못했겠지.

정말 너무했어. 어린아이들은 모두 자기에게 오라고 해놓고는 어린 꼬마가 이토록 잔인한 일을 저지르게 하다니. 코라가 말하길, "내가 낳은 아이들은 모두 하느님께서 당신에게 주신 선물이지요. 나를 지키시고 뒷받침해 주시는 하느님을 믿고 난 아무런 두려움 없이 아이들을 낳았어요. 우리에게 아들이 없는 것은 하느님의 지혜 안에 뜻하시는 바가 있기 때문이지요. 항상 하느님께 의지하고 그에 따른 보상을 믿기 때문에 어느 누구 앞에서도 난 떳떳해요."

아내는 옳다. 하느님이 마음 편히 모든 것을 맡기고 쉴 수 있는 사람이 있다면, 그것은 코라임이 틀림없다. 주인인 하느님이 어떻게 세상을 다스리든지, 코라는 자신의 의지대로 조금씩 변화를 줄 것이다. 그리고 그 변화는 사람들을 위하는 방향으로 이루어질 것이다. 그러므로 적어도 우리는 그 변화를 환영해야 할 것이다. 최소한 우리는 평소대로 살아갈 것이고, 코라가 만드는 변화에 상관없이 잘 살고 있는 척해야 할 것이다.

달

랜턴은 그루터기 위에 놓여 있다. 녹슬고 기름때에 전 랜턴은 망가진 연기 구멍으로 올라가는 검댕으로 더러워져 있지만 가대(架臺)와 널판자, 그리고 주변의 흙 위에 뜨겁고 희미한 빛을 던지고 있다. 검은 땅 위에 있는 나무토막은 마치 검은 화폭 위에 부드럽고 창백한 페인트로 아무렇게나 그은 붓질 같다. 널판자는 납작한 어둠에서 찢겨 나와 안팎이 뒤집힌 길고 매끄러운 천 조각처럼 보인다.

캐시는 가대 주변을 오가며 일한다. 그가 널판자를 들어올리고 내릴 때마다 고여 있는 듯한 대기 속에서 덜거덕거리는 긴 울림은 마치 눈에 보이지 않는 우물 밑바닥에서 뭔가 끌어올렸다가 다시 떨어뜨리는 소리처럼 들린다. 어떤 움직임도 반복적인 울림 속에서 즉각 소리를 잃어버리기나 하듯이, 소리는 멈추거나 사라지지 않는다. 그는 다시 톱질을 시작한다. 그의 팔꿈치가 천천히 지나간다. 톱의 가장자리를 따라, 톱날의 위아래로 가느다란 불꽃이 한동안 튀어오르다 사라지곤 한다. 그래서 톱은, 아버지의 초라하고 의미 없는 그림자 안팎으로 들락날락하면서 그 길이가 6피트는 되어 보인다. "저 널판자 좀 집어 줘요." 캐시가 말한다. "아니, 그것 말고." 그는 톱을 내려놓고 직접 와서 자신이 원하는 널판자를 집어 간다. 널판자의 길게 출렁이는 빛과 함께 그는 아버지의 그림자를 쓸고 지나간다.

공기에서 유황 냄새가 난다. 마치 벽 위에 그림자가 맺히듯, 공기의 미세한 층 위에 사람들의 그림자가 드리워진다. 소리처럼, 그림자는 더 이상 밑으로 떨어지지 않고 중간에서 잠시 엉겨 붙어 깊은 생각에 잠긴 듯하다. 캐시는 계속해서 일한다. 희미하게 밝아오는 태양을 반쯤 비켜서서, 한쪽 다리와 한쪽 가느다란 팔이 하나가 되어 움직인다. 쉴 새 없이 움직이는 팔꿈치와는 대조적으로 그의 얼굴은 미동도 없으나, 반쯤 비치는 빛으로 어쩐지 역동적인 황홀경에 잠긴 듯하다. 하늘에는 막전(幕電)이 잔잔히 번쩍이고, 그 빛을 받아 가만히 있던 나무들이 잔가지 꼭대기로 부풀어 오르듯 출렁인다. 갑자기 생명으로 충만해진 것처럼.

비가 오기 시작한다. 거칠고 빠른 물방울이 나뭇잎 위에 후드득 떨어져 내린다. 그러곤 참을 수 없는 긴장에서 해방된 듯, 긴 한숨처럼 땅으로 마구 떨어진다. 물방울은 사냥용 탄환처럼 큼직하고, 이제 막 총구에서 발사된 듯 따뜻하다. 물방울은 이제 거세게 랜턴 위를 휩쓴다. 아버지는 잇몸 아래에 달라붙은 검은 잎담배가 보이도록 입을 헤벌리고 고개를 든다. 그의 게으른 얼굴은 깜짝 놀란 듯하나, 마치 시간을 초월한 듯, 모든 격노를 궁극적으로 초극한 듯, 어딘지 즐기고 있는 것도 같다. 캐시는 하늘을 한번 쳐다보고, 다시 랜턴을 바라본다. 그의 톱은 여전히 멈추지 않고, 피스톤같이 움직이는 톱날의 번뜩임도 여전하다. "랜턴이 꺼지지 않도록 덮어줘요." 캐시가 말한다.

아버지는 집 안으로 들어간다. 비는 갑자기 억수처럼 쏟아져 내린다. 천둥도 없이, 아무런 경고도 없이. 아버지는 가까스로 현관에 이르러 비를 피한다. 순식간에 캐시는 온통 비에 젖고 만다. 그러나 톱질은 멈추지 않는다. 비는 마음의 환상일 뿐이라고 조용히 확신이나 한 듯이, 팔과 톱은 한 몸이 되어 멈추지 않는다. 그러곤 톱을 내려놓고, 랜턴을 감싸 안으며 웅크려 앉는다. 비에 젖은 셔츠 속으로 여위고 수척한 등이 들여다보인다. 갑작스레 셔츠와 모든 것이 뒤집어져 알몸이 겉으로 나온 듯하다.

아버지가 돌아온다. 그는 주얼의 레인코트를 입고 듀이 델의 레인코트를 손에 들고 온다. 랜턴 위에 웅크린 캐시는 손을 내밀어 막대기 네 개를 집어 땅속으로 쑤셔 넣는다. 그런 다음 듀이 델의 레인코트를 받아 막대기 위에 펼쳐 랜턴 위에 지붕을 만든다. 아버지는 그 모습을 지켜본다. "네가 비를 맞는데, 어떻게 할지 모르겠구나. 달은 제 코트를 가져가 버렸거든."

"그냥 젖는 거죠." 캐시가 말한다. 그는 다시 톱을 쥐고 위아래로 움직인다. 피스톤이 기름 속을 움직이듯, 서두르지 않고 덤덤하게 움직인다. 비에 젖고 야윈 모습이지만 지치지 않은 채, 소년 아니, 이제 다 큰 청년의 마른 몸이 움직인다. 아버지는 흐르는 빗물에 눈을 끔벅이며 캐시를 바라본다. 그 특유의 멍청한 표정과 마음속에 분을 품은 듯한 표정이 섞인 채로 하늘을 바라본다. 그러나 동시에 더 이상 바랄 것이 무엇이겠냐는 듯 체념하는 표정으로 바뀐다. 이따금 아버지는 빗물이 줄줄 흐르는 수척한 얼굴로 움찔거리기도 하고, 판자와 연장을 괜스레 들었다가 내려놓기도 한다. 버논 툴 아저씨도 함께 있다. 캐시는 툴 부인의 비옷을 입고 있고, 그와 버논 아저씨는 톱을 찾고 있다. 한참 만에 아버지의 손에서 톱을 찾아낸다.

"비 맞지 말고 안으로 들어가세요, 아버지." 캐시가 말한다. 빗물이 흐르는 얼굴로 그는 캐시를 바라본다. 그의 얼굴은 어느 잔인한 화가가 사별의 슬픔을 기괴하게 희화하여 조각해놓은 듯한 얼굴이다. "아버지는 들어가세요. 나와 버논 아저씨가 일을 끝내도록 할게요."

아버지는 그들을 바라본다. 아버지가 입은 주얼의 비옷은 소매가 짧다. 빗물이 차가운 글리세린처럼 그의 얼굴을 타고 흐른다. "아내를 위한 일인데, 젖는 것쯤이야." 그가 말한다. 그는 다시 널판자를 만지작거리며, 그것을 들어 올렸다가 조심스럽게 다시 내려놓는다. 마치 유리라도 되는 것처럼. 그러다가 랜턴 쪽으로 가더니 그 위에 걸쳐놓은 비옷을 건드려 넘어뜨린다. 그러자 캐시가 가서 다시 세워 놓는다.

"아버지는 집으로 들어가세요." 캐시가 말한다. 그는 아버지를 집으로 데려가고 비옷을 가지고 되돌아온다. 그는 비옷을 접어 랜턴 옆에 비가 들지 않도록 놓는다. 버논 아저씨는 아직도 톱질을 멈추지 않은 채 하늘을 올려다본다.

"맨 처음 비옷 지붕을 만들었어야 했어. 비가 올 거라는 사실을 자네도 알지 않았나." 버논 아저씨가 말한다.

"아버지가 흥분한 탓이에요." 캐시는 이렇게 말하고 널판자를 바라본다.

"맞아. 어쨌든 그는 와서 참견했을 테니까." 버논 아저씨가 대꾸한다.

캐시는 널판자를 가늠해 본다. 비는 꾸준히 내리고, 셀 수 없이 많은 빗방울이 요동치며 널판자의 옆면에 떨어져 부서진다. "널판자를 비스듬히 잘라야겠어요."라고 캐시가 말한다.

"시간이 더 많이 걸릴 텐데……." 버논 아저씨가 말한다. 캐시는 널판자를 옆으로 세워본다. 버논은 한참 동안 캐시를 바라본 뒤, 그에게 대패를 건넨다.

캐시가 보석을 다듬듯 섬세한 정성으로 대패질하는 동안 버논 아저씨는 판자를 붙들고 있다. 툴 부인이 현관으로 와서 아저씨를 부른다. "거의 다 되었나요?" 그녀가 말한다.

버논 아저씨는 쳐다보지 않은 채로 말한다. "거의 다 되었소. 조금만 더 하면 끝나오."

판자에 몸을 구부리고 있는 캐시와, 그가 움직일 때마다 비옷 위에서 미끄러지고 부풀어 오르는 야만적인 불빛을 툴 부인은 바라본다. "가서 마구간에 있는 널판자를 더 가져다가

어서 끝내고 들어와요. 비가 저렇게 억수처럼 오는데. 둘 다 죽을병에 걸리겠어요." 툴 부인이 말한다. 그러나 버논 아저씨는 움직이지 않는다. "여보, 어서." 그녀가 말한다.

"금방 다 될 거요. 조금만 기다리면 되오."

툴 부인은 잠시 바라보다 다시 집으로 들어간다.

"잘 안 되면 두꺼운 널판자를 써볼까? 내가 도와줄게." 버논 아저씨가 말한다.

캐시는 대패질을 멈추고 널판자를 다시 가늠해 본다. 그러곤 손바닥으로 닦아낸다. "다음 널판자를 주세요."

새벽이 다가오자 비가 그친다. 캐시가 마지막 못을 관에 박고 뻣뻣해진 몸을 일으켜 세우고는, 다 만들어진 관을 바라보았을 때 날이 채 밝지 않았다. 다른 사람들은 그를 지켜보고 있다. 랜턴에 비친 그의 얼굴은 조용하고 기분이 좋은 듯하다. 그는 마지막으로 레인코트에 덮인 자신의 다리를 신중하고 평온하게 두드렸다. 네 사람, 그러니까 캐시, 아버지, 버논 아저씨, 피바디 선생이 어깨에 관을 메고 집 쪽으로 간다. 관은 가볍지만 그들은 천천히 움직인다. 비어 있지만 그들은 조심스럽게 옮긴다. 마치 생명이 있는 물건이어서 지금은 잠시 잠자고 있지만 곧바로 깨어날 것처럼 조용조용 조심스레 다룬다. 어두운 바닥에 내딛는 발걸음이 어색하다. 마치 오랫동안 바닥을 걸어본 적이 없는 사람들 같다.

그들은 관을 침대 옆에 내려놓는다. 피바디 선생이 조용히 말한다. "무엇을 좀 먹읍시다. 이제 날이 다 밝았소. 캐시는 어디 있지?"

그는 가대로 돌아가 희미한 랜턴 불빛 아래서 연장을 주워 모은다. 조심스럽게 헝겊으로 연장의 물기를 닦고 어깨 위에 걸친 가죽 주머니에 담아 넣는다. 그러곤 연장통, 랜턴, 비옷을 들고 집으로 돌아온다. 희부옇게 밝아오는 동녘이 만들어 낸 희미한 그림자 속에서 계단을 밟고 올라온다.

낯선 방에서 잠을 청하려면 네 자신을 모두 비워야 한다. 잠을 자기 위해 자신을 비우기 전엔 넌 네 자신으로 남아 있다. 그리고 자신을 비우면 그때는 더 이상 너가 아니다. 완전히 잠들어 버리면 넌 존재하지 않는다. 내가 무엇인지 모르게 된다. 내가 존재하는지 안 하는지도 모른다. 주얼은 자신이 존재하고 있다고 믿고 있다. 왜냐하면, 존재하는지 안 하는지 스스로 모른다는 사실 자체를 모르기 때문이다. 주얼은 자신의 존재에 대해 모르기 때문에, 또한 그 자신이 생각하는 존재가 아니기 때문에, 잠을 자기 위해 자신을 비울 수 없다. 불이 꺼진 벽 너머로 비가 마차를 때리는 소리가 들린다. 톱에 잘려 쓰러진, 마차 안의 통나무는 이젠 그들 소유가 아니다. 그러나 그것을 돈 주고 산 사람들 소유도 아니고, 또한 우리들 소유도 아니다. 통나무 짐에 부딪히며 바람과 비가 내는 소리는 오로지 주얼과 내게만 들린다. 잠을 잔다는 것은 존재하지 않는 것이며, 비와 바람은 과거 속에 존재했던 것이므로 통나무 짐은 우리 것이 아니다. 그러나 어머니의 주검을 싣고 갈 마차는 지금 여기에 있어야 한다. 마차가 과거로 사라져버려 이미 존재하지 않는다면, 그 마차를 타고 가야 할 애디 번드런도 존재하지 않을 것이기 때문이다. 그리고 주얼은 살아 있다. 그래서 애디 번드런도 살아 있어야 한다. 그러면 나도 존재해야만 한다. 그렇기 때문에 이 낯선 방에서 내 자신을 비울 수가 없는 것이다. 내가 비워질 수 없다면, 난 존재하는 것이다.

비 오는 날, 낯선 지붕 밑에서 집을 생각하며 누워 있던 적이 얼마나 많았는지.

캐시

관을 비스듬한 사선으로 깎아 만들었다.

1. 못이 들어갈 수 있는 표면이 더 많아진다.

2. 이음매 각각의 접면이 두 배가 된다.

3. 경사면으로는 물이 잘 스미지 않는다. 물은 수직으로 움직이고 가로질러 흐른다.

4. 사람들은 집 안에서 하루의 3분의 2나 되는 시간을 서서 보낸다. 따라서 이음매와 접합부는 수직으로 되어 있다. 왜냐하면 하중을 수직으로 받기 때문이다.

5. 사람들이 눕는 침대는 하중을 수평으로 받으니까 이음매와 접합부도 수평으로 만들어져야 한다.

6. 예외가 있긴 하다.

7. 사람 몸은 침목처럼 사각형이 아니다.

8. 동물의 자성(磁性).

9. 시체는 동물적 자성이 있어서 하중이 비스듬히 내린다. 그래서 관의 이음매와 접합부는 사선으로 깎아야 한다.

10. 오래된 무덤을 보면, 흙이 빗각으로 내려앉는 것을 볼 수 있다.

11. 천연 굴(窟)에서는 하중이 수직으로 쏠리므로 가운데 가 내려앉는다.

12. 그런 까닭에 관을 빗각으로 만들었다.

13. 더 깔끔하다.

바더만

엄마는 물고기다.

툴

피바디의 말을 마차에 묶고 집에 돌아왔을 때는 10시였다. 그들이 이미 사륜 경마차를 웅덩이에서 빼낸 다음이었다. 우물가로부터 1마일쯤 떨어진 웅덩이에 거꾸로 쑤셔 박혀 있는 마차를 퀵이 발견한 것이다. 마차는 우물가 근처 길 한쪽으로 치워져 있었고 주변에는 여러 대의 마차가 와 있었다. 퀵은 강물이 계속해서 불어나고 있다고 한다. 그의 말에 따르면 강물은 이제까지 그가 보아온 것보다 훨씬 불어나 이미 교각에 표시해 둔 수위를 넘어서고 있다.

"그 다리는 불어난 강물을 견딜 수 없을 텐데. 누구 앤스에게 강물에 대해 말해준 사람 있소?"

"내가 말했소." 퀵이 대답한다. "앤스가 그러는데, 주얼과 달이 강물이 불어나고 있다는 소식을 들었다면 짐을 내려놓고 돌아오는 중일 거랍니다. 덧붙여 말하길, 짐을 실어도 건널 수 있을 거라고 하더군요."

"앤스는 자기 부인을 가까운 뉴호프에 묻는 편이 나을 것 같군." 암스티드가 말한다. "그 다리는 너무 낡았거든. 나라면 그 다리를 건너는 바보짓은 하지 않겠어."

"앤스는 자기 부인을 제퍼슨에 묻기로 철석같이 마음을 정했소." 퀵이 말했다.

"그렇다면 한시라도 빨리 떠나야지." 암스티드가 말했다.

앤스는 문에서 우리를 맞는다. 면도는 했지만 그다지 좋아 보이지 않는다. 턱에는 베인 자국도 있다. 목까지 바싹 단추를 잠근 하얀 와이셔츠와 나들이용 정장 바지를 입고 있다. 하얀 와이셔츠는 그의 등 뒤의 혹을 매끈하게 가렸지만, 하얀 옷이 늘 그렇듯이, 등의 혹은 여느 때보다 더 커 보인다. 그리고 그의 얼굴도 평소와 달라 보인다. 그는 이제 사람들을 정면으로 바라보고 있다. 그의 얼굴은 훨씬 위엄 있고, 비통하면서도 평온해 보인다. 발을 털고 현관에 이르자 앤스는 약간 어색한 몸짓으로 우리와 악수했다. 우리가 입은 정장이 스치는 소리를 들으며 그와 악수하지만 우리는 그를 똑바로 쳐다보지 않는다.

"주님의 은총을 빕니다." 우리가 말한다.

"주님의 은총을 빕니다."

바더만이 보이지 않는다. 코라가 물고기를 요리하는 것을 본 그 녀석이 코라에게 툴툴거리며 기어오르고, 손으로 할퀴기까지 했다고 피바디가 말했다. 그래서 듀이 델이 그를 헛간으로 데려갔다고 한다.

"내 말들은 괜찮은가?" 피바디가 물었다.

"괜찮아요. 오늘 아침에 꼴을 주었고요. 마차도 부서지지 않고 멀쩡합니다."

"누군가 고의로 한 짓이 아니라고?" 그가 말한다. "내 말들이 저 지경이 될 때 그 꼬마 녀석이 어디 있었는지 말해 주는 사람에겐 내가 돈을 주지."

"어딘가 고장 났다면 제가 고쳐드리지요." 내가 말한다.

여자들은 집 안으로 들어간다. 떠드는 소리와 부채 부치는 소리가 들린다. 그들이 말하는 소리는 물 양동이 안에서 윙윙거리는 벌 떼 소리 같다. 남자들은 현관에서 서로 시선을 피하며 잡담하고 있다.

"버논 툴, 안녕하시오." 그들이 말한다.

"비가 더 내릴 것 같군."

"분명히 더 올 거요."

"맞아요. 좀 더 올 겁니다."

"금방 내릴 것 같군."

"한참 동안 내릴 것 같군요. 틀림없이."

난 뒤뜰로 간다. 캐시는 바더만이 관에 뚫어놓은 구멍을 메우고 있다. 구멍마다 일일이 마개를 만들어 끼울 셈으로 젖은 나무를 힘들게 깎고 있다. 차라리 깡통을 잘라내 구멍을 덮어 씌우면 더 쉬울 테고 아무도 눈치 채지 못할 것이다. 어쨌든 아무도 상관하지 않을 텐데. 나는 캐시가 쐐기 하나 다듬는데 마치 유리를 깎는 것처럼 꼬박 한 시간이나 허비하는 것을 본적이 있다. 주변에 있는 막대기를 몇 개 주워 모아 구멍 속에

꽂아두면 될 것을.

일이 끝나자 다시 앞마당으로 간다. 남자들은 현관에서 좀 더 멀리 떨어진, 어제 우리가 관을 만들던 곳에서, 톱질 모탕 위나 널려 있는 판자들 끄트머리에 앉아 있다. 몇몇은 서 있고 나머지는 쭈그리고 있다. 휘트필드 목사는 아직 오지 않았다.

그들은 눈짓으로 내게 묻는다.

"이제 다 되었소. 이제 못질만 하면 되오." 내가 말한다.

그들이 일어설 때 앤스는 문으로 와서 우리를 바라본다. 우리는 현관 쪽으로 돌아간다. 조심스럽게 신발을 털고 먼저 들어가라고 서로 양보하는 통에 문간이 좀 혼잡스럽다. 앤스는 위엄 있고 평온한 모습으로 문 안에 서 있다. 그는 들어오라고 손짓하며 방 안으로 안내한다.

관 속에 놓인 애디의 시신은 거꾸로 놓여 있었다. 캐시는 관을 벽시계 모양( )으로 만들어서, 이음매와 접합부가 모두 빗각으로 되어 있다. 모든 표면은 대패로 잘 다듬어서 북처럼 매끄럽고 반짇고리처럼 깔끔하다. 시신을 거꾸로 놓은 것은 애디의 드레스가 구겨지지 않게 하기 위해서였다. 그 드레스는 결혼 예복이었고 하단이 넓어서 거꾸로 넣어야만 옷이 구겨지지 않았다. 얼굴에는 모기장으로 베일을 만들어 씌워 송곳 자국이 보이지 않도록 했다.

방에서 나가자, 휘트필드 목사가 와 있다. 방 안으로 들어오는 휘트필드는 허리까지 빗물에 젖어 있다. "이 가정에 하느님의 축복이 있기를. 다리가 떠내려가는 바람에 늦었소. 옛날에 알고 있던 얕은 여울을 찾아 말을 타고 건넜지요. 하느님의 보호하심으로…… 주님의 가호가 있기를."

우리는 가대로 가서 판자 끝에 웅크려 앉는다.

"다리가 떠내려갈 줄 알았지." 암스티드가 말한다.

"꽤 오래된 다리인데." 퀵이 말한다.

"하느님이 이제까지 지켜주신 거지. 지난 이십오 년 동안 아무도 망치 한번 댄 일이 없지 않소." 빌리 할아버지가 말한다.

"그 다리가 얼마나 되었지요?" 퀵이 묻는다.

"그러니까, 언제더라…… 1888년일 거야." 빌리 할아버지가 말한다. "아마도 그 다리를 처음 건넌 사람은 피바디였을 거야. 조디가 태어났을 때, 우리 집에 오던 길이었지."

"당신 부인이 애를 낳을 때마다 내가 그 다리를 건넜다면 오래전에 다 닳아 빠졌을 거요, 빌리." 피바디가 말한다.

우리는 웃는다. 갑자기 큰 소리로. 그러곤 갑자기 조용해진다. 서로 멋쩍게 쳐다본다.

"많은 사람들이 그 다리를 건넜지요. 이젠 더 이상 건너지 못하겠군요." 휴스턴이 말한다.

"그래요." 리틀존이 말한다. "정말 그렇군요."

"단 한 사람도 이제 건널 수 없게 되었지." 암스티드가 말한다. "시신을 마차로 읍내까지 운구하는 데 이삼 일 걸릴 텐데. 제퍼슨에 갔다 돌아오려면 일주일은 걸리겠군."

"도대체 앤스는 왜 부인을 제퍼슨으로 묻으려고 안달이지?" 휴스턴이 묻는다.

"약속을 했다는군. 애디가 원했다고 해. 그녀가 그곳 사람이어서 고향에 묻히겠다고 고집을 부린 모양이오."

"그리고 앤스도 고집을 부리고 있소." 퀵이 말한다.

"맞아. 만사 되는 대로 내버려 두는 사람이 다른 사람 고생시킬 일은 꼭 하려 드는군." 빌리 할아버지가 말한다.

"관을 끌고 어떻게 강을 건널지 모르겠군. 하늘의 도움 없이는 앤스는 건널 수 없을 거요." 피바디가 말한다.

"이번에도 하늘이 도울 거요. 오랫동안 그렇게 하늘은 앤스를 돌봐오지 않았소." 퀵이 말한다.

"말이야 바른 말이지요." 리틀존이 말한다.

"너무 오랫동안 도와줬으니 이제 와서 그만둘 수는 없겠지요." 암스티드가 말한다.

"하늘도 여기 있는 다른 사람들과 마찬가지 아니겠소. 너무 오래 도와주었기 때문에 이제 와서 그만둘 수 없단 말이오." 빌리 할아버지가 말한다.

캐시가 나온다. 깨끗한 셔츠로 갈아입고, 머리가 아직 젖었지만 페인트를 칠한 것처럼 눈썹 위에 가지런히 빗겨 있다. 우리들이 모두 지켜보는 가운데로 와서 꼿꼿하게 앉는다.

"날씨가 어떤지 알고 있나?" 암스티드가 말한다. 캐시는 아무 말도 하지 않는다.

"뼈가 부러진 사람은 날씨의 변화에 민감하지. 즉 비가 올 것을 민감하게 느낄 수 있다네." 리틀존이 말한다.

"다리만 부러진 게 얼마나 다행인지, 하마터면 꼼짝 못하고 침대에 누워 있는 신세가 될 뻔했지. 얼마나 높은 곳에서 떨어졌지?" 암스티드가 말한다.

"28피트 4.5인치 정도 되는 높이에서요." 캐시가 말한다.

나는 캐시 쪽으로 다가간다.

"젖은 판자 위에서는 미끄러지기가 쉽지." 퀵이 말한다.

"유감스러운 일이오. 그렇지만 어쩔 수 없었겠지." 내가 말한다.

"여자들 때문에 떨어졌어요." 캐시가 말한다. "관은 엄마의 몸집과 체중에 맞게 만들었지요."

젖은 판자 때문에 사람들이 떨어진다면, 이번 비 때문에 많은 사람들이 떨어지겠군.

"자넨 어쩔 수 없었던 거야." 내가 말한다.

사람들이 떨어지거나 말거나 난 상관없다. 내게 관심 있는 것은 목화와 옥수수 수확뿐이다.

피바디조차 사람들이 떨어져 다치는 것을 상관하지 않는다. 안 그래요, 의사 선생?

이건 사실이다. 목화와 옥수수가 큰비에 다 떨어지고 말 것이다. 항상 좋지 않은 일이 일어나곤 한다.

항상 그렇지. 그래서 값어치가 있는 것이겠지. 아무 일도 일어나지 않고 모든 사람들이 다 큰 수확을 얻는다면 농사 지을 이유가 있겠는가?

어쨌든 내가 땀 흘려 가꾼 곡식들이 모두 물에 떠내려간다면 얼마나 참담하겠는가?

어쩔 수 없는 사실이다. 스스로 비를 제어할 수 있는 사람이 있다면 곡식이 떠내려가도 상관하지 않겠지.

그럴 수 있는 사람이 누가 있겠는가. 그런 사람의 눈빛은 어떻게 생겼는지 모르겠군. 곡식을 자라게 하는 것은 주님이고, 떠내려

가게 하는 것도 주님이다. 그분의 뜻이 그러하시다면.

"자넨 어쩔 수가 없었네." 내가 말한다.

"그 여자들 때문이었어요." 캐시가 말한다.

집 안에서 여자들이 부르는 찬송 소리가 들린다. 노래의 첫 악절이 시작하자, 소리가 더욱 커진다. 그때 우리는 모자를 벗고 씹던 껌을 뱉고 방 쪽으로 다가간다. 방 안으로 들어가지 않고 계단에 멈춰 서서, 앞으로 혹은 등 뒤로 느슨하게 모은 손으로 모자를 쥐고 서 있다. 한쪽 발을 앞으로 내밀고 고개를 숙였다가 때론 손안에 있는 모자를, 땅을, 이따금씩 하늘을, 엄숙하고 평온한 다른 사람들의 얼굴을 서로 바라본다.

깊은 여운을 남기며 찬송이 끝난다. 휘트필드가 설교를 시작한다. 그는 체구에 비해 목소리가 크다. 마치 목소리와 그 주인이 다른 것처럼. 두 마리 말을 끌고 여울을 건넜는데 한 놈은 진흙투성이가 됐지만 다른 놈은 물 한 방울 튀지 않은 것처럼. 그래서 한 놈은 의기양양하지만 다른 놈은 슬퍼 보이는 것처럼. 집 안에서 누군가 울기 시작한다. 자기 내부를 향해 속으로 울듯 흐느낀다. 우리는 무게 중심을 다른 쪽 다리로 옮기며, 눈길이 마주쳐도 못 본 체한다.

마침내 휘트필드가 설교를 멈춘다. 여자들이 다시 노래 부른다. 그들의 목소리는 방 안에 무겁게 깔린 공기 속에서 흘러나오는 듯이 들리고, 한데 어우러져 슬픔을 위안하는 곡조가 된다. 여자들이 노래를 멈춘 뒤에도 그 소리는 그대로 머물러 떠나지 않는다. 노래는 공기 속으로 사라져버리고, 움직이면 그 여음마저 잃어버릴 것만 같다. 슬픔을 위안하는 노래다.

노래가 끝나자 우리는 어색한 몸짓으로 모자를 쓴다. 마치 한 번도 모자를 써본 일이 없는 사람들처럼.

집으로 돌아오면서 코라는 여전히 찬송을 부르고 있다. "하느님께 축복 받으러 나아갑니다아." 그녀는 노래 부른다. 마차에 앉아 어깨에는 숄을 두르고, 비가 오지 않는데도 우산을 받치고 있다.

"애디도 자신의 몫을 받았겠지. 어디로 갔든지, 앤스로부터 자유롭다는 것은 축복이지." 내가 말한다. 애디는 사흘 동안 관 속에 누워 있었다. 기다리던 달과 주얼은 빈털터리로 돌아와 웅덩이에 빠진 마차를 끌고 오기 위해 새 바퀴를 들고 다시 가야 했다. 내 마차를 가지고 가시오, 앤스. 내가 말했다.

우리 마차가 오면 갈 것이오. 앤스가 말했다. 애디가 그 편을 원할 것이오. 그녀는 늘 까다로운 편이었지.

사흘째 되는 날, 달과 주얼이 돌아와 관을 마차에 싣고 출발했으나 이미 늦었다. 샘슨 다리까지 돌아가야 할 것이오. 거기까지 가는 데 하루가 꼬박 걸릴 테고. 그리고 제퍼슨까지 40마일을 더 가야 하오, 앤스.

우린 우리 마차로 갈 거요. 아내가 그걸 원할 것이오.

저습 지대에 앉아 있는 그를 본 곳은 집에서 1마일 떨어진 곳이었다. 내가 아는 한 그곳에는 물고기가 한 마리도 없다. 무릎에 낚싯대를 놓고 동그랗고 조용한 눈으로 그는 우리를 바라다보았다. 코라는 아직도 노래하고 있었다.

"낚시질하기엔 좋은 날씨가 아니구나. 우리와 함께 집에 가자꾸나. 아침에 일어나 강으로 가면 물고기를 많이 낚을 수 있을 게다." 내가 말했다.

"여기 한 마리가 있대요. 듀이 델이 보았대요." 그가 말했다.

"우리와 함께 가자. 낚시하기엔 강이 좋단다."

"여기 물고기가 있대요. 듀이 델이 보았대요." 그가 말했다.

"하느님께 축복 받으러 나아갑니다아." 코라가 노래 불렀다.

달

"주얼. 죽은 건 네 말이 아니란 말이야." 내가 말한다. 그는
상체를 약간 앞으로 기울인 채 곤추앉아 있다. 모자챙이 물에
젖어 뚜껑 부분과 두 군데나 벌어져 있다. 물이 그의 얼굴로
뚝뚝 떨어져서 그는 머리를 숙이고 투구에 뚫린 구멍을 통해
보듯 한다. 그는 골짜기를 가로질러 절벽 비스듬히 기대선 헛
간 속에 있을 자신의 말을 생각한다. "사람들이 보이니?" 내가
말한다. 집의 훨씬 위쪽으로, 짙게 내리깔린 하늘을 배경으로
사람들이 옹기종기 모여 있는 것이 보인다. 여기에서 보면 사
람들은 작은 점 같아 보인다. 무자비하면서 끈질긴, 불길한 점
으로 보인다. "하지만 죽은 것은 네 말이 아니라고."

"나쁜 놈." 그가 말한다. "개자식."

난 엄마가 없기 때문에 엄마를 사랑할 수 없다. 주얼의 엄

마는 말[馬]이다. 커다란 말똥가리가 날개를 움직이지 않고 하늘을 빙빙 돈다. 움직이는 구름 때문에 새는 마치 뒤로 물러가는 것처럼 보인다.

나무처럼 뻣뻣한 등, 뻣뻣한 얼굴로 아무런 움직임도 없이 주얼은 몸을 굽힌 채 말을 생각한다. 그의 모습은 구부러진 날개를 가진 매같다. 그들은 관을 옮길 채비를 다 하고 우리를 기다리고 있다. 주얼을 기다리고 있다. 그는 마구간으로 들어가 말이 자신을 발로 찰 때까지 기다린다. 그러곤 재빠르게 빠져나와 구유로 간다. 다락에 가기 전, 마구간의 꼭대기를 가로질러 텅 비어 있는 길을 내다본다.

"나쁜 놈. 나쁜 놈."

캐시

"균형이 맞지 않아. 기울어지지 않게 균형을 잡아 마차에 태우려면……."

"들어 올려. 나쁜 놈, 들어 올리란 말이야."

"내 말 들어. 기울어지지 않게 균형을 잡으려면……."

"들어 올려! 이 거만하고 둔한 놈아, 어서 들어 올리란 말이야!"

균형이 잡히지 않는다. 균형을 유지하고 옮기려면.

달

네 명이 관을 옮기고 있다. 그중 하나인 주얼은 관 위로 몸을 구부리고 있다. 그의 얼굴은 피가 쏠려 벌겋게 달아오르고, 핏기가 솟구치는 가운데 살갗은 푸른빛을 띠고 있다. 부드럽고, 진하면서도 엷은 녹색의 소먹이와 비슷한 색깔이다. 얼굴은 숨이 막힐 것 같고, 격정으로 몸부림치는 듯하다. 입술은 치아 위로 들려 있다. "들어 올려! 이 바보 같은 놈들, 번쩍 들어 올리란 말이야." 그가 말한다.

그는 잡고 있는 한쪽 모서리를 갑자기 들어 올린다. 관이 완전히 뒤집어지지 않도록 균형을 잡느라 모두들 함께 번쩍 들어 올린다. 잠시 동안 시신은 스스로 의지를 가진 듯 쏠리지 않았다. 마치 어쩔 수 없이 묻은 옷의 진흙 얼룩을 감추려는 듯이, 죽은 후에도 자신의 존엄성을 애써 지키기라도 하듯이 말이다. 그런 다음, 마침내 시신도 관 속에서 들썩거렸다. 몸이 자유로워지자 마치 부력이라도 얻은 듯, 더욱 높이 들썩였다. 마치 옷이 자신의 몸에서 찢겨 나가자, 떨어지는 옷을 열정적으로 부여잡기라도 하듯. 주얼의 얼굴은 이제 완전히 푸른빛이고, 식식거리며 숨을 몰아쉰다.

복도를 따라 관을 옮긴다. 거칠고 서툰 발걸음으로, 발을 질질 끌며 문을 나온다.

"잠깐, 천천히." 관이 문을 나간 뒤, 아버지는 뒤돌아서 문을 잠근다. 그러나 주얼은 계속 앞으로 나간다.

"잠깐만 기다리라니까." 아버지는 숨이 막히는 듯한 목소리로 말한다.

계단을 내려가면서 조심스럽게 관을 낮춘다. 소중한 물건을 다루듯 세심하게 균형을 잡으면서 관을 옮긴다. 얼굴은 돌리고, 냄새를 맡지 않으려고 입으로 숨을 쉬면서. 길을 내려와 경사면을 향해 간다.

"잠시 기다려요." 캐시가 말한다. "지금 균형이 잘 맞지 않아요. 언덕을 내려가려면 한 사람이 더 필요해요."

"그렇다면 관을 내려놓고 꺼져버려." 주얼이 말한다. 그는 멈추지 않을 것이다. 캐시는 뒤로 처지고 숨을 거칠게 몰아쉬면서 절뚝거리며 뛰어온다. 마침내 캐시가 뒤떨어지자 주얼은 관의 앞면을 혼자 짊어지고 간다. 길이 경사진 곳에 이르자 관은 앞으로 쏠리고 보이지 않는 눈 위의 썰매처럼 공기 위로 미끄러진다. 관이 채우고 있던 공간을 부드럽게 비우면서 나아간다. 그러나 관은 여전히 공간에 남아 있는 듯하다.

"잠깐, 주얼." 내가 말한다. 그러나 그는 멈추지 않고 거의 뛰다시피 앞으로 나간다. 캐시는 멀리 뒤처져 있다. 관은 주얼의 절망이 담긴 성난 파도 한가운데 떠 있는 지푸라기처럼 이리저리 떠밀리고, 주얼에게 쏠리는 바람에 내가 들고 있는 관의 뒷부분은 거의 무게가 느껴지지 않는다. 아니, 나는 관에서 손을 떼고 있다. 주얼은 돌아서며 머리 위로 관을 얹고 크게 흔들고는 다시 멈춰, 관을 마차 안에 던지듯 밀어 넣는다. 그런 다음 나를 바라본다. 얼굴은 분노와 절망으로 숨이 막히는 듯하다.

"나쁜 놈들, 나쁜 놈들."

바더만

이제 읍내로 간다. 그것은 산타 할아버지의 물건이니, 그가 도로 가져가면 내년 크리스마스까지는 팔지 않을 거라고 듀이 델이 말했다. 그러면 그것은 기다림으로 빛을 내며 쇼윈도에 다시 놓일 것이다.

아버지와 캐시는 언덕을 내려간다. 주얼은 혼자 헛간으로 향한다. "주얼." 아버지가 부른다. 그러나 그는 걸음을 멈추지 않는다. "어딜 가는 거냐?" 그래도 주얼은 멈추지 않는다. "말은 데려가지 마라." 아버지가 말한다. 그러자 주얼은 멈춰 서서 아버지를 노려본다. 주얼의 눈은 마치 대리석 같다. "말을 여기 놓고 가란 말이다. 네 엄마가 원하는 대로 우리 모두 마차를 타고 가야 해." 아버지가 말한다.

나의 엄마는 물고기다. 버논 아저씨도 거기서 보았다.

"주얼의 엄마는 말이야." 달이 말했다.

"그럼 내 엄마는 물고기일 수도 있는 거지. 그렇지 않아, 형?" 내가 말한다.

주얼은 내 형이다.

"그렇다면 내 엄마도 말이어야 해?" 내가 물었다.

"왜? 아버지가 진짜 너의 아버지인데, 주얼의 엄마가 말이라고 해서 왜 너의 엄마까지 말이어야 하지?"

"왜 그렇지?" 내가 물었다. "왜 그런 거야, 형?"

달은 내 형이다.

"그럼 형의 엄마는 뭐야?" 내가 말했다.

"난 엄마가 없어. 내게 엄마가 있었다면 그것은 옛날 얘기지. 옛날이라면 지금 있다고 말할 수 없지. 안 그래?"

"아니야." 내가 말했다.

"그럼, 나도 존재하지 않아. 내가 존재하는 걸까?"

"아니." 내가 말했다.

나는 지금 존재한다. 달은 내 형이다.

"하지만 형은 지금 여기 있잖아." 내가 말했다.

"나도 알아." 달이 말했다. "바로 그래서, 내가 존재하지 않는다는 거야. 존재한다고 말하기엔 한 여자가 낳은 아이들이 너무 많아." 달이 말했다.

캐시는 연장을 가져오고 있다. 아버지가 그를 의아한 듯 쳐다본다. "돌아오는 길에 툴 아저씨의 집에 들러 헛간 지붕을 고쳐줘야 해요."

"그것은 예의 바른 일이 아니다. 네 어머니와 나에 대한 모독이야." 아버지가 말한다.

"그러면 집에 돌아왔다가 연장을 가지고 툴의 집까지 또다시 가야 한단 말씀이세요?" 달이 말한다. 아버지는 여전히 담배를 씹으며 달을 쳐다본다. 우리 엄마가 물고기이기 때문에 아버지는 매일 면도를 한다.

"그래도 옳지 않아." 아버지가 말한다.

듀이 델은 손에 보따리를 들고 있다. 우리 모두의 저녁밥을 담은 바구니도 들고 있다.

"그건 뭐지?" 아버지가 묻는다.

"툴 부인의 케이크예요." 마차를 오르며 듀이 델이 말한다. "아주머니 대신 읍내로 가져가는 거예요."

"그건 옳지 않아. 고인에 대한 모독이야." 아버지가 말한다.

그것은 거기에 있을 것이다. 오는 크리스마스까지 철로 위에서 빛을 내며 남아 있을 거라고 듀이 델이 말한다. 주인은 읍내 애들에게는 팔지 않을 거라고 한다.

달

주얼은 헛간으로 간다. 뒷모습이 나무처럼 뻣뻣하다.

듀이 델은 한 손에 바구니를 들고, 다른 손에는 신문지로 싼 무엇인가를 들고 있다. 그녀의 얼굴은 조용하고 우울하며, 눈은 뭔가 골똘히 생각하며 경계하는 듯하다. 두 개의 종지 안에 있는 두 개의 둥그런 완두콩처럼 생긴, 피둥피둥한 피바디 선생의 등이 보인다. 어쩌면 그의 등에는 벌레가 두 마리쯤 들어 있는지도 모른다. 갑자기 슬금슬금 기어 나오는 바람에 잠을 깨우고, 놀라고 걱정스럽게 만드는 벌레들 말이다. 듀이 델은 바구니를 마차에 먼저 밀어 넣고 그다음에 올라탄다. 꼭 끼는 드레스 아래에서 다리가 쑥 빠져나와 있다. 여자의 다리는 세상을 움직이는 지렛대이고, 인생의 길이와 폭을 재는 측정기 중 하나다. 그녀는 바더만 옆에 앉아 보따리를 무릎 위에 올려놓는다.

주얼은 헛간으로 들어간다. 돌아보지도 않는다.

"옳지 않아." 아버지가 말한다. "제 엄마를 위해서 그렇게 작은 일도 못 한단 말이냐?"

"떠나지요." 캐시가 말한다. "주얼이 원한다면 그냥 내버려 두세요. 그는 여기서 잘 있을 테니. 어쩌면 툴 아저씨의 집에 가서 머물지도 모르지요."

"곧 따라올 거예요. 길을 가로질러 툴 아저씨의 집 앞길에 서 만날 수 있을 거예요." 내가 말한다.

"말을 데리고 가서는 안 되지." 아버지가 말한다. "내가 굳이 말하지 않더라도 말이야. 퓨마보다 더 난폭한 저 못된 점박이 말 같으니. 나와 네 엄마를 모욕하는 거야."

마차가 움직인다. 노새의 귀가 까불까불 움직이기 시작한다. 말똥가리 한 마리가 큰 동그라미를 그리며 날개를 움직이지 않은 채 날고 있다가 뒤쪽 집 너머로 작아지더니 사라졌다.

앤스

죽은 제 엄마를 존경하는 마음이 있다면 그 말은 끌고 오지 말라고 했건만. 서커스 동물 위에 타고 가다니, 도무지 좋게 보이지 않는다. 자신의 몸에서 태어난 아이들 모두가 마차를 타고 함께 가기를 아내는 원했다. 툴의 집 근처까지 왔을 때 달이 갑자기 웃기 시작했다. 널판자를 깔아놓은 자리에 캐시와 함께 앉아, 발끝에는 죽은 엄마의 시신이 있는데도, 그는 웃고 있었다. 그런 이상한 행동 때문에 사람들이 비웃는 거라고 내가 몇 번이나 타일렀는지 모른다. 비록 내가 아들 녀석들을 애틋하게 기르지는 않았어도 사람들이 내 가족에 대해 이러쿵저러쿵 말하는 것이 난 신경 쓰인다. 달은 아랑곳하지 않지만 말이다. 네가 그런 식으로 행동하니까 구설수에 오른단 말이다. 내겐 별 상관이 없지만 네 엄마가 욕을 먹는 거라고 내가 말한다. 나는 남자라서 견딜 수 있지만, 엄마나 여동생 같은 집안 여자들은 네가 돌봐야지. 그리고 다시 그를 쳐다본다. 그러나 그는 여전히 웃고 있다.

"네가 날 존경하지 않는 것은 상관없다." 내가 말한다. "그러나 관 속에서 채 식지 않은 네 엄마에 대한 예의는 갖춰야 하지 않겠니."

"저기 보세요." 캐시가 길 쪽으로 얼굴을 내밀며 말한다. 말은 아직도 상당히 멀리 있지만 꽤 빠른 속도로 쫓아오고 있다. 그게 누구인지 말할 필요는 없다. 여전히 웃고 있는 달을 쳐다본다.

"난 최선을 다했어." 내가 말한다. "아내가 원하는 대로 해주려고 애썼어. 그러니 하느님이 날 용서해 주시고, 하느님이 내게 주신 아이들의 행동도 봐주시겠지." 달은 그녀의 관 위에 걸쳐놓은 널판자에 앉아서 계속 웃고만 있다.

달

　주얼은 좁은 길을 빠르게 올라온다. 그러나 그가 큰길에 들어섰을 때에도 우리로부터 아직 300야드 정도는 떨어져 있다. 달리는 말발굽에서 진흙이 튀어 오른다. 안장 위에 반듯하게 앉아서 속도를 조금 줄인다. 말은 진흙을 튀기며 걷는다.

　툴 아저씨는 집 마당에 서 있다. 우리를 보고 손을 흔든다. 마차는 삐걱거리고 진흙은 마차 바퀴에서 속삭거리면서 우리는 계속 나아간다. 버논은 여전히 거기에 서서 지나가는 주얼을 바라본다. 주얼은 300야드 정도 뒤쪽에서 가볍게 무릎을 치켜들며 걷는 말을 타고 있다. 앞으로 가고 있다고 느끼지 못할 만큼 졸리고 꿈꾸는 듯한 움직임으로 나아간다. 우리와 읍내 사이에서 줄어들고 있는 것은 공간이 아니라 시간인 듯하다.

　길은 오른쪽으로 꺾인다. 지난 일요일에 났을 바퀴자국이 깨끗하게 지워져 있다. 매끄럽고 붉은빛의 길은 소나무 숲속으로 돌아 들어간다. 퇴색한 이정표 위에는 뉴호프 교회까지 3마일이라고 쓰여 있다. 깊고 황량한 바다 수면 위로 내민 움직이지 않는 손처럼 이정표는 굴러간다. 이정표 너머로 붉은 길이 '애디 번드런은 바큇살이다'라고 호소하듯이 놓여 있다. 길은 아무런 흔적도 없이 텅 빈 채로 굴러간다. 낡고 적막한 외길은 하얀 이정표 앞에서 꺾어진다. 캐시는 평온한 얼굴로, 올빼미같이 고개를 돌려 침착하게 길을 올려다본다. 아버지는 등을 구부리고 똑바로 앞만 보고 있다. 듀이 델도 길만 바라본다. 그러다가 경계하고 증오하는 눈빛으로 나를 돌아본다. 그 분노의 눈빛은, 캐시의 머릿속에서 일어나는 의문과 같은 종류는 아니다. 이정표를 지나치고, 흔적을 남기지 않는 길은 계속 굴러간다. 그리고 듀이 델은 다시 고개를 돌린다. 마차는 삐걱거리며 달린다.

캐시는 바퀴 위에 침을 뱉는다. "이틀 정도 지나면 냄새가 나기 시작할 거야." 그가 말한다.

"주얼에게 그렇게 말해 보시지." 내가 말한다.

주얼은 교차로에서 말을 세우고 서 있다. 항복이라도 하는 듯이 서 있는 빛바랜 이정표의 맞은편에서, 주얼은 허리를 반듯하게 세우고 우리를 가만히 바라본다.

"길을 오래 가야 하는데 관의 균형이 잡혀 있지 않아." 캐시가 말한다.

"주얼에게 그것도 말해 보시지." 마차가 삐걱거린다.

1마일쯤 더 가서 주얼은 우리를 앞지른다. 말은 아치형으로 목을 길게 뽑고, 고삐를 당길 때마다 속도를 높인다. 주얼은 목석 같은 얼굴로 반듯하게 안장 위에 앉아 있다. 망가진 모자는 약간 기울어져 멋을 부린 것처럼 보인다. 그는 우리를 쳐다보지도 않고 빠르게 지나친다. 말이 발굽으로 진흙을 튀기며 지나간다. 진흙이 뒤로 튀며 관 위에 달라붙는다. 캐시는 몸을 앞으로 기울여 연장 통에서 연장을 하나 조심스럽게 꺼낸다. 길이 화이트리프 강을 지날 때 길가에 자란 수양버들을 꺾어 그 잎사귀로 관에 묻은 진흙을 닦아낸다.

앤스

사람이 살기 힘든 곳이다. 땀 흘려 일한 땅 8마일이 물에 떠내려갔다. 하느님이 그곳에서 일하라고 명하시곤, 다시 빼앗아 가시다니. 정직하고 열심히 일하는 사람이 늘 손해만 보는 죄 많은 세상이다. 땀 한 방울 흘리지 않고 가게나 운영하면서 사는 사람들은 땀 흘리는 사람에게 빌붙어 사는 것이다. 열심히 일만 하는 농부들은 이득 보는 일이 없다. 가끔씩 우리가 왜 계속 농사를 짓는지가 의아스럽다. 자동차 같은 것들을 가질 수 없는 대신, 하늘에서 보상이 내려오기 때문일까? 하늘에서는 모든 사람이 평등할 것이다. 하느님은, 이승에서 가진 사람들의 소유를 빼앗아 저승에서는 없는 사람들에게 내줄 것이다.

그러나 정말 오래 기다려야 한다. 아마도. 좋은 일을 했는데 그 대가가 죽은 아내와 함께 웃음거리가 되는 것이라니, 정말 기분 나쁜 일이다. 하루 종일 마차를 달려 저물녘 샘슨의 가게에 다다랐을 때, 그곳의 다리도 역시 떠내려가고 없었다. 그 동네 사람들은 강물이 그렇게 많이 불어난 것을 본 적이 없다고 한다. 아직 비가 채 그치지도 않았는데…… 그토록 강물이 많이 흐르는 것을 본 적이 없다는 노인들이 몇 있었다. 난 하느님께서 선택하신 자다. 사랑하는 자를 징벌하시는 하느님이시니까. 그러나 하느님은 벌을 좀 이상하게 내리시는 것 같다.

그러나 어쨌든, 난 새 틀니를 해 넣을 수 있겠지. 그것이 그래도 위안이 된다. 정말로.

샘슨

해 질 무렵 현관에 앉아 있는데, 다섯 사람이 탄 마차와, 그 뒤로 또 한 사람이 말을 타고 나타났다. 그중 한 사람이 손을 들었지만 나머지는 멈추지 않고 가게를 지나치고 있었다.

"저 사람들은 누구지?" 매캘럼이 말한다. "이름은 잘 생각나지 않지만, 레이프의 쌍둥이 형제일 거야."

"번드런이군. 뉴호프 너머 저 아랫마을 사람 말이오." 퀵이 말한다. "주얼이 타고 있는 말은 스놉스 씨네 종자지요."

"그 말들이 아직도 남아 있는지 몰랐군. 스놉스 씨네 사람들은 가진 것 모두 다 이미 날려버린 줄 알았거든." 매캘럼이 말한다.

"가서 저 말을 한번 사도록 해봐요." 퀵이 말한다. 마차는 계속 달린다.

"론이 말을 저 친구에게 주었을 리가 없는데⋯⋯." 내가 말한다.

"거저 준 것이 아니지요. 주얼이 산 겁니다." 퀵이 말한다. "저들은 다리가 떠내려간 줄 모르고 있을 겁니다."

"도대체 뭘 하려는 거지?" 매캘럼이 말한다.

"죽은 아내를 매장하기 위해 여행 중이지요." 퀵이 말한다. "읍내로 가는 길일 겁니다. 툴의 다리가 떠내려갔으니⋯⋯ 이 다리도 떠내려갔다는 사실을 모르는 모양입니다."

"그렇다면 훨훨 날아서 건너야겠군." 내가 말한다. "내가 생각하기엔 여기에서 이샤타와 입구까지는 다리가 하나도 없을 거요."

마차 안엔 뭔가 있는 것 같았다. 사흘 전에 퀵이 장례식에 다녀왔기에 그들이 꽤 늦게 출발했다고 생각했을 뿐, 또 다리에 대해 전혀 모른다는 것 말고는 아무것도 생각나지 않았다. "당신이 저들을 불러 세워야겠군." 매캘럼이 말했다. 난 이름이 입안에 맴돌 뿐 기억나지 않았다. 그래서 대신 퀵이 그들을 불렀고 마침내 그들이 멈춰 섰다. 그는 마차로 가서 말했다.

그들을 데리고 퀵이 돌아왔다. "그들은 제퍼슨으로 가고 있어요. 툴 집 근처에 있는 다리도 떠내려갔대요." 우리는 아무것도 모르는 양 말했다. 그의 얼굴은 콧구멍 근처가 좀 우습게 생겼다. 마차 안에는 번드런과 소녀, 의자에 앉은 소년, 그리고 사람들 입에 오르내리는 또 한 녀석과 캐시가 마차의 뒷문 구실을 하는 개폐식 널판자 위에 앉아 있다. 마지막 또 한 사람은 얼룩말을 타고 있다. 뉴호프를 다시 지나가는 편이 낫다고 말해 주었을 때, 캐시가 "아마 갈 수 있을 겁니다."라고 아무렇지도 않게 대꾸하는 것으로 보아, 그들은 이렇게 마냥 가는 일에 익숙한 모양이다.

난 다른 사람들의 일에 간섭하는 것을 좋아하지 않는다. 제 일은 제가 알아서 하라고 말한다. 6월의 날씨에 애디의 시신을 제대로 염할 사람이 없다는 사실을 아내 레이첼에게 말한 후에 헛간으로 가서 번드런과 이 문제를 상의했다.

"난 아내에게 약속했어요. 그녀의 마음은 확고했으니까요." 앤스가 말한다.

정말 게으르고 움직이는 것을 싫어하는 사람이야말로 일단 출발하면 계속 움직여야 하는 모양이다. 움직이지 않고 머무르는 일도 물론 마찬가지다. 마치 그가 싫어하는 것이 움직임 자체라기보다는 멈췄다가 다시 출발하는 일인 것처럼. 무엇이든 움직여야 하는 일이 생기면 이를 자랑스러워 하고, 머무르는 일이 오히려 힘든 것처럼 말이다. 다리가 어떻게 떠내려갔는지, 강물이 얼마나 높았는지 우리가 말할 때, 앤스는 등을 구부린 채 눈을 껌벅거리며 듣고 있었다. 자신이 강물을 불어나게 한 것처럼 앤스는 오히려 강물이 불어나 다리가 떠내려간 것을 기뻐하는 듯하다.

"그렇게 많은 강물을 본 적이 없다고요?" 앤스가 말한다. "하늘의 뜻이지요. 아침이 되어도 물이 줄어들 것 같지 않군요."

"여기서 하루 머물고 내일 아침 일찍 뉴호프로 떠나는 편이 낫겠소." 그들의 마차를 끄는 말라비틀어진 노새가 불쌍했다. 레이첼에게 말했다. "제집에서 8마일이나 멀리 떨어져 있는 사람들을 야밤에 쫓아낼 수는 없지 않소. 달리 어찌할 방도가 있는 것도 아니고." 내가 말한다. "겨우 하룻밤인걸. 관은 헛간에 놓도록 하지. 아침이 되면 분명히 떠날 거요." 내가 말한다.

"오늘 밤은 여기 머무르고 내일 아침 일찍 뉴호프로 떠나시오. 여기 연장은 충분하니 저녁 식사 후 곧바로 땅을 파고 준비할 수도 있소. 원하기만 한다면." 그때 소녀가 날 뚫어지게 바라보고 있는 것을 눈치 챘다. 만일 그 아이의 눈이 권총이었다면 지금 내가 이렇게 말하고 있지도 못했지 싶다. 두 눈이 날 죽일 듯 쏘아보고 있었다. 내가 헛간으로 내려갔을 때 우연히 그들을 보았는데, 여자애는 내가 있다는 것을 모른 채 말을 계속했다.

"아버지는 엄마에게 약속했어요." 듀이 델이 말한다. "아버지가 약속을 지킬 때까지 엄마는 떠나지 않을 거예요. 엄마는 아버지를 믿을 수 있다고 생각했는데, 그대로 하지 않으면 아버지에게 저주가 내릴 거예요."

"내가 약속을 지키지 않는다고? 난 누구에게도 떳떳해." 번드런이 말한다.

"아버지의 양심 따위에는 관심도 없어요." 그녀가 말한다. 빠르게 말하는 그녀는 마치 속삭이고 있는 듯하다. "약속했으니까 지켜야 해요." 그러다가 그녀는 나를 발견하고는 하던 말을 멈춘다. 두 눈이 권총이었다면 난 살아남지 못했을 것이다. 무슨 일인지 내가 번드런에게 묻는다.

"아내에게 약속을 했지요. 그녀는 제퍼슨에 묻히기를 고집했거든요."

"하지만 엄마를 가까이 묻어야 애들이 자주 가서 볼 수 있지 않을까요?"

"내가 약속한 사람은 아내 애디입니다. 그녀의 마음은 확고했으니까요."

다시 비가 내리고 있었기 때문에 관을 헛간으로 치우게 하고, 식사 준비가 다 된 집으로 들어가자고 했다. 그러나 그들은 원치 않았다.

"감사하지만 당신을 불편하게 해드리고 싶지 않습니다." 번드런이 말한다. "바구니에 음식이 조금 있으니 그것을 먹도록 하지요."

"당신이 부인에게 그토록 각별한 것처럼 나도 마찬가지요." 내가 말한다. "식사 시간에 우리 집을 방문하고도 식사를 하지 않으면 내 아내는 모욕받았다고 생각한다오."

그래서 소녀는 레이첼을 도우러 부엌에 들어간다. 그런 다음 주얼이 내게 온다.

"헛간 다락에 짚이 많이 있으니 노새도 먹이고 말도 맘껏 먹이도록 하게." 내가 말한다.

"그에 대한 돈을 내겠습니다." 주얼이 말한다.

"무엇 때문에? 말에게 먹일 꼴 가지고 아까워할 사람이 있겠는가?"

"돈을 내겠어요." 그가 말한다. 난 그가 말먹이로 건초 말고 다른 것을 요구하고 있다고 생각했다.

"다른 것이 필요하오?" 내가 묻는다. "건초와 옥수수 이외에 다른 것이 필요한가?"

"예, 좀 많이 먹이는 편이지요. 다른 사람에게 신세 지는 것은 원치 않습니다."

"난 더 이상 아무것도 없소. 다락 위의 건초만 먹는다면 아침에 건초 더미를 마차에 더 실어 주리다."

"내 말은 신세 지는 것을 원치 않아요. 차라리 돈을 내겠어요." 그가 말한다.

나도 "차라리"라는 말을 할 수만 있다면, 너희들은 이곳에 아예 머물지 못할 거다라고 말하고 싶었지만, "그렇다면 저 말은 이제 떠나야겠소. 난 더 줄 먹이가 없으니까."라고 한다.

레이첼은 저녁상을 차린 뒤 소녀와 함께 잠자리를 준비하러 갔다. 그러나 아무도 집 안으로 들어오려 하지 않았다. "죽은 지 여러 날 되었으니 이런 바보짓은 하지 않아도 될 텐데." 나 역시 죽은 이에 대한 예의는 갖출 줄 안다. 죽은 지 나흘이나 된 고인에 대한 예의를 갖추는 일은 다른 게 아니라 빨리 땅속에 묻어주는 일일 것이다. 그러나 그들은 그렇게 하지 않는다.

"집 안으로 들어가는 것은 옳지 않아요. 아들들이 집 안으로 들어가 잔다면 내가 밖에서 관을 지키겠소. 그래도 난 불만 없소."

내가 다시 그곳에 돌아왔을 때 그들은 마차 둘레에 쭈그리고 앉아 있었다. "저 작은 꼬마나 들어와 쉬게 하세요." 내가 말한다. "그리고 너도 들어오렴." 소녀에게 말한다. 간섭하려는 의도는 없었다. 난 그 여자애에게 해 끼친 적이 없다.

"꼬마는 벌써 잠들었소." 번드런이 말한다. 빈 마구간의 구유에 잠든 아이를 뉘었다.

"그러면 너나 들어오너라." 소녀에게 말한다. 그러나 여자아이는 아무 말도 하지 않는다. 그들은 말없이 웅크리고 있었다. "어이, 장정들은 어때? 내일 할 일이 많잖아." 내가 말하자 잠시 후에 캐시가 말한다.

"고맙지만, 우린 괜찮아요."

"친절에 감사하지만, 우린 신세를 끼치고 싶지 않아요." 번드런이 말한다.

그래서 난 그들을 내버려 두었다. 짐작건대 저렇게 지낸 지 나흘이 되었으니 익숙한 모양이다. 그러나 레이첼은 기분이 상했다.

"이건 말도 안 돼요. 정말 모욕이군요."

"그인들 어쩌겠소. 약속을 했으니." 내가 말한다.

"누가 저 남자더러 뭐래요? 누가 저 남자를 상관하겠어요. 당신과 저 작자, 그리고 여자를 괴롭히고 조롱하는 모든 남자들, 여자를 저 멀리까지 끌고 다니는 남자들 모두가……."

"자, 자, 당신 흥분했군."

"건들지 말아요." 그녀는 말한다. "건들지 말란 말이에요."

여자들은 알다가도 모르겠다. 십오 년을 함께 살고도 정말 이해할 수가 없다. 우리를 다투게 만드는 것이 많지만, 죽은 지 나흘 되는 시신, 그 여자가 싸움거리가 되다니. 그러나 여자들은 스스로 힘들게 하고 있는 것이다. 남자들처럼 대담하게 일을 처리하지 못하는 까닭에 말이다.

비 오는 소리를 들으며 난 잠자리에 누워 있다. 마차 곁에 웅크리고 앉아 있는 사람들의 기척, 지붕을 때리는 빗소리, 울음소리가 아내가 잠든 후에도 계속 들리는 것 같았다. 분명히 그럴 리 없다고 생각하면서도 냄새가 나는 듯했다. 도대체 냄새가 여기까지 올 수 있는지 알 수도 없고, 무슨 냄새인지 분간할 수도 없지만 말이다.

그래서 다음 날, 관이 있는 곳엔 가지 않았다. 그들이 마차를 매는 소리를 듣고 떠날 채비를 한다는 사실을 알았을 뿐이다. 난 집을 나와 다리 쪽으로 걸어가서 그들이 내 집 마당을 벗어나 뉴호프로 향할 때까지 거기에 있었다. 집에 돌아와 보니 아내는 몹시 화가 나 있었다. 내가 없어서 그들에게 아침 식사를 권하지 못했다는 것이다. 여자들이란 정말 알 수 없다. 여자들이 원하는 바를 알아차리고 그대로 해줄 때 오히려 결정을 바꿔야 할 일이 생기거든. 여자들의 의중을 알고 따른 것에 대해 질책이나 받는 것처럼.

아직도 냄새가 나는 것 같았다. 그러나 관이 그곳에 있었다는 사실을 알기 때문이지, 실제로 냄새가 나는 것은 아니라고 스스로를 타일렀다. 이따금 착각하는 수도 있으니까. 그러나 헛간으로 갔을 때 사정은 달랐다. 내가 복도로 걸어 들어갈 때 그놈을 보았다. 들어설 때 뭔가가 웅크렸다 일어섰다. 처음엔 그들이 뭔가를 빠뜨리고 간 줄 알았다. 그런데 그것은 다름 아닌 말똥가리였다. 그 새는 주위를 둘러보다가 나를 보고는 헛간의 통로를 따라 날개를 접고 두 발을 벌리고 걸어 나갔다. 마치 머리가 벗어진 늙은이처럼 내 어깨 위를 쳐다보더니, 다른 쪽 어깨를 다시 힐금 쳐다보았다. 그러다가 밖으로 나가더니 날개를 펴고 날아갔다. 말똥가리는 한참 만에 공중으로 날아올랐다. 그 자신처럼 둔하고 무거우며, 비 기운이 가득한 공중으로 날아갔다.

그들이 제퍼슨으로 갈 목적이었다면 매캘럼처럼, 버논산(山)으로 돌아가는 편이 나았을지도 모른다. 말을 타고 간 매캘럼은 모레쯤이면 집으로 돌아올 수 있을 것이다. 그 길로 가면 읍내까지 18마일이면 되는데⋯⋯. 그러나 어쩌면 이 다리가 떠내려가는 바람에 그가 하늘이 내린 혜안을 얻게 된 것인지도 모른다.

그 매캘럼 녀석. 계속은 아니지만, 그래도 십이 년 동안 나와 거래를 해왔다. 어릴 적부터 알아온 사이인지라, 마치 내 이름처럼 친숙하게 그 이름을 알고 있다. 하지만 잘 모르는 사람에게 그런 말을 하기는 쉽지 않다.

듀이 델

 이정표가 보인다. 그것은 사람들을 기다리며 길을 내다보고 있는 듯하다. 뉴호프까지 3마일이라고 쓰여 있다. 뉴호프까지 3마일. 그런 다음 길은 다시 이어지고 숲속으로 구부러진다. 이정표는 기다림으로 텅 비워진 듯, 오로지 뉴호프까지 3마일이라고 말할 뿐이다.

 내 엄마가 돌아가셨다고 한다. 엄마가 좀 더 기다리셨다가, 정말 돌아가셔도 될 때 가셨으면 좋았을 것. 그것을 말할 시간이 있었더라면 얼마나 좋을까? 이 황량하고 분노뿐인 땅에 나만 남기고 너무 일찍 돌아가신 거야. 엄마의 죽음이 내 뜻대로 되는 것은 아니지만, 그래도 너무 일찍 돌아가셨다.

 이제 이정표가 말한다. 뉴호프까지 3마일, 뉴호프까지 3마일. 이것이 바로 시간의 자궁이라는 것이다. 점점 커가는 뼈의 절망과 고뇌, 단단한 거들 속에 누워 있는 것은 래프와의 관계가 만들어낸 끔직한 결과다. 캐시의 창백하고 텅 빈 듯한, 슬프면서도 평온해 보이는, 또 뭔가 궁금해 하는 듯한 머리가 천천히 붉고 텅 빈 길목을 따라 돌아간다. 마차의 뒷바퀴에 바싹 붙어서 말을 타고 가는 주얼은 똑바로 앞만 바라본다.

달은 들판에서 눈을 떼고 이리저리 헤엄치듯 눈길을 돌린다. 그는 내 발을 바라보다가 내 몸을, 그리고 내 얼굴을 훑어본다. 그때, 내 옷이 벗겨진다. 노새가 끄는 느린 마차 위에서 난 발가벗은 채 앉아 있다. 고개를 돌리라고 달에게 말하면 그는 내 말을 듣겠지. 그가 그렇게 하리라는 사실을 네가 알잖아? 언젠가 내 밑으로 시커먼 무언가가 밀려드는 느낌 때문에 잠에서 깬 적이 있다. 난 무엇인지 알아낼 수가 없었다. 바더만이 일어나 창문으로 가서는 칼로 그 물고기를 찌르는 것을 보았다. 그러자 쉭 소리를 내며 피가 솟구쳤다. 그러나 난 볼 수 없었다. 그는 내가 말하는 대로 할 거다. 항상 그러잖아. 무엇이든지 난 그를 설득할 수 있다. 그렇게 할 수 있다는 사실을 난 알고 있다. 여기 보라고 내가 말한다면……. 바로 그때가 내가 죽는 순간이었다. 내가 말한다고 상상해 봐. 우리는 뉴호프로 갈 거야. 우린 읍내로 가지 않을 거야. 난 일어서서 아직도 쉭 소리를 내며 피가 솟구치는 물고기 몸에서 칼을 뽑아 달을 찔렀다.

바더만과 함께 잘 적에 난 악몽을 꾸곤 했다. 한번은 내가 깨어 있는 줄만 알았다. 그런데 볼 수도 느낄 수도 없었다. 내가 누워 있는 침대도 느낄 수가 없었다. 내가 누구인지, 내 이름이 무엇인지 알 수 없었다. 내가 여자인지도 모르겠고, 아무런 생각도 할 수 없었다. 내가 깨어나기를 원하는지, 아니면 깨어나는 것의 반대가 무엇인지도 기억할 수 없었다. 그런데 무엇인가 스쳐 가고 있었다. 그러나 시간을 생각할 수조차 없었다. 그런데 갑자기 그 무엇인가는 바로 내 위를 스쳐 불어가는 바람이라는 것을 깨달았다. 마치 바람이 불어 나를 날려버리는 것 같았다. 그러나 나는 방을 떠나지 않았다. 바더만은 잠들어 있고, 바람은 다시 내 밑에서 차가운 비단 조각처럼 발가벗은 다리를 스쳤다.

한결같이 슬픈 소리를 내며, 바람이 소나무 숲에서 시원하게 불어온다. 뉴호프까지는 3마일이었다. 3마일이었다. 난 신을 믿는다. 신을 믿는다.

"아버지, 왜 뉴호프로 가지 않았지요?" 바더만이 묻는다. "샘슨 아저씨가 뉴호프로 가라고 했는데, 우린 뉴호프로 가는 길을 방금 지나쳤어요."

달이 말한다. "이봐, 주얼." 그러나 그는 나를 쳐다보지 않고 대신 하늘을 올려다본다. 말똥가리는 하늘에 박힌 듯, 한곳에서 맴돌고 있다.

우리는 툴 집으로 가는 좁은 길로 들어선다. 마차 바퀴가 진흙을 튀기면서 헛간을 지나간다. 거친 땅에 자라난 녹색의 목화 이랑을 지나, 쟁기를 들고 들판을 약간 가로질러 서 있는 버논 아저씨를 지나간다. 우리가 지나가자 그는 손을 들고 한참 동안 우리를 바라보며 서 있다.

"이봐, 주얼." 달이 말한다. 주얼과 그가 올라탄 말은 모두 나무로 만들어진 듯, 똑바로 앞만 바라보고 있다.

난 주님을 믿는다. 주님을 말이야. 주님을. 주님을 믿어.

툴

그들이 지나간 후에 노새에 올라탄다. 노새의 봇줄을 동그랗게 동여 붙들고 그들을 따라간다. 내가 따라잡았을 때 그들은 강둑 끝에 마차를 세우고 있었다. 다리는 가운데가 강물 속에 잠기고 양쪽 끝만 드러나 있었다. 다리가 떠내려갔다는 것은 사람들의 거짓말이라고 믿었다는 듯이, 다리가 제자리에 있기를 희망하며 왔다는 듯이, 앤스는 다리를 바라보고 있었다. 나들이용 정장 바지에 입을 우물거리며 마차에 앉아 있는 그는 놀라긴 했지만 기분이 꽤 좋아 보였다. 빗질도 안 한 말이 옷만 잘 차려입은 듯한 행색인데……. 잘 모르겠다.

바더만도 다리를 바라보고 있었다. 가운데가 물에 잠기고, 주위로 통나무와 쓰레기가 둥둥 떠내려가는, 언제라도 그것마저 몽땅 사라져버릴 것 같은 다리를 마치 서커스라도 되는 것처럼 눈을 동그랗게 뜨고 쳐다보고 있었다. 듀이 델도 마찬가지였다. 내가 나타나자 그녀는 마치 내가 자신을 건드리기라도 한 것처럼 눈에 불을 켜고 사나워졌다. 그런 다음 앤스를 바라보고, 다시 강물을 쳐다보았다.

강물은 거의 강둑까지 올라와 있었다. 우리가 밟고 서 있는 혓바닥만 한 땅을 제외하고는 모두 물에 잠겼고, 다리 근처에 땅이 조금 보이다가 다시 물에 잠겼다. 길과 다리가 어떻게 생겼었는지 전에 알지 못했다면, 강이 어디고 들판이 어디인지 분간할 수 없었을 것이다. 온통 황토 빛이고, 강둑은 칼등만 한 너비밖엔 되지 않는데, 그 위에 우리를 실은 마차와 말, 노새가 있었다.

달은 나를 바라보았고 캐시도 고개를 돌려 나를 쳐다보았다. 나를 보는 눈은 마치 그날 밤 관에 쓸 널판자의 크기가 시신에 적당할지 가늠하던 눈과 똑같다. 마음속으로 길이를 재보면서 다른 사람의 생각을 묻지도 않고, 남이 말하면 전혀 그 뜻에 따르지 않지만 그래도 귀를 기울이는 듯한 눈으로 나를 바라보았다. 주얼은 움직이지 않았다. 시신을 싣고 되돌아오며, 달과 함께 어제 내 집을 지나칠 때와 똑같은 표정으로, 몸을 약간 앞으로 기울인 채 말 위에 앉아 있다.

"다리가 제대로라면 마차를 타고 건널 수 있을 텐데…… 마차로 건널 수 있었을 것을……." 앤스가 말한다.

가끔씩 강물에 뜬 쓰레기들 위로 통나무가 헤집고 올라와 물 위에서 구르고 뒤집히면서 여울목이 있던 지점으로 떠내려가는 것을 우리는 지켜보았다. 통나무가 천천히 내려가다가 옆으로 소용돌이치며 잠시 물 바깥으로 내미는 것을 보아 그곳이 바로 여울목이 있던 자리임을 알 수 있었다.

"하지만, 그것만으로는 알 수가 없어." 내가 말한다. "어쩌면 여울이 아니라 모래가 쌓여 있는지도 모르잖아." 우리는 통나무를 지켜보고 있다. 듀이 델은 다시 나를 바라본다.

"휘트필드 목사님도 강을 건넜잖아요." 그녀가 말한다.

"그는 말을 타고 있었거든. 그리고 사흘 전이었다. 지금은 벌써 5피트 정도 더 강물이 불었는걸." 내가 말한다.

"다리가 제대로라면……." 앤스가 말한다.

다시 통나무가 불쑥 올라와 둥둥 떠내려간다. 그곳엔 쓰레기와 거품이 가득하고, 물이 흐르는 소리가 들린다.

"하지만 다리가 무너져 내렸다." 앤스가 말한다.

"조심만 한다면 널판자와 통나무 위로 건널 수도 있을 것 같다." 캐시가 말한다.

"하지만 그렇게 하면 아무것도 들고 갈 수 없잖아." 내가 말한다. "저 쓰레기 더미에 발을 디디는 순간 푹 빠져 버릴 거야. 달, 너는 어떻게 생각하지?"

그는 나를 쳐다보지만 아무 말도 하지 않는다. 사람들이 이상하다고 말하는 그 눈으로 나를 바라볼 뿐이다. 사람들이 그에 대해 이런저런 말을 하는 것은, 그가 하는 행동이나 말, 혹은 바라보는 눈길 때문이 아니다. 그가 다른 사람의 마음을 꿰뚫어 보기 때문이다. 그의 눈을 통해 자신을, 자신의 행동을 들여다보게 만들기 때문이다. 그러다가 듀이 델의 시선을 느낀다. 마치 내가 그녀를 건드리기라도 한 것처럼. 그녀는 앤스에게 무엇인가 말한다. "……휘트필드 목사님은……."

"난 하느님 앞에서 네 엄마의 유언을 꼭 이뤄주리라 약속했지. 그러니 걱정할 필요 없다." 앤스가 말한다.

그러나 앤스는 노새를 움직이지 않는다. 우리는 물에 둘러싸여 서 있을 뿐이다. 통나무 또 하나가, 물 위에 떠 있는 쓰레기 더미를 헤치고 떠오른다. 여울이 있던 곳에서 잠시 멈칫하다 천천히 흔들거리며 떠내려간다.

"오늘 밤 강물이 줄지도 몰라. 하룻밤 지나서 가면 어떨까 싶네."

말 위에 앉아 있던 주얼이 내 말을 듣고는 고개를 옆으로 돌린다. 이제까지 미동도 하지 않던 그가 갑자기 고개를 휙 돌려 나를 쳐다보는 것이다. 그의 얼굴은 다소 푸른빛이었고, 벌겋게 붉어졌다가 다시 푸른빛을 띠었다. "빌어먹을. 가서 쟁기질이나 하쇼. 젠장. 누가 우리를 따라오라고 했느냔 말이오." 주얼이 말한다.

"너희들에게 해를 끼치려는 건 아니야." 내가 말한다.

"입 닥쳐, 주얼." 캐시가 말한다. 주얼은 다시 물을 쳐다보면서 이를 꽉 악물고, 얼굴은 다시 붉으락푸르락한다. 한참 만에 캐시가 말한다. "어떻게 할 거죠?"

앤스는 아무 말도 하지 않는다. 여전히 입을 우물거리면서 등을 구부리고 앉아 있다. "다리가 멀쩡하다면 그 위로 건널 수 있을 텐데." 그가 말한다.

"집어치워요." 주얼은 말을 움직이며 말한다.

"잠깐." 캐시는 다리를 쳐다보며 말한다. 물만 바라보고 있는 앤스와 듀이 델을 빼고 모두가 캐시를 쳐다본다. "듀이 델과 바더만, 그리고 아버지는 다리 위로 건널 수 있겠어요." 캐시가 말한다.

"버논 아저씨가 도와줄 수 있을 거예요." 주얼이 말한다. "그리고 우리는 버논 아저씨의 노새를 끌고 물속으로 들어가 건너면 되고요."

"내 노새를 물속에 끌고 들어갈 수는 없어." 내가 말한다.

깨진 사기 조각 같은 눈으로 주얼이 나를 째려본다. "아저씨의 빌어먹을 노새 값은 내가 낼 거예요. 지금 당장 사겠어요." 주얼이 말한다.

"내 노새는 물에 들어갈 수 없어." 내가 말한다.

"주얼의 말을 먼저 들여보내면 되잖아." 달이 말한다. "왜 버논 아저씨의 노새를 위험하게 만들지?"

"입 닥쳐라, 달. 너희들 모두." 캐시가 말한다.

"내 노새는 물에 들여보낼 수 없다." 내가 단호하게 말한다.

달

주얼은 버논 아저씨를 째려보며 서 있다. 그의 수척한 얼굴은 창백하고, 차가운 눈까지 벌겋게 충혈되어 있다. 그가 열다섯 살 되던 여름, 그는 잠자는 귀신에 들린 듯했다. 어느 날 아침 노새를 먹이러 갔을 때 암소들이 아직도 외양간에 있는 것을 발견했다. 그러자 아버지가 집으로 돌아가 주얼을 불러냈다. 아침을 먹으려고 집 안으로 들어갔을 때 주얼은 우유가 담긴 양동이를 들고 있었는데, 마치 술에 취한 듯 흔들거렸다. 노새를 외양간에 들여놓으러 갔을 때 그는 소젖을 짜고 있었다. 그래서 우리끼리만 들로 나갔다. 한 시간가량 지난 후에도 그는 나타나지 않았다. 듀이 델이 점심을 갖고 들에 나오자, 아버지는 주얼을 찾으라고 그녀를 되돌려 보냈다. 마침내 찾았을 때 그는 외양간의 의자에 앉은 채 잠들어 있었다.

그 일이 있은 후에 주얼은 매일 아침 아버지가 깨워야 겨우 일어났다. 그는 저녁 식사 도중에 식탁에서 잠들기도 했고, 저녁 식사가 끝나자마자 가 보면 죽은 사람처럼 자고 있었다. 그렇지만 아침이 돼도 여전히 아버지가 깨워야 겨우 일어나는 것이었다. 일어나도 거의 제정신이 아니었다. 그는 아무런 대꾸 없이 아버지의 꾸지람과 불평을 들어주고는, 우유 양동이를 헛간으로 가져갔다. 한번은 암소 옆에 잠들어 있는 그를 발견했다. 양동이는 반쯤 채워 한옆에 치워놓고, 우유에 손목을 담그고, 암소의 옆구리에 머리를 기댄 채 잠들어 있었다.

그래서 듀이 델이 대신 소젖을 짜야 했다. 주얼은 아버지가 깨우면 일어나긴 했지만 멍한 채로 일했다. 그는 열심히 일하려고 애쓰는 것 같았다. 그 자신도 다른 사람들처럼, 쏟아지는 잠에 놀란 듯했다.

"어디 아프니? 괜찮겠어?" 엄마가 말한다.

"예, 괜찮아요." 주얼이 말한다.

"그 애는 나를 시험하고 있을 뿐, 멀쩡하오." 아버지가 이렇게 말할 때도 주얼은 서서 잠에 빠져들고 있었다. "안 그래?" 아버지 말에 주얼은 번쩍 잠이 깨어 대답하려고 안간힘을 썼다.

"아니에요." 주얼이 말한다.

"오늘 하루 집에서 쉬도록 해라." 엄마가 말한다.

"들에서 해야 할 일이 태산인데…… 아프지 않다면 도대체 무슨 일이냐?" 아버지가 묻는다.

"아무것도 아니에요. 괜찮아요."

"괜찮다고? 지금도 선 채로 자고 있잖아." 아버지가 말한다.

"아뇨. 괜찮아요." 주얼이 말한다.

"집에서 쉬도록 해줘요." 엄마가 말한다.

"주얼이 있어야 하오." 아버지가 말한다. "우리 모두가 일해도 벅차단 말이오."

"캐시와 달만 데리고 할 수 있는 만큼만 일하도록 하세요." 엄마가 말한다. "주얼은 쉬어야 해요."

그러나 주얼은 엄마의 말을 듣지 않는다. 그는 계속해서 "난 괜찮아요."라고 말한다. 그러나 주얼은 괜찮지 않았다. 모두 알고 있었다. 그는 살이 빠지고, 나무를 찍다 말고 잠이 드는가 하면, 쟁기질이 점점 느려지고 쟁기가 그리는 곡선이 줄어들다가 결국 완전히 멈추었다. 마침내 그는 작열하는 태양 아래 미동도 없이 쟁기 옆에 기대어 잠에 빠져들었다.

엄마는 의사를 부르려 했지만, 아버지는 쓸데없는 곳에 돈 쓸 필요가 없다며 원치 않았다. 자꾸만 여위고, 시도 때도 없이 잠에 빠지는 것을 제외하면 주얼은 괜찮은 듯했다. 충분한 양의 음식을 먹었고, 종종 식탁에서 입에 빵을 반쯤 문 채 턱은 여전히 빵을 씹으며 잠드는 경우가 있긴 했지만, 그는 정말 괜찮다고 호언했다.

듀이 델에게 소젖 짜는 일을 맡긴 사람은 바로 엄마였다. 그리고 그녀에게 일에 대한 대가를 주었다. 그리고 주얼이 하던 다른 일들도 듀이 델이나 바더만이 하도록 만들었다. 아버지가 없을 때는 엄마 스스로 일하기도 했다. 주얼을 위해 특별한 음식을 만들었고, 그를 위해 음식을 숨겨놓기도 했다. 그때 난 엄마가 자신의 과거를 감추고 있음을 알아채게 되었다. 속임이란 심지어 가난보다도 더 나쁜 일이라는 것을, 세상에서 속이는 일만큼 나쁜 것이 없다는 사실을 엄마는 우리에게 가르치려 했다. 때때로 내가 방에 자러 들어갈 때, 캄캄한 방 안에 잠들어 있는 주얼 옆에 엄마가 앉아 있었다. 나는 엄마 스스로가 속이고 있다는 사실 때문에 자신과 주얼을 미워하고 있다는 것도 알았다. 왜냐하면 주얼을 사랑하기 때문에 엄마는 계속 속일 수밖엔 없었던 것이다.

엄마가 아프던 어느 날 밤, 마차를 매고 툴의 집에 가려고 헛간에 들어갔을 때 난 랜턴을 찾을 수가 없었다. 지난밤엔 랜턴이 못에 걸려 있었는데 한밤중에 와 보니 없는 것이었다. 하는 수 없이 어둠 속에서 마차를 매고 가서 툴 부인을 데려왔을 때 이미 날이 밝아 있었다. 그런데 지난밤에 없어졌던 랜턴이 다시 못에 걸려 있는 것이었다. 그리고 또 다른 어느 날 아침, 날이 밝기 전 듀이 델이 소젖을 짜고 있을 때, 주얼이 헛간의 뒷벽에 난 문으로 랜턴을 들고 불쑥 들어왔다.

이에 대해 캐시에게 말했으나, 서로 얼굴만 쳐다보았다.

"바람났을까?" 캐시가 말했다.

"그런 모양이야." 내가 말했다. "하지만 랜턴은 왜? 그것도 매일 밤마다. 살이 빠지는 것도 무리가 아니군. 그에게 무슨 말을 할 셈이야?"

"소용없어." 캐시가 말했다.

"그가 뭘 하든지 다 소용없는 짓일 거야." 내가 말했다.

"알아. 하지만 그 스스로 알게 되어야 해. 내일은 지금보다 어쩌면 더 많은 기회가 있다는 사실을 말이야. 그리고 지금은 아껴두어야 할 시간임을 깨닫는 것도 중요하지. 곧 괜찮아질 거야. 다른 사람에겐 아무 말도 하지 말자." 캐시가 말했다.

"알았어." 내가 말했다. "듀이 델에게도 일렀지. 특히 엄마에겐 말하면 안 된다고."

"어머니껜 말하면 안 돼."

그 후 모든 일이 우스꽝스러웠다. 콩대처럼 마르고 잠에 전 모습에 스스로 놀라고, 모두들 잘 속아 넘어가고 있다고 믿는 모습이 모두 웃기는 짓이었다. 그리고 주얼이 만나는 여자가 누구인지 궁금했고 여러모로 생각해 보았지만 확실히 알 수 없었다.

"처녀가 아닌 모양이야. 유부녀인지도 모르지. 어느 처녀가 그토록 대담하고 끈질기겠어. 처녀가 그 모양이라니." 캐시가 말했다.

"맞아. 유부녀가 처녀보다 오히려 더 안전할지도 모르지. 현명한 판단이군." 달이 말한다.

캐시는 눈을 더듬거리고, 말까지 서툴게 더듬거리며 나를 바라본다. "세상에서 항상 안전한 일이라는 것이 어디……."

"안전한 일이 가장 좋은 것은 아니라고 말하려는 거지?"

"맞아. 가장 좋은 것……." 우물거리며 캐시가 말한다. "그것이 가장 좋다고 말할 수는 없지. 주얼에게 좋은 것은…… 그러니까 젊은이에게. 다른 사람의 수렁에 빠져 뒹구는 것을 사람들은 정말 싫어하지……." 그것이 캐시가 말하려고 애쓰는 내용이다. 뭔가 새롭고 어렵고 신선한 것이라면, 그냥 안전한 것보다는 훨씬 좋은 무엇인가가 있을 것이다. 안전한 일이란 오랫동안 사람들이 그 일을 해오면서 낡아빠진 것이 되어 더 이상 할 말이 없게 되어버리기 때문이다. 새로운 일은 전에도 없었고 다시는 되풀이될 수 없는 것이다.

그래서 우리는 아무에게도 말하지 않았다. 한참 후에 갑자기 들에 나타나 우리 일에 끼어드는 바람에 밤새 집에서 잠잤다는 것을 꾸며낼 수조차 없을 때에도 우리는 아무 말도 하지 않았다. 어머니에게는 아침에 배가 고프지 않다든지, 아니면 마차를 매며 빵 조각을 먹었다고 둘러대곤 했다. 그러나 캐시와 나는 알고 있었다. 그가 밤새 집 아닌 다른 곳에 머물다가 우리가 들에 나가는 시간에 불쑥 숲속에서 나온다는 사실을 우리는 알고 있었다. 그러나 아무 말도 하지 않았다. 여름이 거의 끝나가고 있었고, 밤이 차가워지면 여자 쪽에서 먼저 끝장내리라고 생각했다.

가을이 오고 밤이 길어지자, 아버지가 깨울 때까지 주얼은 아예 침대에서 나오지 않았고 억지로 일어나더라도 반편이처럼, 아니 더욱 심각하게 비몽사몽 헤매는 것이었다.

"그 여자, 참 대단하군." 내가 캐시에게 말했다. "그 여자, 참 굉장하다고 생각했는데, 이젠 존경할 만해."

"여자가 아니야." 그가 말했다.

"형도 알잖아. 여자가 아니면 뭐란 말이지?" 내가 말했다. 그러나 캐시는 나를 바라보기만 했다.

"내가 알아내겠어." 캐시가 말했다.

"형이 원한다면 주얼을 뒤쫓아 숲속을 헤맬 수도 있겠지." 내가 말했다. "하지만 난 그렇게 할 수 없어."

"그의 뒤를 밟겠다는 말이 아니다."

"뒤를 밟는 것이 아니라면 뭐지?" 내가 말했다.

"뒤를 밟진 않아. 그런 식으로 할 맘은 없다."

며칠 후 주얼이 일어나 창문을 빠져나가자 캐시가 그 뒤를 따르는 소리를 들었다. 다음 날 아침 내가 헛간으로 갔을 때 캐시는 이미 노새를 먹이고 듀이 델이 소젖 짜는 일을 돕고 있었다. 캐시는 이미 주얼에 대해 다 알아낸 듯했다. 종종 캐시가 주얼을 쳐다볼 때면, 그가 밤마다 어디에 가서 무엇을 하는지를 알고 있고, 이 사실이 그에게 진지하게 생각할 거리를 준 것처럼 보였다. 그러나 그가 주얼의 일을 대신하면서 걱정하는 표정은 아니었다. 아버지는 여전히 주얼이 평소처럼 일하고 있다고 믿었고, 어머니는 듀이 델이 그걸 대신하고 있다고 생각했다. 캐시에게는 아무것도 묻지 않았다. 곰곰이 생각한 끝에 스스로 완전히 알아낸 후, 내게 말해 주리라 생각했다. 그러나 캐시는 끝내 아무 말도 하지 않았다.

그 일이 시작된 지 다섯 달이 지난, 11월 어느 아침이었다. 주얼은 그날, 아예 침대에 없었고 들에서 일하는 우리에게 오지도 않았다. 이때 비로소 어머니는 무슨 일이 일어나고 있는지 눈치채고, 그를 찾으러 바더만을 내보냈다. 한참 후엔 어머니가 직접 들에 나오셨다. 거짓말이 조용하게, 아무 탈 없이 진행만 된다면 무의식 중에 우리는 오히려 거짓말을 부추기거나, 겁이 나서 그냥 내버려두는 듯했다. 우리는 모두 비겁하고 배신을 더 좋아한다. 왜냐하면 비겁과 배신이 겉으로는 더 매끄러우니까. 그러나 우리는 이미 우려해 온 사실을 거의 텔레

파시처럼 인정하면서 침대 위의 이불을 홀렁 걷어 내듯이 가면을 벗어던졌다. 잠옷만 입은 채 똑바로 앉아 서로를 바라보고만 있었다. "이제 진실을 알겠다. 그가 돌아오지 않았어. 무슨 일이 일어났음이 틀림없어. 우리가 방치한 거야."

그런 다음 주얼이 나타났다. 그는 도랑을 따라 올라오고 있었다. 들을 똑바로 가로질러 오는 주얼은 놀랍게도 말을 타고 있었다. 말의 머리털과 꼬리가 흔들리면서 몸털에 얼룩무늬를 만들어내는 것 같았다. 밧줄을 고삐 삼고, 모자도 쓰지 않은 채, 안장도 없이 말 위에 앉은 주얼은 커다란 바람개비를 타고 있는 것 같았다. 그 말은 이십오 년 전 이곳에 들어와서 마리당 2달러로 경매된 플렘 스놉스종이었다. 론 퀵 할아버지 말고는 아무도 그 말을 다룰 수 없었기 때문에 오직 그만이 아직도 그 종을 갖고 있었다.

주얼은 빠른 속도로 올라와 멈추었다. 그는 발끝을 말의 허리에 두고, 머리털과 꼬리의 움직임과 함께 춤추듯 몸을 흔들었다. 얼룩무늬 털은 안에 있는 뼈와 살로 이루어진 말의 몸통과는 아무 상관도 없는 듯했다. 그는 말 위에 앉아 우리를 쳐다보았다.

"그 말, 어디서 난 거지?" 아버지가 묻는다.

"샀어요. 퀵한테서 샀어요." 주얼이 말한다.

"샀다고? 무슨 돈으로 샀단 말이냐? 내 이름을 걸고 외상으로 샀단 말이냐?"

"아뇨. 제 돈으로 샀어요. 내가 번 돈으로요. 걱정하실 필요 없어요."

"주얼, 오, 주얼." 엄마가 말했다.

"괜찮아요. 주얼이 정말 번 돈이에요. 큌 할아버지가 지난 봄에 터를 잡아놓았던 새 땅 40에이커를 주얼이 모두 일구었지요." 캐시가 말한다. "밤에 랜턴을 들고 혼자서 해낸 겁니다. 저 말은 주얼이 혼자서 일한 대가로 얻은 거예요. 그러니 걱정하지 마세요."

"주얼……. 바로 집으로 가서 자." 엄마가 말했다.

"아직 잘 수 없어요. 잘 시간이 없어요. 안장과 고삐를 사야 해요. 큌 할아버지 말씀으론……."

"주얼. 내가 줄게. 내가 줄 테니……." 엄마가 말했다. 그러곤 울기 시작했다. 색 바랜 실내복만 입고 얼굴도 가리지 않은 채 주얼을 바라보며 어머니는 큰 소리로 울고 있었다. 말 위에 앉은 주얼은 어머니를 내려다보면서 점차 얼굴이 차갑게 변하더니 약간 짜증스러운 표정을 지었다. 그러다가 고개를 돌려버렸다. 캐시가 어머니에게 다가가서 위로했다.

"집으로 들어가세요. 여기는 너무 축축해서 어머니께 좋지 않으니 어서 들어가세요." 캐시가 말하자, 엄마는 손으로 얼굴을 가리고 움푹 팬 땅에서 비틀거리다가 한참 만에 집으로 들어갔다. 그러나 곧 울음을 그치더니 뒤돌아보지 않고 집으로 향했다. 도랑에 이르자 어머니는 바더만을 불렀다. 그는 말 옆에서 춤추듯 뛰며 말을 쳐다보고 있었다.

"나도 한번 타게 해줘, 형." 바더만이 말했다.

주얼은 바더만을 쳐다보긴 했으나, 말의 고삐를 당겨 돌아서 버렸다. 아버지는 입을 우물거리며 주얼을 지켜보았다.

"네가 말을 샀다고?" 아버지가 말했다. "너는 나를 속인 거야. 내겐 상의도 하지 않았지. 우리 사정이 얼마나 어려운데, 내가 그 말을 먹이라고 샀단 말이냐? 네 몫의 일은 하지 않고, 그 대가로 말을 사다니."

주얼은 매우 창백한 눈으로 아버지를 바라보았다. "아버지 거라면 절대로 먹이지 않을 겁니다. 한 입도. 만약 한 입이라도 먹으면 내가 죽여버릴 겁니다. 그러니 걱정하지 마세요. 조금도." 주얼이 말했다.

"한번 말 좀 타게 해줘. 한 번만." 바더만의 말소리는 잔디 위에서 찌르륵거리는 귀뚜라미 소리 같았다. "타게 해줘, 형."

그날 밤, 어머니는 주얼이 자고 있는 침대 옆에 앉아 있었다. 들릴까 봐 나직하게, 그래서 더욱 심하게 흐느끼고 있었다. 거짓말을 숨기듯이 눈물도 숨겨야 하니까. 숨겨야 하는 자신을 미워하면서, 숨겨야 하기 때문에 주얼 또한 미워하면서 말이다. 이제 난 알게 되었다. 그날, 듀이 델에 대하여 분명하게 알 수 있었던 것처럼 그렇게 똑똑하게 알 수 있었다.

툴

마침내 앤스가 원한 대로, 자신과 듀이 델, 바더만은 걸어서 다리를 건너기로 하고 마차에서 내렸다. 다리 위에 있을 때에도 그는 여전히 뒤만 돌아보고 있었다. 마치 마차에서 내리기만 하면 모든 것이 다 제자리로 돌아와서 자신은 들로 나가 다시 일하고 아내는 죽기를 기다리며 집 안에 있던, 그때로 돌아가 다시 시작할 수 있을 거라고 생각하는 듯했다.

"자네 노새를 끌고 갈 수 있게 해주게." 앤스가 말한다. 다리는 좌우상하로 흔들리면서 흙탕물 속으로 들어가 잠겼다가 건너편에서 다시 솟아올랐다. 다리의 다른 쪽 끝이 마치 같은 다리가 아닌 것처럼 불쑥 솟아올라 온 것이다. 물 밖으로 나온 다리 저편은 마치 땅의 밑바닥에서 치솟은 것처럼 보였다. 그러나 다리는 여전히 이어져 있었다. 한쪽 끝을 흔들면 다른 쪽은 움직이지는 않아도, 그쪽의 나무와 둑이 커다란 시계추처럼 천천히 진동하는 것으로 보아 다리는 아직도 끊어지지 않았다. 떠내려가는 통나무는 움푹 파인 곳에 이르자 스치고 부딪히다가, 수직으로 서서 물속에서 쑥 빠져나오기도 하고, 여울목으로 엎어지면서 거품이 일고, 천천히 미끄러지다 다시 뱅뱅 돌기도 했다.

"노새가 무슨 소용이 있겠는가?" 내가 말한다. "마차가 여울을 찾지 못해서 강을 건너지 못한다면, 세 마리든, 열 마리든 무슨 소용이 있는가 말일세."

"자네에게 부탁하지 않겠네. 언제든지 도움 없이 내 스스로 할 수 있지. 자네의 노새를 위험에 빠뜨리지는 않겠네. 죽은 사람을 옮기는 일이 자네 일은 아니니까. 자네를 욕하지는 않을 걸세."

"돌아가서 하룻밤 자고 내일까지 기다려야 하는데……." 내가 말한다. 물은 차갑고, 질척질척 녹기 시작하는 얼음처럼 걸쭉하다. 물은 마치 살아 있는 존재 같다. 네 마음의 한 부분은 분명 저것이 물에 불과하다는 사실을 알고 있지. 오랫동안 똑같은 다리 밑을 흘렀던 똑같은 물이라는 사실을 알고 있다. 그러나 통나무가 물에 밀려올 때, 통나무는 물의 한 부분으로 가장했다가 다시금 위협하는 존재처럼 보였다.

물 위로 다시 올라와 다리를 건너 발밑에 단단한 땅을 밟았을 때, 난 놀랐다. 다리가 다른 쪽으로 아직도 이어져 있고, 익숙한 마른 땅을 다시금 밟을 수 있다는 사실을 별로 기대하지 않았던 것이다. 이쪽으로 건너온 나는 내가 아닐지도 모른다. 방금 했던 것과 같이, 이 다리를 건너는 바보짓을 할 사람은 아닐 텐데 말이다. 지나온 다리를 되돌아보았다. 건너온 저편의 둑, 내가 있던 곳에 여전히 서 있는 내 노새, 그리고 다리를 또 한 번 건너 되돌아가야 한다는 생각이 들자, 정말 내가 아닌 것 같았다. 다시 한 번뿐일지라도 저 다리를 또 건너야 한다는 것은 생각조차 할 수 없었다. 그러나 난 여기에 있었다. 저 다리를 두 번 건너야 하는 사람, 그 사람이 도저히 나일 수 없었다. 심지어 코라가 말해도 믿을 수 없었다.

"여기, 내 손을 잡아라." 바더만에게 말했다. 그는 멈칫하다가 내 손을 꽉 잡았다. 정말이지 그가 돌아와서 나를 다시 데리고 가는 것만 같았다. 그 사람들은 아저씨를 해치지 않을 거예요, 라고 말하는 것만 같았다. 추수감사절과 크리스마스가 일 년에 두 번 있고 겨울, 봄, 여름 내내 명절인 멋진 곳을 그가 소개하고 있는 듯했다. 내가 그와 함께 있으면 정말 괜찮을 것 같은 생각이 들도록 말이다.

강 건너편에 있는 나의 노새를 바라보았을 때, 노새가 망원경인 듯, 그를 통해 넓은 들판과 그 위에 땀 흘려 세운 내 집을 볼 수 있었다. 땀을 흘리면 흘릴수록 땅은 넓어졌다. 더 많은 땀을 흘릴수록 집은 더욱 견고해졌다. 코라에게는 튼튼한 집이 필요하니까. 샘 속에 담가둔 우유병처럼 코라를 지켜줄 집 말이다. 우유병은 단단해야 한다. 아니면 물이 아주 많이 나오는 샘물이어야 한다. 샘이 크다면, 구태여 단단한 우유병이 있어야 할 까닭이 없다. 상했건 그렇지 않건 어쨌든 내 우유니까. 우린 사람이기 때문에 상하지 않는 우유보다는 차라리 상할 수 있는 우유를 마셔야 한다.

바더만이 내 손을 잡았을 때 그의 손은 뜨겁고 확신에 차 있었다. 그래서 난 말하고 싶었다. 자, 여기를 봐. 저기 노새가 보이지 않니? 노새는 노새일 뿐이니까 여기와는 아무런 상관이 없어. 그래서 여기에 오지 않는 거야. 때로 아이들은 어른보다 더 지혜롭다. 그러나 아이들은 수염이 나고 어른이 될 때까지 스스로 지혜롭다는 사실을 인정하지 않는다. 마침내 수염이 나면 그땐 너무나 바빠서, 털이 나기 전 지혜로웠던 과거로 되돌아갈 수 있는지 생각할 틈도 없다. 그러다 보면 다른 사람들에게 걱정할 필요가 없는 것을 쓸데없이 걱정한다고 거리낌 없이 말하게 된다.

강을 건넌 다음, 우리는 마차를 돌리는 캐시를 바라보며 서 있었다. 길이 강물 속으로 잠기는 곳을 향해 마차를 몰고 갔다. 한참 후에 마차가 사라져 버렸다.

"우리도 여울목으로 가서 도울 채비를 해야지." 내가 말했다.

"아내에게 약속했지. 그 약속은 신성한 거야. 자네가 불평하는 줄은 알지만 천국에서 아내가 자네를 축복할걸세." 앤스가 말한다.

"물속에 들어가기 전에 강바닥이 어떤지 먼저 살펴야 할 텐데……." 내가 말했다.

"그것은 물러서는 거네. 물러서면 행운이 따르지 않아." 앤스가 말한다.

좌우상하로 흔들거리는 다리 너머 텅 빈 길을, 등을 구부린 채 슬픈 듯이 바라보며 앤스는 서 있었다. 듀이 델은 한 손에

점심 바구니를 들고 다른 손에는 보따리를 들고 있다. 그저 읍내에 가는 데만 관심이 있을 뿐이다. 그래, 거기에만 신경 써라. 그들은 불과 흙, 강물을 극복해야 할 거다. 오로지 바나나를 먹기 위해서 그 모든 위험을 무릅쓰는 거다. "내일 출발하면 좋으련만. 내일 아침엔 강물이 좀 줄 텐데. 오늘 밤 비는 더 내리지 않을 거고, 그러면 강물이 더 붇지는 않을걸세." 내가 말했다.

"난 약속했네. 아내는 내 약속을 굳게 믿고 있지." 앤스가 말한다.

달

우리 앞에 어두운 흙탕물이 흐르고 있다. 강은 끊임없이 수많은 소리를 웅얼거린다. 황토색 수면은 때로 괴물처럼 움푹 파였다가 소용돌이 속으로 사라지고, 순식간에 저 멀리로 나아간다. 조용하고 순간적이고 심오하게, 마치 물 밑에서 살아 있는 거대한 무엇인가가 게으른 잠에서 잠시 깨어났다가는 다시 잠 속에 빠져드는 것처럼.

바큇살 사이로 강물이 철썩거린다. 노새의 무릎에도 여러 가지 쓰레기들과 거품이 가득 걸려 있고, 그 사이로 황토 빛의 강물이 출렁거린다. 먼 길을 달려 온 말의 입에서 나오는 거품과 땀처럼 보인다. 강물이 키 작은 관목 사이를 흐를 때는 마치 우는 듯한, 꿈을 꾸는 듯한 소리가 들린다. 옅은 바람에 기울어져 풀어진 것 같은 갈대와 어린 나무들이 물에 잠겨 있고, 보이지 않는 철사로 윗가지에 묶어 놓은 듯, 그림자도 없이 물살에 출렁이고 있었다. 강물은 끊임없이 흐르지만, 나무와 갈대, 넝쿨은 가만히 서 있었다. 땅으로부터 잘려 나가 뿌리 뽑힌 채, 거대한 그러나 유한하고 황폐한 공간 위에 유령처럼 떠 있다. 황량하고 애조 띤 물소리가 가득한 공간 위에.

캐시와 나는 마차에 앉아 있다. 주얼은 마차의 오른쪽 뒷바퀴 옆에서 말 등에 앉아 있다. 말은 떨고 있다. 기다란 분홍빛 얼굴에 박힌 푸른 눈을 난폭하게 굴리며, 숨소리는 신음하듯 그르렁거린다. 주얼은 반듯하게 앉아, 조용히 이리저리 둘러본다. 그의 얼굴은 평온하나 약간 창백하고 긴장한 듯하다. 반면 캐시의 얼굴은 엄숙하고 차분하다. 캐시와 나는 서로를 오랫동안 탐색하듯 응시한다. 서로의 눈 속으로 빨려 들어가듯, 가장 비밀스러운 장소에까지 이른다. 그곳에서 캐시와 나는 해묵은 공포와 불길한 예감에도 불구하고 겁내지 않고 결연하게 웅크리고 있다. 팽팽한 긴장이 감돈다. 은밀하지만 부끄럼은 없는 듯하다. 입을 열어 말할 때도 우리의 목소리는 조용하고 태연하다.

"아직도 길 위에 있는 것 같아."

"강물이 불면, 예전엔 떡갈나무 두 그루를 보고 그곳이 여울목인 줄 알았다던데…… 지금은 툴 아저씨가 그 나무 두 그루를 모두 베어버렸거든."

"툴 아저씨가 이곳에서 나무를 벤 것은 이 년 전이었지. 이 여울목이 다시 쓸모가 있으리라고는 생각하지 못했겠지."

"맞아. 아마 그랬을 거야. 여기에서 통나무를 많이 베어다가 그것으로 대부금을 갚았다고 하더군."

"응, 그래. 아마 툴 아저씨는 그렇게 했을 거야."

"사실이고말고. 이 지방에서 목재를 베는 사람들은 제재소를 운영하기 위해서 상당히 넓은 농장이 필요하지. 농장이 아니면 상점이든가."

"나도 그렇게 생각해. 툴 아저씨는 대단한 사람이야."

"맞아. 툴 아저씨는 대단해. 그래도 여울목이 아직 여기에 있을 텐데……. 아저씨가 낡은 도로를 새로 정비해서 넓게 만들지 않았다면 목재를 나를 수 없었을 거야. 아직도 우린 길 위에 있는 것 같아." 캐시는 이리저리 둘러본다. 나무가 있던 자리와, 잘린 나무의 밑동 때문에 위로 약간 올라온 듯한, 바닥이 보이지 않는 길을 바라본다. 길은 마치 바닥으로부터 떨어져 나와 위로 떠오른 것처럼 보인다. 길은 유령 같은 그 움직임 속에서 우리가 밟고 있는 곳보다 더욱 깊이 황폐했던 과거를 떠올리게 하고, 지금보다 안전했던 옛날의 소소한 이야기를 조용하게 들려준다. 주얼은 캐시와 나를 번갈아 쳐다본다. 그는 말없이 계속해서, 뭔가를 찾는 듯한 눈길을 던진다. 말은 조용히, 끊임없이 무릎을 떨고 있다.

"주얼이 천천히 앞으로 나아가서 강바닥을 살펴보아야 해." 내가 말한다.

"그래." 캐시는 나를 쳐다보지 않고 말한다. 캐시가 주얼의 움직임을 좇아 정면을 바라보기 때문에 나는 캐시의 옆얼굴만을 볼 수 있다.

"강이 어디에서 시작되는지 금방 알 수 있을걸." 내가 말한다. "50야드쯤 앞에서라면 강이 어디인지 알 수 있을 거야."

캐시는 여전히 옆얼굴만 보인다. "이럴 줄 조금이라도 알았다면 지난주에 와서 한번 볼걸."

"그때는 다리가 온전했으니까." 내가 말한다. 그는 여전히 나를 쳐다보지 않는다. "휘트필드 목사가 말을 타고 강물을 건넜지."

주얼은 냉정하고 침착하며 경계를 늦추지 않는 표정으로 나를 바라본다. 그의 목소리도 조용하다. "어떻게 해야 하지?"

"지난주에 와서 강을 한번 보았어야 하는 건데……." 캐시가 말한다.

"미리 알 도리가 없었지. 무슨 수로 알겠어." 내가 말한다.

"내가 앞서 가볼게. 형들은 내가 지나는 길로만 따라와." 주얼이 말한다. 그가 말고삐를 잡아당기자 말은 움찔하며 머리를 숙인다. 주얼은 말에게 기대어 무엇인가 속삭인 다음 앞으로 끌어당긴다. 말은 물로 첨벙 뛰어들며 몸을 떤다. 그리고 숨을 몰아쉰다. 주얼은 말에게 속삭인다. "자, 어서. 다치지 않게 해줄게. 어서."

"주얼." 하고 캐시가 부르지만, 주얼은 쳐다보지 않는다. 대신 고삐를 당긴다. 그때 말이 앞발을 치켜든다.

"주얼은 수영할 수 있어." 내가 말한다. "어쨌든 그가 말에게 시간을 충분히 준다면……." 주얼은 태어났을 때 상태가 좋지 않았다. 어머니는 램프 불빛 아래서 무릎 위에 베개를 올려놓고, 또 그 위에 갓난아이 주얼을 뉘었다. 자다가 깨보면 그런 자세로 앉아 있는 어머니를 볼 수 있었다. 아기는 아무 소리도 내지 않았다.

"아기는 베개보다도 작았지." 캐시가 말한다. 그는 앞으로 약간 몸을 내밀고 있다. "지난주에 와서 살펴보았더라면 좋았을 것을."

"맞아. 머리도 다리도 베개 끝에 채 닿지 않았지." 내가 말한다. "형이 알 수 있었을지도 모르지."

"미리 와야 했는데……." 캐시가 말한다. 그가 고삐를 들자 노새들은 주얼이 간 길을 따라 내려간다. 마차 바퀴에 부딪히는 물이 살아 있는 듯 찰랑거린다. 그는 몸을 돌려 엄마가 들어 있는 관을 쳐다본다. "균형이 맞지 않아." 그가 말한다.

마침내 나무들이 길을 터 준다. 흐르는 물을 가르며 주얼이 말 위에 앉아 있다. 말의 배까지 차오른 물속에서 반쯤 몸을 돌리고 있다. 강 저편에는 툴 아저씨와 아버지, 그리고 바더만과 듀이 델이 보인다. 툴 아저씨가 우리에게 손짓한다. 더 하류 쪽으로 내려가라고 손짓한다.

"우리가 너무 위쪽에 있는 모양이다." 캐시가 말한다. 툴 아저씨가 뭐라 소리치고 있지만 물소리 때문에 들리지 않는다. 강물은 느리고 깊게 끊임없이 흘러, 마치 움직이지 않는 것처럼 보인다. 이따금 천천히 굴러 통나무가 떠내려 오면 비로소 강이 흐르고 있음을 알 수 있다. "조심해라." 캐시가 외친다. 통나무 하나가 머뭇거리다 잠시 가만히 멈춰 있다. 그러나 곧 큰 물결을 타고 오르다가 다시금 가라앉는다. 그러곤 다시 솟아올랐다가 또 첨벙 내려앉는다.

"바로 저기야." 내가 말한다.

"맞아. 바로 저기다." 캐시가 말한다. 우리는 다시 강 저편의 툴 아저씨를 바라본다. 그는 팔을 위아래로 휘젓는다. 우리는 천천히 조심스럽게 툴 아저씨를 바라보며 강 하류 쪽으로 움직인다. "바로 여기가 여울목이군." 캐시가 말한다.

"빌어먹을. 그럼 여기서 건너지." 주얼이 말하고는 말을 그쪽으로 움직인다.

"잠깐." 캐시가 제지하자 주얼이 멈춰 선다.

"아무쪼록, 무사히……." 그가 말한다. 캐시는 강물을 쳐다보고 이어 엄마의 관을 쳐다본다. "균형이 맞지 않아."

"그렇게 겁나면 빌어먹을 다리 위로 걸어가시지. 형들 모두 말이야. 마차는 나 혼자서 맡을 테니." 주얼이 투덜거린다.

주얼의 말에 아랑곳하지 않고 캐시가 말한다. "균형이 맞지 않아. 조심해야 한다."

"조심하라고? 흥. 마차에서 다 내려. 나 혼자서 할 테니까. 마차를 끌고 강을 건너는 것이 두려우면 말이야." 그의 눈은 얼굴 위에 난 두 개의 상처인 것처럼 창백했다. 캐시는 그를 바라보고 있다.

"우린 할 수 있을 거야." 캐시가 말한다. "어떻게 할지 내가 말하지. 주얼은 말을 타고 다리를 건너서 밧줄을 가지고 우리가 있는 곳으로 돌아오는 거야. 우리가 돌아올 때까지 툴 아저씨가 네 말을 잘 돌봐줄 거야."

"쓸데없는 소리 하지 마." 주얼이 말한다.

"어서 밧줄을 가지고 강 건너편으로 가. 두 사람이면 여긴 충분해. 한 사람은 마차를 운전하고 다른 사람은 균형을 잡는 거지." 캐시가 말한다.

"빌어먹을." 주얼이 말한다.

"주얼이 밧줄을 잡고 상류 쪽으로 건너가서 잡아매라." 캐시가 말한다. "그렇게 할 수 있어, 주얼?"

주얼은 뚫어지게 나를 쳐다본다. 캐시를 힐끔 본 뒤 나를 바라보는 그의 눈은 경계심이 가득하고 격렬하기조차 하다. "난 아무것도 상관없어. 우린 뭔가 해야 해. 그런데 여기 서서 손 하나 까딱하지 않고 있으니."

"이제 시작하자, 캐시." 내가 말한다.

"그래, 이제 시작해야겠지." 캐시가 말한다.

강폭 자체는 100야드가 채 안 된다. 오른쪽에서 왼쪽으로 기묘하게 기운 각도로 쭉 뻗어 있는 강, 그 황량한 단조로움을 깨는 유일한 존재가 바로 아버지, 툴 아저씨, 바더만, 그리고 듀이 델이었다. 마지막으로 절벽을 뛰어내리기 전, 황량한 세계의 움직임이 가속을 더하는 바로 그곳에 다다른 듯했다. 그러나 그들은 아주 작아 보였다. 우리들 사이에 가로놓인 공간은 마치 시간인 듯했다. 되돌릴 수 없는 시간 말이다. 시간은 우리들 앞으로 똑바로 달리면서 점점 사라져가는 것이 아니라, 둥그런 고리처럼 우리들과 평행으로 함께 달리는 듯하다. 그러면 시간의 차이는 없어지고, 과거와 현재, 미래는 모두 한데 포개지게 된다. 노새들은 서 있지만 이미 앞발이 강물로 약간 미끄러졌고 엉덩이는 위로 번쩍 쳐들고 있다. 깊은 신음 소리를 내며 숨을 몰아쉬면서. 거칠고, 슬픈, 심오하면서도 절망스러운 눈초리로 우리를 뒤돌아본다. 말을 할 수도 볼 수도 없었지만, 마치 흙탕물 속에서 다가오는 재난을 보기라도 한 것처럼.

캐시는 마차로 몸을 돌린다. 손으로 관을 꽉 붙잡고 살짝 흔들어본다. 그는 조용히 약간 아래쪽을 살펴보며 빈틈없이 재고 있다. 연장 통을 들어 올려 의자 밑으로 틀어넣는다. 우리는 함께 관을 연장과 마차 바닥 사이에 바싹 밀어 넣는다. 그러곤 나를 바라본다.

"아니." 내가 말한다. "난 여기 있겠어. 잘못하면 우리 둘 다 죽을지도 모르니까."

캐시는 연장 통에서 밧줄을 꺼내 의자 다리에 두 번 감고 잡아매지 않은 채, 그 밧줄 끝을 나에게 건네준다. 밧줄의 다른 한쪽 끝은 주얼에게 준다. 주얼은 밧줄을 안장 근처에 돌려 맨다.

이제 말을 끌고 급류와 맞서야 한다. 말은 무릎을 높이 올리고 고개를 푹 숙인 채, 짜증나고 화난 듯이 움직인다. 주얼은 가볍게 앞으로 숙이며 무릎은 살짝 들고 있다. 다시 한번, 그의 민첩하고 경계하는 듯한 눈초리가 우리를 스치고 지나간다. 말을 달래듯 무슨 말인가를 속삭이며 물속으로 이끈다. 말이 미끄러지고 안장 밑까지 물에 잠긴다. 다시 발을 바닥에 딛자, 물살이 주얼의 넓적다리까지 미친다.

"조심해라." 캐시가 말한다.

"여기가 여울목이야. 이제 이곳으로 오면 돼." 주얼이 말한다.

캐시는 고삐를 잡고 마차를 조심스럽게 물속으로 끌고 들어간다.

물살이 우리를 삼킬 것만 같았다. 그 물살로 보아 여기가 여울목인 것을 알 수 있었다. 물살이 우리 몸을 스치니 우리가 움직이고 있음을 또한 알 수 있었다. 예전에 평평했던 여울목이 지금은, 움푹 파였다가는 다시 솟아 올라가는 굴곡의 연속이었다. 우리를 밀어내기도 하고 발밑에 견고한 바닥을 대주는가 하면, 곧바로 가볍고 느리게 우리 몸을 떠밀어 냈다. 캐시는 뒤에 있는 나를 돌아다 보았다. 그때 난 모두 끝장이라는 것을 알았다. 떠내려오는 통나무를 볼 때까지 밧줄이 왜 필요한지 난 깨닫지 못하고 있었다. 통나무는 물속에서 불쑥 솟아올라 마치 예수처럼 요동치며 출렁이는 황량함 속에서 한순간 똑바로 멈춰 있었다. 비켜서서 물살에 몸을 맡기고 아래쪽으로 내려가. 캐시가 말했다. 괜찮을 거야. 안돼. 나는 안 된다고 말했다. 난 물속에 빠지고 말 거야.

그 통나무가 두 개의 언덕 사이에서 갑자기 솟아오른다. 마치 강바닥으로부터 로켓을 쏘아 올린 것처럼. 통나무의 한쪽 끝엔 긴 방울 같은 거품이 노인이나 염소의 수염처럼 매달려 있다. 캐시가 내게 말할 때, 그는 이미 진작부터 통나무를 지켜보고 있었을 것이다. 통나무와, 10피트 앞서 가는 주얼을 함께 지켜보고 있었던 것이다. "밧줄을 놔라." 캐시가 말한다. 다른 손으로는 마차의 의자에 두 번 감아놓았던 밧줄을 동여맨다. "말을 달려라, 주얼. 통나무가 떠내려 오기 전에 마차를 끌어내 봐라."

주얼은 말에게 소리친다. 마치 무릎으로 말을 들어올리는 것 같다. 주얼의 몸은 가까스로 물 위에 떠 있다. 말은 발붙일 뭔가가 있는지 앞으로 떠밀리듯 나아가고, 몸이 반쯤 물에 잠긴 채 갑작스러운 물살에 부딪힌다. 말은 믿어지지 않을 만큼 빠른 속도로 나아간다. 그래서 주얼은 밧줄이 풀어졌음을 깨닫는다. 그러자 그는 고삐를 톱질하듯 거머쥐고 고개를 돌린다. 그때 통나무는 길고 어청거리는 움직임으로 솟아오르더니 노새 위를 덮친다. 노새들은 이 모습을 쳐다보다, 이내 물속으로 사라진다. 그리고 하류 쪽에 있던 노새도 다른 하나와 함께 사라진다. 통나무가 마차를 덮칠 때 여울목의 꼭대기에 서 있던 마차는 옆으로 돌려지고 한쪽으로 기울어 쳐들린다. 캐시는 반쯤 고개를 돌리고, 한 손으로 고삐를 팽팽히 거머쥐고 다른 손으로는 엄마의 관을 마차의 높은 쪽으로 밀어붙이면서 물속으로 사라져버린다. "힘껏 뛰어내려." 그가 조용히 말한다. "노새 가까이 가지 말고 물살에 몸을 맡겨라. 그러면 강가 쪽으로 갈 수 있어."

"형도 와야 해." 내가 말한다. 툴 아저씨와 바더만은 둑을 따라 뛰어간다. 아버지와 듀이 델은 우리를 지켜보고 서 있다. 듀이 델은 바구니와 보따리를 들고 있다. 주얼은 말을 되돌리려 애쓴다. 노새 한 마리의 머리가 나타난다. 눈을 크게 뜨고 마치 사람과 같은 소리를 내며 잠시 우리를 바라다 보더니, 다시 사라져버린다.

"돌아와, 주얼. 돌아와." 캐시가 소리친다. 다음 순간 캐시는 기울어진 마차에 몸을 기대고 팔로 엄마의 관과 연장을 꼭 붙들고 있다. 다시 통나무의 수염 난 머리가 솟아오른다. 통나무 너머에서 주얼이 말을 일으켜 세우고 비틀려 돌아간 말의 머리를 주먹으로 마구 때린다. 난 하류 쪽으로 뛰어내린다. 두 언덕 사이로 다시 한번 노새가 떠오른다. 노새들은 연거푸 물 속에서 구르다가 이젠 완전히 뒤집혀, 발이 밑바닥에 닿지 않게 되자 다리만 뻣뻣하게 물 위로 뻗어 올라와 있다.

바더만

캐시는 관을 잡으려 했지만 놓치고 말았다. 달이 뛰어내려 물속으로 관을 붙잡으러 간다. 캐시는 관을 잡으라고 소리친다. 나도 소리치며 달려간다. 듀이 델도 내게 소리 지른다. 관이 물 위로 떠오르는 것을 본 툴 아저씨는 나를 앞질러 달려간다. 그러나 관은 다시 물속에 잠기고 달은 아직 관을 잡지 못했다.

나는 달에게 계속 소리친다. 엄마를 잡아. 엄마를 잡아. 그런데 엄마가 너무 무거워서 아직 붙잡지 못했다. 계속 쫓아가야 한다. 나는 연거푸 달에게 소리친다. 물속에서는 엄마가 남자보다 더 빨리 가기 때문에, 노새를 잘 붙잡는 달도 관은 붙잡기가 쉽지 않은 모양이다. 노새의 뻣뻣한 다리가 물 위에서 데굴거리다가, 물속으로 바로 사라진다. 이제 노새 등이 보인다. 물속에서는 엄마가 남자들보다 더 빠르니까 달이 빨리 가야 한다. 나는 툴 아저씨를 지나친다. 아저씨는 달을 도우려고 물속에 뛰어들지는 않을 거다. 도울 수 있으면서도 달과 함께 엄마를 구하려고 노력하지 않을 것이다. 아저씨는 그렇게 하지 않을 거야.

노새가 뻣뻣한 다리를 위로 하고 물 위로 떠오른다. 뻣뻣한 다리가 물 위에서 느리게 뒹군다. 난 다시 달에게 소리친다. 어서 엄마를 잡아. 어서. 엄마를 둑으로 끌고 오란 말이야. 툴 아저씨는 돕지 않을 것이다. 달은 노새를 지나치고 물속에서 엄마를 잡았다. 그리고 천천히 둑으로 오고 있다. 물 밑에서 엄마는 떠내려가지 않으려고 애쓰고 있을 것이다. 달은 힘이 세니까. 그는 천천히 오고 있다. 천천히 오는 것으로 보아 물 밑에서 엄마를 잡고 있는 거다. 난 달을 돕기 위해 물속으로 뛰어 들어간다. 난 소리 지르지 않을 수 없다. 달은 힘이 세서 물 밑으로 엄마를 꼭 잡고 있다. 엄마가 노력한 것도 있지만 어쨌든 달은 엄마가 떠내려가도록 내버려 두지 않았을 거다. 그는 나를 바라보고 있었다. 그는 엄마를 붙잡고 있을 것이다. 이젠 됐다. 이젠 됐어.

그런 다음 달은 물에서 나온다. 한참 만에 그의 손이 보인다. 엄마를 끌어내야 한다. 그러면 이제 견딜 수 있다. 달의 손이 나오고 온몸이 물에서 빠져나온다. 난 멈출 수가 없다. 엄마를 끌어 올릴 시간이 없다. 할 수만 있다면 할 텐데……. 그러나 달은 빈손이다. 빈 몸으로 물을 빠져나온다.

"엄마는 어디 있지, 달?" 내가 묻는다. "형은 엄마를 잡지 못했어. 엄마가 물고기인 줄 알면서도 떠내려가도록 내버려둔 거야. 엄마를 데려오지 못하다니…… 달. 달. 달." 노새가 천천히 물 위로 떠오르다 다시 가라앉는 모습을 바라보며 난 둑을 따라 마구 달리기 시작했다.

툴

달이 마차에서 뛰어내리고 캐시 혼자서 뒤집힌 마차와 애디의 시신을 구하려 했다는 사실을 코라에게 말했다. 그리고 주얼은 맞은편 둑에 거의 다다랐지만, 머리를 돌리려 하지 않는 말을 다시 마차 쪽으로 되돌리려 했다고 말했다. 그러자 그녀가 말했다. "당신은 늘 달이 좀 덜떨어지고 이상한 애라고 말하는 사람들 편이었지요. 하지만 달만이 그 마차에서 뛰어내릴 만한 지각이 있는 유일한 사람이었어요. 내가 보기에, 앤스는 너무나 영악해서 마차에 타고 있지도 않았을 테지요."

"그가 마차에 타고 있었더라도 아무 일도 할 수 없었을 거요." 내가 말했다. "잘 건너는 중이었지. 만일 그 통나무만 없었다면 그들은 강을 건너는 데 성공했을 것이오."

"통나무 때문이라고요? 말도 안 되는군요. 그것은 하느님의 벌이었어요." 코라가 말한다.

"어떻게 그것이 바보 같은 짓이었다고 말할 수 있지? 아무도 하느님의 벌에 맞설 수는 없지 않소. 맞서려고 한다면 그것이 신성모독이지."

"그들은 왜 하느님 뜻에 맞서려 하는 거죠? 말해 봐요." 코라가 말한다.

"앤스는 맞서지 않았어." 내가 말했다. "맞서지 않았다고 당신이 비난하지 않았소."

"앤스가 있어야 할 자리는 바로 거기, 마차였어요. 그가 진정 사내라면 자식을 시키는 대신, 스스로 맞섰어야 해요."

"당신이 무슨 말을 하는지 알 수가 없군." 내가 말한다. "강을 건너는 것이 하느님의 뜻을 거스르는 일이라고 말하곤, 또 금방 앤스가 그 일을 돕지 않았다고 비난하니 말이오." 코라는 빨래를 하면서 노래를 부르기 시작했다. 노래를 부르는 표정은 마치 사람들과 그들의 어리석음을 모두 단념하고, 그들을 앞질러 하늘을 향해 나아가는 듯이 보였다.

물살이 마차를 들어 올려 여울목으로부터 밀어내기까지 마차는 오랫동안 물에 떠 있었다. 캐시가 꽉 붙들고 있어서 관은 미끄러지지 않았고 한동안 마차도 뒤집어지지 않았다. 그러나 곧 마차는 기울어지고, 그때 통나무가 또 나타났다. 마차를 향해서, 마치 목표 지점을 향해 수영하는 사람처럼 돌진하고 있었다. 마침내 모든 일을 한 방에 끝내 버리려고 작정한 것처럼 다가와서 할 일을 해낸 다음 다시 갈 길을 가는 것처럼 보였다.

노새가 마차에서 떨어져나갔을 때, 잠시 동안 캐시가 마차를 도로 잡은 것 같았다. 캐시와 마차가 전혀 움직이지 않는 것처럼 보였기 때문이다. 그리고 주얼은 말을 마차 쪽으로 돌리려고 애쓰고 있었다. 그때 바더만이 나를 지나쳐 달려가며 달에게 소리치고 듀이 델이 그 뒤를 따라가고 있었다. 얼마 후 노새가 다시 천천히 물 위로 떠오르고 완전히 벌렁 드러누워 뻣뻣한 다리를 하늘로 향해 내놓았다가 물살에 다시 뒤집히면서 떠내려갔다.

그러자 마차는 완전히 전복되었고 마차와 주얼, 말이 함께 뒤섞였다. 캐시는 사라져버렸다. 그러나 아직도 관을 붙들고 있는 것 같았다. 말이 허우적거리며 야단하는 통에 난 아무것도 볼 수가 없었다. 아마도 그때쯤이면 캐시가 관을 놓치고 그것을 잡으려고 헤엄치고 있을 거라고 생각했다. 난 주얼에게 어서 돌아오라고 소리쳤다. 그러나 주얼은 말과 함께 물속으로 사라져버렸다. 이젠 모든 것이 끝났다고 생각했다. 말도 역시 여울목으로 떠내려가 죽고, 마차도 관도 모두 잃어버렸다고 생각했다. 정말 불행한 일이었다. 무릎을 물속에 담그고 내 뒤에 서 있던 앤스에게 소리쳤다. "자네가 무슨 짓을 했는지 알기나 하나? 여기를 좀 보란 말이야. 자네가 무슨 짓을 했는지."

다시 말이 물 위로 떠올랐다. 머리를 바싹 뒤로 젖히고 둑을 향해 헤엄치고 있었다. 누군가 말안장을 붙들고 물살에 떠내려가는 것이 보였다. 그래서 난 혹시 수영을 못하는 캐시가 아닌가 싶어 둑을 따라 뛰어 내려갔다. 달에게 고래고래 소리치는 바더만만큼이나 큰 소리로 주얼에게 외쳤다. 캐시가 저기 있다고.

그래서 난 물속으로 들어갔다. 강바닥의 진흙 덕택에 미끄러지지 않고 서 있을 수 있었다. 그때 주얼이 나타났다. 몸이 반쯤 물에 잠겨 있는 것으로 보아 여울목에 서 있는 모양이었다. 그는 상류 쪽으로 몸을 한껏 젖히고 있었다. 그 옆에 밧줄이 보였다. 여울목의 바로 아래 끼어 있는 마차를 주얼은 꼭 붙들고 있었는데, 바로 그곳으로 물살이 밀려들었다.

말이 마치 사람처럼 신음하면서 물을 튀기며 둑 쪽으로 정신없이 걸어나올 때 말을 붙들고 있던 사람은 다름 아닌 캐시였다. 말은 자신의 안장을 꼭 붙들고 있는 캐시를 제치려고 마구 발로 차고 있었다. 캐시는 잠시 고개를 쳐들더니 이내 물속으로 다시 미끄러져 들어갔다. 얼굴은 잿빛이었고 진흙이 잔뜩 묻어 있었으며 눈은 감고 있었다. 그는 몸을 물살에 맡긴 채 물 위로 다시 떠내려갔다. 마치 뭉쳐진 옷가지처럼 둑 옆에서 위아래로 출렁이고 있었다. 캐시의 몸은 물속 바닥을 들여다보기라도 하듯 엎어진 채 조금씩 물살을 따라 흔들리고 있었다.

밧줄이 갑자기 물속으로 빨려 들어갔다. 갑작스럽지만 천천히 밧줄을 끌고 있는 마차의 무게가 느껴졌다. 마치 무거운 쇠막대가 물속에 빠지듯이 그렇게 밧줄이 물속에 빨려 들어갔다. 벌겋게 달아오른 쇠막대라도 되는 양, 밧줄을 스치는 물소리가 지지직 들렸다. 마치 쇠막대의 한쪽 끝은 물 밑으로 가라앉고 다른 한쪽 끝을 우리가 잡고 있는 것 같았다. 마차는 천천히 위아래로 흔들리고 있었다. 마치 우리 바로 뒤로 돌아와 있는 것처럼 떠밀고 찌르면서, 언제든지 유유히 떠 있을 것 같이 천천히 흔들리고 있었다. 풍선처럼 부풀린 새끼 돼지 한 마리가 떠내려오고 있었다. 론 퀵 농장의 마크가 찍혀 있었다. 돼지는 쇠막대 같은 밧줄에 부딪혔다가 다시 떠내려갔다. 그동안 밧줄은 점점 밑으로 비스듬히 가라앉았다. 우리는 그것을 지켜보고 있었다.

달

캐시는 옷을 둘둘 말아 만든 베개를 베고 엎드려 누워 있다. 눈은 감겼고 낯빛은 회색이다. 머리카락은 페인트 붓으로 바른 듯 부드러운 흙으로 덮여 이마 위에 흐트러져 있다. 얼굴은 움푹 내려앉은 것처럼 보인다. 눈언저리가 푹 꺼지고, 코와 잇몸도 물에 젖어 마치 얼굴 전체의 팽팽함이 느슨하게 풀린 듯이 쭈그러져 있다. 창백한 잇몸에 박힌 이는 조용히 웃기라도 하듯 약간 벌어져 있다. 젖은 채로 누워 있는 그는 막대기처럼 여위었다. 머리맡에는 토해 낸 이물질이 작은 웅덩이를 이루고 있었고, 토한 물이 입가부터 볼까지 흐르고 있다. 그는 고개를 그렇게 재빨리, 또 많이 돌릴 수가 없기 때문에 듀이 델이 와서 치맛자락으로 닦아준다.

주얼이 다가온다. 그는 대패를 가지고 있다. "툴 아저씨가 방금 곱자를 찾았어." 그가 말한다. 주얼은 물을 뚝뚝 떨어뜨리며 캐시를 내려다본다. "캐시가 아직 아무 말도 하지 않았어?"

"톱하고 망치, 자, 초크라인2) 따위를 더 찾아야 해. 캐시가 갖고 있던 물건이거든." 내가 말한다.

주얼이 곱자를 내려놓자 아버지가 그를 바라본다. "캐시의 연장들은 그리 멀리 있지 않을 거야. 모두 함께 떠내려갔을 테니까. 딱한 녀석." 아버지가 말한다.

주얼은 아버지를 쳐다보지도 않고 말한다. "바더만을 이리로 부르는 것이 좋겠어요." 그러곤 돌아서서 가버린다. "캐시가 말할 수 있을 때 빨리 물어보세요. 연장통에 또 무엇이 들어 있었는지."

우리는 다시 강으로 돌아간다. 마차는 이제 완전히 강기슭으로 빠져나왔고 물가에다 굄목을 대 놓았다. 우리는 모두 함께 조심스럽게 일했다. 초라하고 맥 빠진 모습이 친숙한 마차엔 어딘가 드러나지 않으면서 그러나 또한 두드러지게, 한 시간 전쯤 노새를 앗아간 폭력의 흔적이 남아 있는 듯했다. 마차에는 관이 놓여 있다. 심오한 모습으로, 길고 창백한 관의 널판은 젖었지만, 두 줄로 길게 진흙이 묻은 것 빼고는 여전히 노란빛을 띠고 있었다. 물속에 잠긴 황금의 빛깔과도 같았다. 관을 지나쳐 강둑으로 향한다.

밧줄의 한쪽 끝은 나무에 단단히 매여 있다. 강의 가장자

---

2) 줄에 분필 가루를 묻혀 말아놓은 공구. 직선을 그리는 데 쓰인다.

리, 물이 무릎쯤 차오르는 곳에 바더만이 서 있다. 그는 몸을 약간 앞으로 구부리고 연장을 찾는 데 몰두하는 툴 아저씨를 쳐다보고 있다. 그는 더 이상 소리 지르지 않았고 겨드랑이까지 물에 젖어 있다. 툴 아저씨는 나무에 매어놓은 밧줄의 반대편 끝, 강물이 어깨쯤 차오르는 곳에서 바더만을 건너다 본다. "더 멀리 가서 나무 곁에 서 있어라. 밧줄을 꼭 붙잡고 있어. 미끄러지지 않도록."

바더만은 밧줄을 따라 나무 있는 데까지 뒷걸음친다. 뒤는 쳐다보지도 않고 오로지 툴 아저씨만 바라본다. 우리가 다가가자 바더만은 놀란 듯 눈을 동그랗게 뜨고 우리를 한번 쳐다본다. 그러나 곧바로 툴 아저씨만을 가만히 바라본다.

"여기 망치도 찾았다. 초크라인도 벌써 찾았어야 하는데, 아마 떠내려간 모양이야." 툴 아저씨가 말한다.

"완전히 떠내려갔군요." 주얼이 말한다. "그러면 어쩔 수 없고. 하지만 톱은 찾아야 해요."

"그래. 맞아." 그렇게 말하고 툴 아저씨는 강물을 바라본다. "초크라인도 찾아야지. 또 어떤 연장이 있었지?"

"캐시가 아직 말을 못해요." 물속으로 들어가며 주얼이 말한다. 그는 돌아서서 나를 쳐다보며 말한다. "형은 돌아가서 캐시를 일으켜서 말을 시켜봐."

"아버지가 캐시 곁에 있으니까." 내가 말하고는 주얼을 따라 밧줄을 잡고 물속으로 들어간다. 밧줄은 내 손안에서 살아 있는 것 같이, 길게 늘어지고 소리가 되울리는 활처럼 불룩해졌다. 툴 아저씨는 나를 바라보고 있다.

"네가 가는 게 좋겠어. 가서 강둑에 앉아 있어라."

"연장이 다 떠내려가기 전에 무엇이 더 있었는지 봐야겠어요." 내가 말한다.

물살이 어깨 너머로 휘몰아치는 가운데 우리는 밧줄을 꽉 잡고 있다. 온화한 수면 아래 진짜로 거센 힘이 우리를 떠밀고 있었다. 7월의 강물이 이렇게 차가운 줄은 정말 몰랐다. 바늘을 바싹 들이대 뼛속 깊숙이 찌르는 것 같다. 툴 아저씨는 아직도 강둑 쪽을 바라다보고 있다.

"밧줄이 괜찮을지 모르겠군." 툴 아저씨가 말한다. 강에서 나무까지 팽팽하게 이어진 밧줄을 모두 함께 바라본다. 바더만은 나무 옆에 웅크리고 앉아 우리를 바라보고 있다. "내 노새들이 집으로 도망가지 말아야 할 텐데." 툴 아저씨가 말한다.

차가운 강물이 발밑으로부터 진흙을 훑고 있을 때 우리는 밧줄을 움켜잡고 번갈아 물속으로 들어간다. 차가운 강바닥을 헤집고 다니면서, 그렇게 밧줄에 매달려 있었다. 강바닥의 진흙도 가만히 멈춰 있는 것이 아니다. 마치 우리 밑에 있는 지구 전체가 움직이고 있는 것처럼 차가운 진흙도 빠르게 움직이고 있다. 쭉 뻗은 팔을 서로 붙들고, 한 사람이 잠수하면 조심스럽게 밧줄을 지켜준다. 그리고 똑바로 서서, 잠수한 사람이 연장을 찾는 지점에서 이는 물살과 거품을 지켜보고 있다. 아버지도 이제 우리를 보기 위해 강가에 나와 있다.

물 바깥으로 나온 툴 아저씨의 몸에서 물이 뚝뚝 떨어진다. 입을 오므린 채 숨을 몰아쉬는 그의 얼굴이 입속으로 빨려 들어갈 듯하다. 그의 입은 낡은 고무 고리처럼 푸르스름하다.

그는 물속에서 자를 건져냈다.

"캐시가 기뻐할 겁니다." 내가 말한다. "상품 안내서를 보고 지난달에 주문해서 산 새것이지요."

"또 어떤 연장을 잃어버렸는지 안다면 좋을 텐데." 어깨 너머 주얼이 물속으로 사라진 곳을 바라보며 툴 아저씨가 말한다. "이제 내가 잠수할 차례일 텐데……"

"잘 모르겠어요." 내가 말한다. "글쎄. 아마도 그런 것 같아요. 맞아요."

완만한 소용돌이로 굽이쳐 흐르는 강물을 바라본다.

"주얼이 쥐고 있는 밧줄을 당겨라." 툴 아저씨가 말한다.

"주얼은 아저씨 쪽 밧줄을 잡고 있어요." 내가 말한다.

"내 쪽엔 아무도 없어." 그가 말한다.

"아저씨의 밧줄을 당기세요." 내가 말한다. 그러나 툴 아저씨는 물 위로 밧줄의 끝을 쥐고 이미 한번 당겼었다. 그때 주얼이 나온다. 10야드 정도 떨어진 곳에서 주얼은 물 위로 떠올라 숨을 몰아쉬며 우리를 바라본다. 머리를 홱 쳐들며 긴 머리카락을 뒤로 젖힌다. 강둑을 바라보며 다시 깊은 숨을 들이쉰다.

"주얼." 툴 아저씨가 말한다. "이제 돌아오지 그래." 비록 큰소리는 아니지만 분명하고 무게 있는 목소리가 물을 따라 흘러간다. 위압적이지만, 동시에 재치 있는 목소리였다.

그러나 주얼은 다시 잠수한다. 우리는 그가 사라진 쪽을 바라보며, 마치 불을 끌 물을 기다리며 호스의 주둥이를 잡고 있는 사람처럼 쓸모없는 밧줄을 쥐고 거센 물살을 가르며 서 있다. 갑자기 등 뒤에서 듀이 델이 나타난다. "주얼이 돌아오게 해요." 그리고 자신이 직접 주얼을 부른다. 그는 물에 젖어 눈을 가리는 머리카락을 젖히면서 물 위에 떠오른 다음, 강둑으로 천천히 헤엄쳐 간다. 물살은 사정없이 그를 아래쪽으로 떠밀어낸다. "주얼!" 듀이 델이 다시 큰 소리로 부른다. 주얼은 헤엄쳐서 마침내 강둑에 다다라 기어오른다. 물에서 완전히 나오자 그는 몸을 구부려 무엇인가를 집어 든다. 그러곤 강둑을 따라 돌아온다. 그는 초크라인을 찾아낸 것이다. 그는 우리 반대편에 와서 무엇을 찾는 듯 두리번거린다. 아버지는 강둑을 내려가서, 강물이 굽어 도는 지점, 물살이 약한 곳에서 둥둥 떠다니며 조용히 서로 스쳐대는 노새 시체를 다시 보러 가는 중이다.

"툴 아저씨, 여기 두었던 망치는 어디 있어요?" 주얼이 말했다.

"직각자와 함께 바더만에게 주었다." 툴 아저씨는 턱으로 바더만을 가리키며 말한다. 바더만은 아버지가 움직이는 대로 쳐다보다가 이번엔 주얼을 바라본다. 툴 아저씨는 주얼을 쳐다본 뒤 듀이 델과 나를 지나쳐서 강둑으로 향한다.

"듀이 델은 여기서 비켜." 내가 말하지만 듀이 델은 주얼과 툴 아저씨만 바라볼 뿐 대꾸하지 않는다.

"망치는 어디 있지?" 주얼이 묻자, 바더만은 강둑으로 달려가서 망치를 가져온다.

"망치는 톱보다도 무거운데." 툴 아저씨가 말한다. 주얼은 초크라인을 망치의 손잡이에 붙들어 맨다.

"망치에는 다른 연장보다 나무가 더 많이 들어 있어요." 주얼이 이렇게 말하자, 그들은 주얼의 손을 바라보며 서로를 쳐다본다.

"펴주는 망치도 마찬가지지." 툴 아저씨가 말한다. "세 개 중 하나는 물에 뜰 거야. 이제 대패를 찾아보자."

주얼은 툴 아저씨를 바라본다. 툴 아저씨도 주얼과 마찬가지로 키가 크고 홀쭉하다. 그래서 젖은 옷을 입고 함께 서니 키가 서로 비슷하다. 론 퀵은 구름이 껴도 하늘을 보면 시간을 알아맞힐 수 있다. 약 십 분 정도의 오차로. 아들 론이 아니라 아버지 론 말이다.

"왜 물에서 나오지 않는 거지?" 내가 말한다.

"대패는 톱처럼 물에 뜨지는 않을 거야." 주얼이 말한다.

"대패는 톱과 비슷하니, 망치보다는 더 잘 뜰지도 몰라." 툴 아저씨가 말한다.

"내기해요." 주얼이 말한다.

"난 내기는 하지 않아." 툴 아저씨가 말한다.

두 사람은 서서 주얼의 조용한 손을 바라본다.

"빌어먹을. 그럼, 대패나 찾아보죠." 주얼이 말한다.

마침내 그들은 대패를 찾아내 초크라인에 묶고 다시 물 속에 들어간다. 아버지가 강둑을 따라와서는 잠시 멈춰 우리를 바라본다. 허리는 구부정하고 슬픈 표정으로, 마치 늙어빠진 말처럼, 혹은 늙은 새처럼 우리를 쳐다본다.

툴 아저씨와 주얼은 물속으로 돌아가서 물살을 가르며 서 있다. 주얼은 듀이 델에게 말한다. "저리 가 있으란 말이야. 여기서 방해하지 말고."

그녀는 내게 바싹 다가와서 그들이 지나갈 수 있도록 길을 내준다. 마치 깨지는 물건이나 되는 것처럼 대패를 번쩍 처들고 있어 대패의 파란색 줄이 주얼의 어깨에 늘어져 있다. 툴 아저씨와 주얼은 우리를 지나치더니 멈춰 서서 마차가 전복된 곳이 어디였는지에 대해 이야기하고 있다.

"달이 알고 있을 거야." 툴 아저씨는 이렇게 말하고 나를 바라본다.

"나도 몰라요." 내가 말한다. "그곳에 오래 서 있지 않았으니까요."

"빌어먹을."

툴 아저씨와 주얼은 조심스럽게 움직이며 발로 여울목을 짚어본다.

"밧줄은 잡고 있나?" 툴 아저씨가 묻지만 주얼은 아무런 대꾸도 하지 않고, 뭔가 계산하는 듯이 강기슭을 쳐다보고는 곧이어 강물을 바라본다. 주얼은 대패를 강물 밖으로 멀리 내던진다. 대패에 달린 줄이 그의 손가락 사이를 스치며 대패를 따라 움직인다. 그때 줄이 스친 손가락이 파랗게 변한다. 줄이 멈추자, 그 끝을 툴 아저씨에게 건네준다.

"이번엔 내가 해보지." 툴 아저씨가 말하지만 주얼은 역시 아무런 대꾸도 하지 않는다. 그는 수면 아래로 자맥질한다.

주얼이 물 바깥으로 나오니 그의 손에는 톱이 들려 있다.

아버지는 마차 옆에 서서 마차에 묻은 진흙을 나뭇잎으로 닦고 있다. 숲을 배경으로 서 있는 주얼의 말은 빨랫줄에 걸려 있는 누더기 이불처럼 보인다.

아직까지도 캐시는 깨어나지 않았다. 그의 연장들, 대패, 톱, 망치, 직각자, 자, 초크라인을 들고, 누워 있는 캐시를 바라보고 있다. 듀이 델은 캐시 옆에 웅크리고 앉아 그의 머리를 들어 올린다. "캐시, 캐시." 그녀가 부른다.

캐시는 마침내 눈을 뜨더니 서 있는 우리의 얼굴을 심오하게 바라본다.

"저렇게 딱한 놈이 세상에 있을까." 아버지가 말한다.

"자, 여기 봐." 캐시가 볼 수 있도록 그의 연장을 들어올린다. "이것들 말고 또 어떤 연장이 있는지 말해 봐."

캐시는 말하려고 애쓰다가는 고개를 돌려 다시 눈을 감는다.

"캐시, 캐시."

캐시는 토하고 있었다. 듀이 델이 자신의 옷자락으로 캐시의 입을 닦아준다. 그러자 캐시는 말할 수 있게 된다.

"톱이 세트로 있다는군. 예전에 자를 살 때 함께 산 톱 세트 말이야." 주얼은 이렇게 말하고 돌아서서 강으로 간다. 툴 아저씨는 아직도 웅크리고 앉아서 일어나는 주얼을 올려다본다. 그러곤 그도 일어나서 강으로 가는 주얼을 뒤따른다.

"딱한 놈 같으니." 아버지가 말한다. 아버지는 웅크리고 앉은 우리들 위에 우뚝 서 있는 듯하다. 그의 모습은 마치 술 취한 풍자화가가 거친 목재로 어설프게 조각한 목상처럼 보인다. "정말 힘들군. 그러나 난 아내를 원망하지 않아. 어느 누구도 내가 그녀를 원망한다고 말하지는 않을 거야."

듀이 델은 캐시의 머리 아래에 옷으로 둘둘 말아 만든 베개를 받치고, 토할까 봐 고개를 옆으로 돌려놓는다. 그의 곁에는 연장들이 놓여 있다. "지난번 교회 지붕에서 떨어졌을 때 부러진 다리를 또 다친 것이 오히려 다행이라고 사람들은 말할지도 모르지. 그러나 난 아내를 원망하지 않아." 아버지는 말한다.

주얼과 툴 아저씨는 다시 강물에 들어간다. 여기에서 보면 그들이 강물을 가르고 들어간 것처럼 보이지 않고, 강물이 그들의 목을 단칼에 잘라 얼굴만 동동, 수면 위에 우스꽝스러울 정도로 조심스럽게 띄워놓은 것처럼 보인다. 강물은 평화로워 보인다. 오랫동안 시끄러운 기계 소리를 듣고 나면 소음에 익숙해져 조용한 것처럼 느껴지듯이 말이다. 마치 몸이라고 하는 덩어리가 수많은 입자로 용해되어 버려서, 들을 수도 볼 수도 없게 되는 것처럼 말이다. 마찬가지로 분노 역시 침전되면 잠잠해진다. 다른 사람들에겐 보이지 않지만 내겐 보인다. 캐시 옆에 웅크리고 앉아 있는 듀이 델의 젖가슴이 젖은 옷 속에서 드러나 있다. 지구의 수평선과 골짜기 같은 젖가슴이.

캐시

관의 균형이 맞지 않았어. 내가 말했건만. 관을 잘 나르려면, 그들이 좀 더……

코라

언젠가 우리는 함께 이야기를 나눈 적이 있다. 애디는 진정한 신앙인이 아니었다. 심지어 휘트필드 목사가 그녀를 특별히 지목하여 그녀의 마음속에 들어 있는 허영심을 다스리기 위해 그녀의 영혼과 씨름하던 그 여름 부흥회 이후조차 그녀는 신앙이 없었다. 여러 차례 내가 그녀에게 말했다. "당신의 힘겨운 숙명을 위로하기 위해 하느님은 당신에게 아이들을 주신 거예요. 하느님 자신의 고통과 사랑의 징표로 말이에요. 그 사랑 안에서 당신은 아이들을 낳은 것이지요." 그녀가 하느님의 사랑과 자신의 의무를 지나치게 당연시하였기 때문에 내가 그런 말을 한 것이다. 그런 태도는 하느님을 기쁘게 하지 못하니까. "하느님은 당신을 찬양하기 위해 목소리를 높일 수 있는 선물을 주셨지요."라고 말한 적도 있다. 이것은 죄 짓지 않은 백 사람보다 한 사람의 죄인을 하느님이 더욱 기뻐하기 때문에 한 말이었다. 그러자 애디가 말했다. "하루하루 저는 제 죄악을 깨닫고, 속죄한답니다." 이에 대해 내가 말했다. "무엇이 죄고 죄가 아닌지, 당신이 어떻게 알 수 있단 말이지요? 그것은 하느님의 몫이지 당신의 몫이 아니에요. 우리가 해야 할 일은 하느님의 자비로움을 찬양하고 그 거룩한 이름을 다른 사람들에게 널리 알리는 것이지요." 왜냐하면 하느님만이 사람의 마음을 들여다볼 수 있기 때문이다. 한 여자의 삶이 인간의 눈에 바르게 보인다고 해서, 그 가슴속에 죄가 없다고 말할 수는 없다. 그녀가 하느님을 향하여 마음을 열고 그 자비를 받아들이지 않는다면 말이다. 내가 말했다. "당신이 충실한 주부이기 때문에 그 가슴속에 죄가 없다고 말할 수는 없을 겁니다. 당신의 삶이 힘겹기 때문에 이미 하느님의 은총이 당신을 용서하고 있다고 말할 수도 없을 것입니다." 그러자 애디가 말했다. "난 내 죄를 알고 있어요. 그리고 죗값을 치러야 한다고 생각하지요. 난 그것에 대해 불만이 없어요." 내가 말했다. "하느님이 아니라 당신이 죄악과 구원을 결정한다는 것은 오만이에요. 고통받는 것이 인간의 숙명이고, 고통 속에서도 하느님을 찬양하기 위해 목소리를 높이는 것이 인간들이 해야 할 일이지요. 하느님은 죄악을 징계하시고, 먼 옛날부터 시련과 고난을 통하여 구원을 주셔왔어요. 휘트필드 목사님처럼 거룩하시고 하느님의 숨결을 가까이 느끼면서 사는 분이 당신을 위해 그토록 기도하고 애쓰셨는데 아직도 그런 생각을 버리지 못했나요?"

무엇이 죄악인지 판단하고 그 죄악을 응징하는 것은 우리가 아니다. 애디는 정말 힘겨운 삶을 살아왔다. 모든 여자들이 다 그렇긴 해도. 그녀가 말하는 것을 보면, 심지어 하느님보다도 더욱, 혹은 이 인간 세상에서 죄악과 투쟁해온 사람들보다도 더욱 죄와 구원에 대해 잘 알고 있다고 착각하게 된다. 그녀가 지은 죄란, 어머니를 사랑하지 않는 주얼을 편애한 것이다. 그것이 바로 징벌인 셈이다. 그녀를 사랑하는 모든 사람이 이상하다고 믿고 있지만, 내가 보기엔 하느님의 특별한 사랑을 받고 있는 달보다도 주얼을 더 사랑한 것이 문제였다. 그래서 내가 말했다. "그것이 바로 당신의 죄인 동시에 죗값이지요. 주얼이 바로 당신의 벌인 셈이에요. 당신의 구원은 어디에 있나요? 삶이란 정말 짧으니 서둘러 영원한 은혜를 받아야 해요. 그리고 하느님은 질투하는 분이에요. 판결하고 은혜와 벌을 할당하는 것은 사람의 몫이 아니라 하느님의 몫이지요."

"나도 알아요. 난⋯⋯." 애디는 말하려다 그만두었다. 그래서 내가 다시 말했다.

"무엇을 안단 말이지요?"

"아무것도 몰라요. 그는 나의 십자가이고 동시에 나의 구원일 거예요. 그는 나를 물과 불에서 구해낼 거예요. 비록 내가 삶을 포기할지라도 그가 나를 구할 거예요."

"그것을 어떻게 안단 말이에요. 하느님을 향해 마음을 열지도 않고 하느님을 찬양하기 위해서 목소리를 높이지도 않으면서 어떻게." 내가 말했다. 그때 난 깨달았다. 그녀가 말한 '그'란 하느님을 의미한 것이 아니었다는 사실을. 그리고 교만과 허영심 때문에 애디가 신성을 모독했음을 알게 되었다. 난 그 자리에서 무릎을 꿇었다. 그리고 애디에게 함께 무릎을 꿇어 마음속의 죄악을 떨쳐버리고, 마음을 열어 하느님의 자비에 몸을 던질 것을 간청했다. 그러나 그녀는 무릎을 꿇지 않았다. 허영과 자만에 빠져 하느님을 향한 마음을 닫고, 하느님의 자리에 이기적인 인간에 불과한 주얼을 올려놓고 있을 뿐이었다. 무릎을 꿇고 그녀를 위해 기도했다. 이 불쌍하고 눈먼 여자를 위해, 이제까지 내 자신이나 가족을 위해 했던 기도보다도 더욱 간절하게 기도를 올렸다.

애디

학교 수업이 다 끝나고, 작고 더러운 코를 홀쩍거리며 마지막으로 남은 아이까지 모두 떠나버리면, 난 집으로 가는 대신에 언덕 아래 우물가로 가서 조용히, 마음껏 아이들을 미워하곤 했다. 샘물이 퐁퐁 솟아나고, 햇볕이 조용히 나무들 사이로 기울고, 축축하게 썩는 나뭇잎과 새로운 흙냄새가 어우러진 곳이었다. 특히 생명이 움트는 이른 봄은 가장 힘든 계절이었다.

아버지께서 늘 하시던 말씀이 그냥 기억났을 뿐이었다. 우리가 살아가는 이유는 오랫동안 죽어 있을 준비를 하기 위해서라고 말이다. 하루하루 저마다의 비밀과 이기적인 생각, 서로 낯선 피를 가진 아이들을 마주 대하면서, 이것이야말로 내가 죽음을 준비하는 유일한 길이라는 생각이 들 때, 난 이런 생각을 내게 심어놓은 아버지가 미웠다. 그래서 아이들이 뭔가 잘못을 저지르기를 기대했다. 그러면 내가 그들을 흠씬 때릴 수 있으니까. 매질이 끝나면, 내 살 위에 그 아픔이 느껴졌다. 회초리로 후려칠 때마다 흐르는 피는 다름 아닌 나의 피였다. 회초리를 들 때마다 난 생각하곤 했다. 이제 네가 나를 알아주고 있구나. 이제 나는 너의 비밀스럽고 이기적인 삶 속에 하나의 존재가 되어, 너의 피에 내 흔적이 영원히 남을 것이다.

그리고 난 앤스와 결혼했다. 세 번인가 네 번쯤, 그가 학교 앞을 지나가는 모습을 보았다. 그 후, 그가 학교에 오기 위해 일부러 4마일을 달려 와야 했음을 알게 되었다. 그는 키가 크고 젊었지만, 추운 날씨에 등이 꼬부라진 몸집 큰 새처럼 마차에 앉은 모습을 보면 이미 등이 휘어 있었다. 마차가 삐걱거리며 학교를 지나칠 때마다 그는 고개를 돌려 학교 문을 찬찬히 바라보았다. 그러곤 모퉁이를 돌아 사라지곤 했다. 어느 날 그가 나타났을 때 난 일부러 교문으로 가서 그 자리에 서 있었다. 그는 나를 보자 얼른 고개를 돌리고는 뒤도 돌아보지 않고 가버렸다.

이른 봄이 가장 힘든 계절이었다. 밤중에 자리에 누워 있을 때 기러기들이 북쪽으로 날아가며 우는 소리가 가늘게 들리다가 거친 어둠 속에서 거세고 높게 우짖는 소리로 바뀌면 더이상 참을 수 없을 것 같은 생각이 종종 들기도 했다. 낮에는 아이들이 모두 떠나기가 무섭게 우물로 내려가곤 했다. 바로 그런 날, 앤스가 나들이용 정장을 입고 서 있는 모습을 보았다. 그는 모자 속에 손을 넣어 빙빙 돌리고 있었다.

"집에 머리 좀 깎아줄 여자가 없나요?" 내가 물었다.

"아무도 없어요." 그렇게 말하고는 낯선 장소에서 만난 개처럼 두 눈을 갑자기 내게 돌렸다. "그래서 당신을 만나러 오는 거지요."

"축 처진 어깨를 좀 올리게 해달라는 말이군요." 내가 말한다. "아무도 없다지만 집은 있잖아요? 당신은 집도 있고 좋은 농장도 갖고 있다던데요? 그런데 혼자 모든 일을 하면서 살고 있다고요?" 그는 여전히 모자를 돌리며 나를 바라보고 있었다. "새 집이 있잖아요. 당신은 곧 결혼하실 건가요?" 내가 물었다.

눈을 내게 고정시키고는 다시 말한다. "그래서 당신을 만나러 온 겁니다."

잠시 후 그가 말했다. "난 식구가 없어요. 그러니 당신은 걱정할 필요가 없어요. 당신은 아마도 가족이 있을 것 같군요."

"예, 맞아요. 제퍼슨에 있지요."

그는 고개를 좀 수그렸다. "재산도 조금 있어요. 그리고 근면하지요. 정직해서 평판도 좋고요. 읍내 사람들이 어떤 사람들인지 나도 알지만, 내게 말할 때는……."

"그들이 당신 말을 인정해 주는군요. 하지만 말하기 힘든 상대들이지요." 그는 내 얼굴을 살핀다. "내 가족은 모두 묘지에 있어요."

"그러나 생전에 계신 당신 친척들은, 그들은 좀 다르겠지요." 그가 말했다.

"그럴까요? 모르겠어요. 다른 사람들에 대해서는 잘 몰라요."

그래서 난 앤스를 받아들였다. 캐시를 임신했음을 알게 되었을 때 나는 사는 일이 힘들다는 것을 실감했고, 임신이 바로 그 증거임을 알게 되었다. 말이란 전혀 쓸모없다는 사실도 그때 깨닫게 되었다. 말하려고 하는 내용과 내뱉어진 말이 전혀 맞지 않는다는 사실을. 캐시가 태어났을 때, 모성이란 말은, 그 단어를 필요로 하는 누군가에 의해 인위적으로 만들어졌음을 알게 되었다. 아이를 가진 엄마는 그런 단어가 있든 없든 상관이 없기 때문이다. 공포라는 말도 공포를 단 한 번도 느껴본 적이 없는 사람이 만들어낸 것이다. 자존심이란 말도 마찬가지로 자존심이 없는 사람이 만들어낸 것이고. 내가 매질한 것은 아이들이 더럽게 코를 흘리기 때문은 아니었다. 오히려, 입에서 나온 줄로 대들보에 매달려 흔들리고 스스로 꼬이면서도 서로 닿는 법이 없는 거미들처럼, 말을 통해 서로를 이용해야 하기 때문이었다. 오로지 회초리를 휘두름으로써 내 피와 그들의 피가 하나 되어 흐를 수 있었기 때문이었다. 나의 고독이 매일 되풀이해서 깨지는 것이 두렵지는 않았다. 캐시가 오기까지 나의 고독이 한 번도 깨진 적이 없다는 사실을 난 비로소 알게 되었다. 앤스와 나눈 밤 역시 나의 고독을 깨지는 못했다.

그도 단어를 가지고 있었다. 사랑, 그는 이것을 사랑이라고 불렀다. 그러나 오랫동안 단어들에 익숙해져 있었기 때문에 사랑이란 단어 역시 다른 말과 마찬가지임을 알고 있었다. 그저 빈 곳을 메우기 위한 형태일 뿐이라는 사실을. 그리고 일정한 시간이 지나면 자존심이나 공포라는 단어만큼이나, 사랑이란 말도 전혀 쓸모없게 될 것을 말이다. 캐시가 내게 사랑을 말할 필요도 없었고 내가 그에게 말할 이유도 없었다. 그래서 난 이렇게 말할 것이다. 원한다면, 앤스나 그 단어를 쓰라고 해. 앤스 혹은 사랑, 아니면 거꾸로 쓰더라도 전혀 상관없었다.

밤에 앤스와 관계를 맺을 때조차, 손만 뻗으면 닿을 곳에 놓인 요람 안에서 캐시가 깨어나 운다면 그 아이에게도 젖을 물리리라 생각하곤 했다. 앤스 혹은 사랑, 아무런 상관이 없었다. 나의 고독은 이미 깨졌고, 깨졌기에 고독은 다시 완전하게 되었다. 앤스 혹은 사랑, 어떤 것이든 나의 완결된 고독의 테두리 바깥에 존재했다.

그러다가 달을 임신했다. 처음엔 믿어지지 않았다. 앤스를 죽이고 싶었다. 종이 장막과 같은 언어 안에 자신을 숨기고 있다가 갑자기 등 뒤에서 장막을 뚫고 나를 때리는 것처럼, 내게 속임수를 쓴 듯한 느낌이었다. 그러나 사실상 앤스나 사랑과 같은 말보다도 더욱 오래된 또 다른 말에 속았음을 깨닫게 되었다. 앤스도 마찬가지로 똑같은 말에 속았던 것이다. 보복하기로 했다. 내가 보복하고 있다는 사실을 그에게 숨기는 것이 바로 보복이었다. 달이 태어났을 때, 내가 죽으면 제퍼슨에 묻겠다고 약속해 달라고 했다. 아버지 스스로도 몰랐던 것처럼 내 자신도 몰랐지만, 아버지의 말씀이 옳다는 것을 깨달았기 때문이다.

"말도 안 되는 소리를 하는군." 앤스가 말했다. "아직 아이들이 둘밖에 없는데, 자식들도 다 낳지 않고 무슨 소리요."

그는 내게 있어 이미 죽은 존재였다. 그는 이 사실을 알지 못했다. 어둠 속에서 그와 함께 어쩌다 나란히 누워 있을 때, 이제 나의 피와 몸이 되어버린 땅으로부터 소리가 들리면 생각했다. 앤스, 왜 앤스인가? 왜 당신, 앤스인가? 그의 이름에 대해 곰곰이 생각했다. 생각이 한참 이어지다 보면, 이름은 그릇의 모습을 띠게 되고, 앤스는 액체가 되어 그 그릇 안으로 흘러든다. 마치 차가운 당밀이 어둠으로부터 나와 그릇 속으로 흘러드는 것처럼. 마치 텅 빈 문틀처럼 생명이 없는, 그러나 의미심장한 형상이다. 그런 다음, 그 그릇의 이름을 잊어버리곤 했다. 처녀 적 내 몸의 모양은   이다. 그리고 앤스를 생각할 수도, 기억할 수도 없었다. 더 이상 처녀가 아닌 나 자신을 생각할 수 없기 때문이 아니다. 나는 이제 달, 캐시, 나 이렇게 동시에 세 사람이다. 캐시와 달이란 이름도 그런 식으로 생각하게 되면 그들의 이름도 없어지고 하나의 형체로 굳어져 마침내 사라져버리고 만다. 그러면 난 말한다. 괜찮아. 상관없어. 뭐라 부르든지 상관없다.

내가 엄마 노릇을 제대로 못한다고 코라 툴이 말할 때, 마치 그 말이 가느다란 줄을 타고 재빠르게 곧장, 누구에게도 해 끼침 없이 솟아오르는 것을 느꼈다. 또한, 말이 가리키는 행위는 땅에 바싹 붙어 수평으로 움직이는 것처럼 느껴졌다. 그래서 한참 동안 시간이 흐르면 두 개의 줄이 서로 너무나 멀리 떨어져버리게 된다. 죄, 사랑, 공포와 같은 단어는 순전히 소리에 불과하다. 죄를 지어본 적도, 사랑해 본 적도, 두려워해 본 적도 없는 사람들이 가지지 못했고, 그 말을 잊어버릴 때까지 가질 수도 없는 행위를 가리키는 단어일 뿐이다. 요리도 제대로 못하는 코라처럼 말이다.

내가 아이들과 앤스, 하느님께 얼마나 많은 빚을 지고 있는지에 대해 코라가 말하곤 했다. 난 앤스에게 아이들을 주었다. 그들을 내게 달라고 하지 않았다. 그가 줄 수 있는 것조차도 난 요구한 적이 없다. 절대로 앤스에겐 요구한 적이 없다. 청하지 않는 것이 내 의무였고, 난 그 의무에 충실했다. 나는 나일 뿐이다. 그는 앤스라는 이름을 가진 모양과 소리일 뿐이다. 그것만도 앤스가 요구하는 것 이상이었다. 왜냐하면 그는 바라지도 않을뿐더러, 이름처럼 스스로 아무 존재도 아닌 듯 처신하는 앤스였기 때문이다.

그리고 그는 죽었다. 그는 자신이 죽었는지도 모르고 있었다. 나는 하느님의 사랑, 하느님의 아름다움, 하느님의 죄에 대해 캄캄한 땅이 말하는 소리를 들으며 앤스 곁에 누워 있곤 했다. 캄캄한 침묵의 소리였다. 그 안에서 말은 행위가 되고, 또 다른 말이 되기도 했다. 말과 행위가 맞아떨어지지 않을 때 사람들 사이에는 틈이 생긴다. 늘 그렇듯이 무서운 밤, 거친 어둠으로부터 들리는 거위의 울음소리처럼 언어는 떨어져 내린다. 누군가 군중 속의 두 얼굴 가리키며, 너의 엄마다 혹은 아빠다 말할 때, 정신없이 그 얼굴을 찾아 헤매는 고아처럼, 말은 그것이 가리키는 행위를 찾아 헤맨다.

난 그것을 발견했다고 믿었다. 그 이유는, 살아 있는 것들과 땅 위에 들끓는 붉은 홍수처럼 소름 끼치는 피에 대해 느끼는 의무감 때문이라고 믿었다. 그가 그리고 내가 나이기 위해서는 신중할 필요가 있는데, 죄악은 신중하기 위해 사람들 앞에서 우리가 입고 있는 옷과도 같았다. 그는, 죄를 창조한 다음 그 죄를 정당화한 하느님이 임명한 도구였기에, 우리의 죄악은 더욱 철저하게 죄악이었다. 숲속에서 그를 기다리고 있을 때 그가 나를 알아보기 전, 그는 마치 죄악의 옷을 입은 것처럼 보였다. 죄악의 옷을 입기는 나도 마찬가지였을 것이다. 그러나 그의 옷이 더 아름다웠을 것이다. 왜냐하면 그의 옷은 하느님이 거룩하게 만드신 것이니까. 죄악이란 우리가 벗어던져야 하는 옷과 같다고 생각했다. 들끓는 피를 변질시켜, 공중에서 공허하게 울리는 죽은 말에 복종하도록 만들기 위해서라면. 그러곤 다시 앤스와 관계했다. 난 그에게 거짓말을 하지 않았다. 젖을 뗄 시기가 되어 캐시와 달에게 젖을 주지 않았던 것처럼 난 그냥 거부한 것뿐이다. 소리 없이 말하는 어두운 땅에 귀를 기울이며 난 그에게 아무 말도 하지 않았다.

아무것도 숨기지 않았다. 아무도 속이려고 하지 않았다. 발각된다 할지라도 난 그다지 상관하지 않았을 것이다. 어쨌든 난 조심했다. 내 자신이 아니라 그를 위해서 필요했으므로 조심했다. 마치 사람들 앞에서 옷을 입는 것처럼. 코라가 내게 말할 때, 죽은 말은 조만간 소리조차 상실할 것 같았다.

그리고 관계는 끝이 났다. 그가 떠났다는 의미에서, 그를 다시 보더라도 비밀스러운 만남을 위하여 용감하게 죄악의 옷을 펄럭이며 재빨리 내게로 달려오는 모습을 이제는 볼 수 없게 되었다는 의미에서 관계는 끝이 났다.

그러나 내게는 끝나지 않았다. 그때는 어떤 일에서나 시작도 없고 끝도 없었다. 난 심지어 거부하는 앤스에게 내 쪽에서 먼저 접근하기조차 했는데, 뒤로 물러서는 그를 붙잡으려 했다기보다는, 우리 사이에 달리 할 일이 없었기 때문이다. 아이들은 모두 나만의 자식들이다. 땅 위에서 거칠게 들끓는 피에서 나온 아이들이다. 나와, 살아 있는 모든 존재로부터 나왔다. 누구의 자식도 아니면서 동시에 모두의 자식이었다. 그러고 나서 난 주얼을 임신했다, 임신 사실을 알게 되었을 때, 이미 그가 가버린 지 두 달째였다.

살아가는 이유는 죽을 준비를 하기 위해서라고 아버지는 말하곤 했다. 마침내 그 의미가 무엇인지 알게 되었다. 그리고 아버지는 자신이 무엇을 의미하는지 알지 못했다는 것도 나는 뒤늦게 깨달았다. 왜냐하면 남자란 일이 끝난 후 집을 청소하는 것에 대해서 알지 못하니까. 그래서 내가 집을 청소했다. 주얼이 태어날 때 나는 램프 옆에 누워 있었다. 고개를 들어, 아기가 숨 쉬기도 전에 의사가 나를 봉합하고 갓 태어난 아기에게 모자 씌우는 것을 보았다. 나의 거친 피는 끓어서 없어지고, 끓는 소리도 멈추고 말았다. 이제 따뜻하고 조용한 모유만 남아 흘렀다. 느린 침묵 속에서 조용히 누워 내 집을 청소할 채비를 하고 있다.

주얼에 대한 속죄로서 앤스에게 듀이 델을 낳아주었다. 그리고 주얼 대신 가질 수도 있었을 앤스의 아이를 대신해서 바더만을 낳아주었다. 그리고 지금, 그는 세 아이가 있는 셈이다. 그러나 그들은 내 것이 아니다. 이제 나는 죽을 준비가 끝났다.

언젠가 코라와 대화를 나누고 있을 때였다. 내가 스스로 죄인임을 부인하고 있다는 사실 때문에 그녀는 내가 무릎 꿇고

기도하기를 원했다. 그리고 나를 위해서 코라가 기도했다. 그러나 죄가 단순히 말의 문제인 사람에게는 구원도 단지 말에 불과했다.

휘트필드

그녀가 죽어가고 있다는 말을 들었을 때 난 밤새 사탄과 씨름했다. 그리고 마침내 싸움에서 승리했다. 나의 죄악이 얼마나 엄청난 것인지 깨닫게 되었고, 마침내 진실한 빛을 발견하게 되었다. 무릎을 꿇고 주님께 나의 죄를 고백하고 그분의 인도를 구했다. 그리고 그 인도를 따르기로 했다. "일어나라." 하느님이 말씀하셨다. "네 죄악의 징표가 되는 그 집으로 가라. 내 말을 거역하고 네가 죄를 범한 사람들 앞에서 너의 죄악을 큰 소리로 고백하라. 너를 용서해야 할 사람은 내가 아니라 속임을 당한 남편, 그리고 그 가족들이니라."

그래서 난 그 집으로 가게 되었다. 그때 툴의 다리가 강물에 떠내려갔다는 말을 들었다. "오 하느님, 감사합니다. 만백성 위에 군림하시는 분이여." 내가 넘어야 할 위험과 어려움을 보면서 하느님이 나를 버리지 않았음을 알게 되었다. 내가 겪어야 할 고난으로 인하여 하느님의 평화와 사랑을 다시 얻게 된 것은 기쁜 일이었다. "제가 죄악을 범한 사람 앞에서 용서받기 전에 제가 죽는 일만 없게 하소서. 그리고 너무 늦지 않게 하소서. 제 입이 아닌, 그녀의 입술로부터 저와 그녀의 죄악이 알려지는 일이 없게 하소서. 아무에게도 말하지 않겠다고 그녀는 맹세했지만, 영원으로 들어가는 죽음의 문턱에서 맹세를 지키기란 쉬운 일이 아니니까요. 사탄과 맞서 저 자신도 싸우지 않았습니까? 맹세를 깨뜨린 그녀의 죄를 저의 영혼이 걸머지지 않게 하소서. 제가 상처 입힌 자들 앞에서 제 영혼이 정결해질 때까지 주님의 분노가 저를 덮치지 않게 하소서."

홍수의 위험 속에서도 하느님의 손길이 나를 안전하게 이끌었다. 거센 물살에 말이 놀라고, 나 역시 통나무와 뿌리 뽑힌 나무들이 나의 연약함 위에 밀려들 때 공포에 휩싸였다. 그러나 나의 영혼은 겁먹지 않았다. 여러 번 나무들이 밀려들어 나를 파괴시키려는 마지막 순간에, 거센 물살 소리 너머로 내 목소리를 높였다. "주님을 찬양합니다. 오 전능하신 하느님. 바로 이 징표로 인하여 제 영혼이 씻기고 당신의 영원한 사랑을 회복하게 될 것입니다."

나는 용서받았음을 분명히 깨달았다. 홍수와 위험을 뒤로하고 나는 다시 견고한 땅을 밟으며 나의 겟세마네 동산으로 점점 다가가고 있었다. 그리고 내가 그곳에서 무슨 말을 해야 할지 생각했다. 집 안으로 들어가리라. 그리고 그녀가 말하기 전에 그녀 앞에 멈춰 서서 그녀의 남편에게 말하리라. "앤스,

내가 죄를 범하였소. 당신 마음대로 나를 벌하시오."

마치 고백을 다 끝내버린 것처럼 느껴졌다. 그러자 나의 영혼은 훨씬 자유로워졌고 지난 수년 동안의 어느 순간보다 평온했다. 말을 타고 그 집으로 향하면서, 이미 나의 영혼은 영원한 평화 안에 머물고 있었다. 내 양편에 하느님의 손길을 느꼈고, 마음으로 하느님의 목소리를 들을 수 있었다. "내가 너와 함께 있으니 용기를 내라."

툴의 집에 이르렀다. 그의 막내딸이 나와서 지나가고 있는 내게 말했다. 그녀가 이미 죽었다고.

오, 하느님. 죄를 범했습니다. 당신은 제가 얼마나 뉘우치고 있었는지, 그리고 얼마나 간절하게 제 영혼이 속죄하고자 했는지 알고 계십니다. 그러나 하느님은 참으로 자비로우시다. 주님은 속죄하려는 내 마음을 이미 받아들이셨다. 앤스가 그곳에 없었지만 내가 용서를 구한 사람이 앤스였다는 것을 하느님은 알고 계셨다. 그녀를 사랑하고 믿는 사람들에게 둘러싸여 죽어가는 그녀의 입술이 우리의 죄악을 발설하지 못하게 한 것은 무한한 지혜를 지닌, 바로 하느님이었다. 하느님의 손길이 나를 지켜주는 가운데, 거센 물살의 위험을 겪음으로써 나의 죄악은 용서된 것이다. 주님, 풍성하고 전능하신 사랑이여. 오, 찬양합니다.

상가(喪家)로 들어섰다. 초라한 집, 내 죄악의 반려가 누워 있는 곳. 그녀의 영혼은 돌이킬 수 없는 끔찍한 벌을 받았으리라. 그 육신의 재 위에 평화를 내리소서.

"이 가정에 하느님의 은혜가 있기를." 내가 말했다.

달

그는 말을 타고 암스티드의 집으로 가서 암스티드네 노새를 빌려 가지고 말을 타고 왔다. 노새를 마차에 맨 다음, 캐시를 관 위에 뉘자 그는 다시 토했다. 그러나 때맞춰 고개를 돌려 마차 바깥에다 토할 수 있었다.

"위를 다친 모양이다." 툴 아저씨가 말했다.

"말이 캐시의 배를 찬 것 같아요." 내가 말하고는 다시 캐시에게 묻는다. "말이 형의 배를 발로 찬 거야?"

그는 뭔가 말하려 애쓰고 있었다. 듀이 델이 그의 입을 다시 닦아주었다.

"캐시가 무슨 말을 하려는 거지?" 툴 아저씨가 묻는다.

"캐시, 뭐라고?" 듀이 델은 엎드려서 캐시가 하는 말을 들으려고 애쓴다. "큰오빠는 연장이 보고 싶대요." 그녀가 말했다. 툴 아저씨는 연장을 가져와서 마차 안에 넣어준다. 듀이 델은 캐시가 볼 수 있도록 머리를 들어준다. 마차는 다시 길을 떠나고 듀이 델과 내가 캐시 옆에 앉아 그를 돌본다. 주얼은 말을 타고 앞서 간다. 툴 아저씨는 한참 동안 서서 우리를 바라보다가 몸을 돌려 다리 쪽으로 돌아간다. 방금 물에 젖은 듯이 팔소매를 걷어 올리며 조심스럽게 걸어간다.

그는 문 앞에서 말을 멈춘다. 암스티드는 문에서 우리를 기다리고 있다. 우리가 멈추자 주얼은 말에서 내린다. 캐시를 들어내리고, 암스티드 부인이 마련한 침대가 있는 집 안으로 그를 옮긴다. 듀이 델과 암스티드 부인이 캐시의 옷을 벗기는 동안 우리는 바깥으로 나온다.

마차로 가는 아버지를 모두 따라간다. 아버지는 마차를 공터로 몰고 가고 우리는 걸어서 뒤따른다. 습기가 도움이 된 모양이다. 암스티드가 "이제 집으로 들어와도 좋소."라고 말한 것을 보면. 주얼도 말을 끌고 따라간다. 고삐를 손에 쥐고 마차 옆에 섰다.

"고맙소." 아버지가 말한다. "그러나 우리는 저기 헛간을 쓰도록 하겠소. 당신에게 부담이 된다는 걸 알고 있소."

"집에 들어와도 괜찮소이다." 암스티드가 말한다. 주얼은 나무 같은 표정으로 되돌아갔다. 얼굴과 눈의 표정이 불그스레하면서 무뚝뚝하고, 창백하면서 동시에 어두운, 통나무의 두 가지 색깔을 혼합해 놓은 듯하다. 옷은 이제 마르기 시작했지만 움직일 때면 여전히 몸에 꼭 달라붙는다.

"아내가 고맙게 생각할 거요." 아버지가 말한다.

마차에 묶었던 노새들을 풀고 마차를 헛간에 넣는다. 헛간의 한쪽은 벽이 없이 트여 있다.

"헛간에 비가 새지는 않겠지만, 집에 들어오는 편이……." 암스티드가 말한다.

헛간의 뒷벽은 지붕 재료로 쓰이는 주석 판을 몇 장 세워 놓은 것인데 녹이 슬어 있었다. 우리는 그중 두 장을 가져와서 벽이 없는 한쪽을 막아 세웠다.

"집으로 들어와도 될 텐데……." 암스티드가 말했다.

"고맙소. 요기할 만한 것을 좀 얻을 수 있다면 더욱 감사하겠소." 아버지가 말한다.

"물론이오." 암스티드가 말했다. "캐시를 편안하게 한 다음 룰라가 저녁 식사를 준비할 거요." 주얼은 다시 말에게 돌아가 안장을 풀고 있다. 여전히 젖은 윗옷이 몸에 바싹 달라붙어 있다.

아버지는 집으로 들어가려 하지 않았다.

"자. 이제 들어가서 먹읍시다. 거의 다 준비되었으니." 암스티드가 말했다.

"고맙지만, 난 아무것도 먹고 싶지 않소." 아버지가 말했다.

"여기는 걱정하지 말고 어서 들어가 몸을 말리고 식사하라니까요." 암스티드가 말했다.

"아내를 위해서라면." 아버지가 말했다. "내가 음식을 먹는다면 그것은 아내를 위해서요. 난 노새도 없고, 아무것도 없소. 그래도 아내는 당신들에게 감사할 거요."

"아무렴요." 암스티드가 말했다. "어서 들어와 몸을 말려요."

암스티드가 준 술을 약간 먹은 후 아버지는 기분이 좋아졌다. 캐시가 어떤지 보기 위해 모두 방으로 들어가는데, 주얼은 들어가지 않았다. 뒤돌아보니 그는 말을 끌고 헛간으로 가고 있었다. 아버지는 마차를 끌 노새가 필요하니 저녁때까지 사 와야겠다고 말했다. 주얼은 말채찍을 어지럽게 흔들며 미끄러지듯 헛간으로 들어간다. 헛간 다락에서 건초를 끌어 내려 구유를 채운 다음, 헛간을 나가 말빗을 찾아온다. 재빠르게 탁 치는 소리와 함께 뒷말굽이 앞꿈치를 찰 수 없는 곳에 가서 선다. 곡예사처럼 민첩하게, 언제든지 맘만 먹으면 말이 발로 찰 수 있는 위험한 곳인데도 몸을 잘 기대고 빗으로 말을 빗겨준다. 징그럽게 말을 껴안으면서 속삭이듯 말에게 욕을 퍼붓는다. 그러곤 빗의 등으로 말의 얼굴을 친다. 말은 얼굴을 뒤로 젖히고 뭉툭한 이빨을 내보인다. 눈은 야한 옷감에 붙어 있는 구슬 장식처럼 황혼 속에서 구른다.

암스티드

그에게 위스키를 한 잔 더 주었을 때 저녁 식사가 거의 준비되었다. 그는 벌써 누군가로부터 외상으로 노새를 사놓았으면서도 아직까지 이리저리 따져보고 있었다. 이 노새는 왜 싫고, 누구네 노새는 절대로 사지 말아야 한다는 둥, 심지어 그사람의 물건은 암탉조차 사서는 안 된다는 말을 지껄였다.

"그러면 스눕스의 노새를 사면 어떨까?" 내가 말했다. "그에겐 세 쌍인가 네 쌍쯤 있으니까, 아마도 그중 하나쯤은 당신에게 적합할 거요."

그러자 그는 시큰둥하게 입을 우물거렸다. 그가 원하는 것은 오로지 내 노새라는 듯이 나를 바라보았다. 그리고 내가팔지 않는다고 원망이라도 하는 듯했다. 실제로 난 노새를 팔생각이 전혀 없었다. 이미 한 마리 사놓고는 내 노새를 또 사서 뭘 하려는지 도통 모르겠다. 리틀존이 그러는데, 헤일리 저 지대를 지나는 제방이 2마일이나 유실되었다고 한다. 따라서 제퍼슨으로 가는 유일한 길은 모슨으로 돌아가는 길밖에 없다고 했다. 그러나 그것은 앤스가 해야 할 일이었다.

"스놉스는 거래를 하기엔 야박한 사람이지." 중얼거리듯 앤스가 말한다. 저녁을 먹은 후에 술을 한 잔 더 주자 앤스는 기분이 더 좋아진 듯했다. 그러고는 헛간으로 돌아가 죽은 아내 곁에서 밤을 새우려 했다. 마치 언제든지 떠날 채비를 하고 그곳에서 밤을 새우면 산타클로스가 와서 노새 한 쌍을 선물로 주기라도 할 것처럼 말이다. "여하튼 그를 설득할 수 있을지도 몰라. 그의 피 속에 조금이라도 신앙심이 들어 있다면 어려움에 처한 사람을 도울 테지." 앤스가 말한다.

"물론 당신은 내 노새를 언제든지 빌릴 수 있소." 앤스가 원하는 것은 내 노새임을 잘 알기에 내가 그렇게 말했다.

"고맙소. 하지만 아내는 우리 노새가 끄는 마차에 타고 싶어할 거요." 노새 구입을 주장하는 것이 제 아내 때문임을 내가 믿는다고 생각하는 모양이다.

저녁을 먹은 후에 주얼은 피바디 의사를 부르러 벤드로 갔다. 오늘 밤 바너의 집에 그가 머무른다는 소식을 들었기 때문이다. 한밤중이 되어서야 주얼은 돌아왔다. 피바디는 인버니스 아래 어딘가로 가버려서, 대신 수의사인 빌리 아저씨를 데리고 왔다. 그가 말하듯이, 사람은 말이나 노새와 그다지 다르지 않으니까. 좀 다른 것이 있다면, 말이나 노새가 좀 더 지각이 있다고나 할까. "도대체 어떻게 된 일인가?" 캐시를 보자 빌리 아저씨가 말했다. "매트리스와 의자, 위스키 한 잔을 가져오게."

캐시에게 위스키를 한 잔 먹인 후, 앤스를 밖으로 내보냈다. "지난여름 다친 다리를 또 다쳤으니 다행이지." 슬픈 듯, 눈을 껌뻑거리며 앤스가 웅얼거린다. "특이한 일이야."

매트리스를 접어 캐시의 다리 사이에 밀어 넣는다. 그리고 그 위에 의자를 놓은 다음 나와 주얼이 올라가 의자 위에 앉았다. 듀이 델은 램프를 들고, 빌리 아저씨는 담배를 질겅질겅 씹으며 치료를 시작했다. 한참 동안 캐시는 힘겨워 하다가 마침내 기절하고 말았다. 커다란 땀방울이 그의 얼굴에 맺혀 있었다. 땀방울이 흘러내리다가 그를 기다리면서 멈춰 서기라도 한 것처럼.

캐시가 깨어났을 때 빌리 아저씨는 짐을 다 싸고 이미 떠난 후였다. 캐시가 뭔가 말하려고 애쓰자, 듀이 델이 엎드려 그의 말에 귀를 기울였다. 그런 다음, 듀이 델이 말했다. "연장을 걱정하고 있어요."

"연장은 내가 가지고 있으니 걱정하지 마." 달이 말했다.

캐시가 다시 뭔가 말하려고 하자 듀이 델이 바싹 귀를 대고 듣는다. "캐시 오빠가 연장을 보고 싶어 해요." 그래서 캐시에게 보여주려고 달이 연장을 가지고 들어왔다. 몸이 좀 나으면 그가 손을 뻗어 연장을 잡을 수 있도록 그의 침대 옆에 세워 놓았다.

다음 날 아침, 앤스는 스놉스를 만나려고 말을 끌고 벤드 마을로 갔다. 주얼과 한참 동안 이야기를 나눈 후였다. 아마도 주얼이 자신의 말을 다른 사람에게 내준 것은 처음이 아닌가 싶다. 앤스에게 말을 준 후, 주얼은 다시 쫓아가서 말을 빼앗기라도 할 것처럼, 둔덕에서 길 쪽을 바라보며 서성거리고 있었다.

아침 9시가 지나면서 날씨가 더워지기 시작했고, 처음으로 말똥가리가 나타났다. 아마도 습기 때문일 거라고 생각했다. 어쨌든 말똥가리가 나타난 것은 아직 한낮이 되기 전이었다. 다행히도 바람이 집 쪽으로 불지 않는 터라, 냄새는 아침이 훨씬 지나서야 비로소 나기 시작한 것이다. 말똥가리가 나타났을 때에는 이미 1마일 밖에 있는 들에서도 그 냄새를 맡을 수 있게 되었다. 집 위를 빙글빙글 돌고 있는 말똥가리를 보면 헛간 안에 무엇이 있는지 마을 전체가 알게 될 일이었다.

집에서 반 마일이나 떨어진 곳에 있을 때 어린아이의 비명 소리가 들렸다. 아이가 우물에 빠졌거나, 무슨 큰일이 일어났음이 틀림없다고 생각하며 큰 걸음으로 달려왔다.

약 열두 마리쯤, 말똥가리들이 헛간의 마룻대를 따라 나란히 앉아 있었다. 아이는 새가 관 위에 앉아 있는 것을 보자, 칠면조라도 되는 것처럼 마당에서 쫓아다니고 있었다. 새는 아이에게 잡히지 않을 만큼 위로 날아오르다가, 다시 헛간의 지붕으로 내려앉았다. 날씨가 이미 꽤 더워졌다. 정말 더웠다. 바람은 잦아들었거나, 혹은 방향을 바꾼 모양이었다. 그래서 난 주얼을 찾아 나섰다. 그런데 룰라가 밖으로 나왔다.

"가만 내버려둘 셈인가요?" 그녀가 말했다. "이것은 정말 모욕이군요."

"말하려던 참이오." 내가 말했다.

"고인에 대한 모독이에요." 그녀가 말했다. "죽은 자기 부인을 이렇게 다루는 앤스는 고발당해야 마땅해요."

"앤스도 하루속히 매장하려고 애쓰고 있긴 하오." 내가 말했다. 주얼을 찾자, 내 노새를 타고 벤드로 가서 앤스를 찾아오지 않겠느냐고 물었다. 그는 아무 말 없이, 얼굴이 창백해지도록 이를 악물고, 눈을 허옇게 뜨고 나가더니 달을 불렀다.

"뭘 하려는 건가?" 내가 물었지만 주얼은 여전히 아무 말도 하지 않았다. 달이 밖으로 나왔다.

"빨리 오란 말이야." 주얼이 말했다.

"무슨 일인데?" 달이 묻는다.

"마차를 옮겨야겠어." 어깨 너머로 주얼이 말했다.

"바보 같은 짓 하지 마라." 내가 말했다. "난 그런 뜻이 아니었어. 네가 오해한 것이지. 어쩔 수 없는 일이잖아." 그러자 달은 뒤로 물러섰다. 그러나 주얼은 물러서지 않았다.

"빌어먹을 입이나 닥쳐요." 주얼이 말했다.

"어디에든 옮겨야 할 겁니다." 달이 말했다. "아버지가 오시면 곧바로 옮기도록 할게요."

"도와주지 않을 셈이야?" 주얼은 눈을 허옇게 부라리면서 오한이 나듯 얼굴을 부르르 떨었다.

"도울 수 없어." 달이 말했다. "아버지가 돌아올 때까지 기다려야 해."

주얼이 혼자서 마차를 밀고 당기는 것을 문 앞에 서서 지켜보았다. 마차는 내리막길에 서 있었다. 주얼은 헛간의 뒤쪽 끝을 부숴버리려는 것 같았다. 그때 저녁 식사 종이 울렸다. 주얼을 불렀지만 그는 뒤돌아보지도 않았다. "자, 저녁이나 먹게나. 저 꼬마에게도 말하고." 그래도 주얼은 아무런 대답도 하지 않아서, 나 혼자 집 안으로 들어갔다. 듀이 델이 아이를 찾으러 내려갔지만 혼자 돌아왔다. 식사를 하던 중에 밖에서 말똥가리를 쫓아내며 소리를 지르는 아이의 목소리가 들려왔다.

"이건 모독이야, 모독." 룰라가 말했다.

"앤스는 나름대로 최선을 다하고 있소. 삼십 분 이내에 스눕스와 거래하기란 어려운 일이지. 그늘에 퍼질러 앉아 오후 내내 흥정을 하고 있을 거요." 내가 말했다.

"최선을 다했다고요? 최선? 그는 이미 너무 많은 일을 저지른 거라고요." 아내가 말했다.

그 말에 나도 수긍했다. 문제는, 그가 일을 그만두는 바로 그때에 우리의 일이 시작된다는 사실이다. 뭔가 저당 잡히지 않는 한 스눕스는 고사하고 아무한테서도 노새를 살 수 없을 것이다. 그러나 그는 저당을 잡혀야 한다는 생각은 못 할 것이다. 그래서 난 들로 나가 내 노새를 지켜보았다. 잠시 동안 그들과 떨어져 있어야 하니 인사라도 하듯이. 하루 종일 헛간 위에 햇빛이 쏟아져 내린 그날 저녁 집으로 돌아왔을 때, 앤스에게 내 노새 몇 마리를 빌려준다 해도 후회할 것 같지는 않았다.

모두가 모여 있는 현관을 나왔을 때 앤스가 좀 우스꽝스러운 모습으로 돌아와 있었다. 평소보다 좀 더 기가 죽어 있는 듯도 하고, 동시에 의기양양해 보이기도 했다. 아마도 자신이 보기에 꽤 영리한 일을 했는데, 사람들이 어떻게 받아들일지 조심스러운 듯했다.

"마차에 쓸 노새를 구했소." 그가 말했다.

"스놉스한테서 구했단 말이오?" 내가 물었다.

"이 고장에서 거래할 사람이 스놉스밖에 없는 것은 아니지 않소."

"그건 그렇지."

앤스는 그 특유의 우스꽝스러운 표정으로 주얼을 바라보았다. 그러나 주얼은 이미 현관을 내려와서 말 곁으로 다가가고 있었다. 내가 짐작하기에, 혹시라도 제 말에 흠이 있는지 보려는 듯했다.

"주얼, 이리로 와보아라." 앤스가 부르자 주얼이 뒤돌아보고 몇 걸음 와서 멈춰 섰다. "왜요?"

"스놉스에게서 노새를 구했다." 앤스가 말했다. "오늘 밤에 보낸다고 했다. 우리가 모슨을 지나서 가야 한다면 내일 아침, 가능한 일찍 떠나야 할 거다."

그러고는 그는 잠시 의기양양한 표정을 거두고 예전처럼 입을 우물거리며 고통스러워 하는 표정으로 되돌아갔다.

"난 최선을 다하고 있단다." 앤스가 말했다. "이 세상에 나만큼 시련과 모욕을 참아온 사람이 있을까."

"스놉스와 거래를 훌륭하게 해낸 사람이라면 지금 기분이 좋아야 하는 것 아니오?" 내가 말했다. "도대체 그에게 무엇을 주었소?"

앤스는 나를 쳐다보지 않은 채 말했다. "내 경작기와 파종기를 저당 잡혔지."

"하지만 그런 기계들은 겨우 40달러밖에 안 될 터인데. 40달러짜리 노새로 그리 멀리 갈 수 있겠소?"

모두들 조용하게 앤스를 지켜보고 있었다. 주얼은 말 위에 오르려다 말고 몸을 반쯤 돌리고 멈춰 섰다.

"다른 것도 주긴 줬지." 앤스가 말했다. 그는 입속으로 중얼거리며, 마치 누군가가 자신을 때리기를 기다리는 것처럼, 때린다 해도 아무 짓도 하지 않기로 작정한 듯이 서 있었다.

"다른 뭐요?" 달이 물었다.

"빌어먹을." 내가 말했다. "내 노새를 가져가시오. 돌아오는 길에 돌려주면 되오. 나는 한동안 없어도 괜찮을 거요."

"캐시 형의 옷을 뒤진 것이 그 때문이었군요." 달이 말했다. 마치 종이에 쓴 글을 읽듯이 말했다. 마치 이렇게든 저렇게든 상관하지 않는다는 투였다. 주얼은 돌아와서 유리구슬 같은 눈으로 앤스를 바라보았다. "캐시 형은 그 돈으로 슈레트에게서 축음기를 사려고 했었는데……" 달이 말했다.

앤스는 무슨 말인가 입속으로 웅얼거리며 서 있었고, 주얼은 눈 한번 깜짝하지 않고 앤스를 바라보고 있었다.

"그래 봐야 8달러 정도밖엔 안 될 텐데, 그것으로는 노새를 살 수 없지요." 마치 듣기는 하지만 별로 관심이 없는 듯 덤덤하게 달이 말했다.

앤스는 미끄러지듯 힐끔 주얼을 쳐다본 뒤 시선을 떨어뜨린다. "오로지 하느님만이 아시지. 세상에 나 같은 사람이 또 있을지." 그가 말한다. 사람들은 아직 아무 말도 하지 않고 앤스를 바라보며 기다리고 있다. 앤스의 시선은 발과 다리로 오르락거리지만 더 이상 그 위로 올라가지는 못한다. "그리고 말도 줘버렸지." 그가 말한다.

"말이라뇨?" 주얼이 물었다. 앤스는 그냥 서 있기만 했다. 아버지가 되어서 아들 하나 제대로 다루지 못하다니. 말을 듣지 않으면 크든 작든 모두 내쫓아야 해. 그렇게 못한다면 애비스스로 떠나야지.

"내 말과 바꿨단 말인가요?" 주얼이 물었다.

앤스는 팔을 축 늘어뜨리고 서 있다. "난 십오 년 동안 이빨도 없이 살아왔다. 힘내라고 하느님이 사람에게 허락하신 음식을 난 십오 년 동안이나 먹지 못했단 말이다. 내 가족이 혹시라도 고통받을까 봐 아주 조금씩 저축해 왔다. 하느님이 주신 음식을 먹을 이빨을 사려고 말이다. 그런데 그 돈을 주었다. 내가 먹지 않고 살 수 있다면 내 아들도 말을 타지 않고 살 수 있지 않을까 생각했지. 내가 무슨 일을 했는지는 하느님이 아신다."

주얼은 팔을 허리에 올리고 앤스를 바라보고 있다. 그러곤 시선을 돌린다. 들판 너머 멀리 응시하는 그의 얼굴은 바위 같았다. 마치 다른 사람의 말에 대해 이야기하는 것처럼, 그리고 듣지도 않는 것 같았다. 그리고 천천히 침을 뱉으며 말했다.

"빌어먹을."

주얼은 문 쪽으로 가서 말을 풀고 그 위에 올라탔다. 안장을 잡았을 때 서서히 움직이던 말은 주얼이 그 위에 앉자 쏜살같이 길 쪽으로 달려 나갔다. 마치 보안관이 잡으러 오기라도 하듯이. 곧장 시야에서 멀어지는 주얼과 말의 모습은 얼룩무늬 회오리바람처럼 보였다.

"자, 내 노새를 가져가시오." 내가 말하지만 앤스는 듣지 않는다. 이곳에 머무르지도 않을 것이다. 뜨거운 햇볕 아래서 하루 종일 말똥가리를 쫓던 꼬마도 다른 식구들처럼 미쳐버린 것 같다. "최소한 아픈 캐시라도 이곳에 남겨 두고 떠나시오." 내가 말하지만 그들은 듣지 않을 것이다. 이미 관 위에 이불을 깔고 캐시를 그 위에 눕혔다. 누운 캐시 옆에 연장을 놓았다. 이제 내 노새는 안으로 들여다 매어놓고, 마차를 길 아래 1마일쯤 떨어진 곳으로 끌고 갔다.

"우리가 번거로우면 언제든지 말하시오." 앤스가 말한다.

"그러지요." 내가 말했다. "그러나 이곳이 더 나을 거요. 안전하기도 하고요. 자, 가서 저녁이나 먹읍시다."

"고맙소만," 앤스가 말했다. "바구니 속에 음식이 좀 남아 있으니, 그것으로 족하오."

"아니, 어디서 음식을 가져왔단 말이오." 내가 말했다.

"집에서 가져왔지요."

"하지만, 이미 상하지 않았겠소." 내가 말했다. "자, 가서 따뜻한 음식을 먹읍시다."

그러나 그들은 내 말을 듣지 않을 것이다. "아니오. 이것이면 족하오." 앤스가 말했다. 그래서 집으로 돌아가 바구니를 돌려주면서 다시 한번 집에 들어올 것을 권했다.

"고맙소만," 앤스가 말했다. "우린 괜찮소."

작은 모닥불 주위에 웅크리고 앉아 그들은 무엇인가를 기다리는 듯하다. 도대체 뭘 기다리는 것일까.

집으로 돌아오면서 계속 그들을 생각했다. 특히 길을 질주하여 달리던 젊은 친구가 뇌리에서 떠나지 않았다. 아마도 더 이상 그의 모습을 볼 수는 없을 것이다. 그를 비난할 수도 없을 거다. 말을 포기할 수도 없겠지만, 철없는 바보인 앤스를 떠난 것은 어쨌든 잘한 일이니까.

그런 생각을 하고 있었다. 참 이상하게도 앤스같이 못난 사람을 도울 수밖에 없는 뭔가가 있다. 도와준 다음 곧바로 그를 발로 걷어차더라도 말이다. 다음 날, 아침을 먹은 후 한 시간쯤 지나서 스놉스 농장에서 일하는 유스타스 그림이 멍에를 메운 몇 마리 노새를 끌고 앤스를 찾아왔다.

"스놉스와 앤스가 정말 거래를 했으리라 생각하지 못했는데." 내가 말했다.

"하다마다요." 유스타스가 말했다. "그들이 원한 것은 말뿐이었소. 노새 값으로 50달러를 불렀지요. 스놉스의 삼촌인 플렘이 예전처럼 텍사스 종마를 기르고 있었더라면 앤스는 아마도 결코……."

"말이오?" 내가 말했다. "어젯밤 앤스의 아들이 말을 갖고 달아나 버렸소. 아마도 지금쯤 텍사스에 반쯤 다다랐을 것인데. 그리고 앤스는……."

"누가 그 말을 가져다 놓았는지는 나도 모릅니다. 본 적이 없으니까요. 단지 오늘 아침 말을 먹이러 마구간에 갔을 때 그 말이 있지 뭐요. 스놉스 씨에게 말했더니, 약속대로 노새를 이곳에 가져다 주라고 하더군요."

주얼을 보는 것은 이게 마지막일 것이다. 크리스마스 때가 되면 카드 한 장쯤 텍사스로부터 날아올지도 모르지. 주얼이 아니었다면 나라도 그랬을지 모른다. 나 역시 앤스에게 못마땅한 일이 많으니까. 주얼에게 고맙지. 앤스는 정말 꼴사나운 사람이다. 누군가를 꼭 요절내고 마니까.

바더만

작고 검은 원을 그리며 일곱 마리의 말똥가리가 날고 있다.

"저기 봐, 형." 내가 말한다. "보이지?"

달은 고개를 들고 올려다본다. 마치 정지한 듯 작고 검은 원을 바라다본다.

"어제는 네 마리뿐이었는데……." 내가 말한다.

사실, 헛간에는 새가 네 마리 넘게 있었다.

"또다시 저놈의 새가 마차에 앉는다면 내가 어떻게 할지 알아?" 내가 말한다.

"어떻게 할 건데?" 달이 묻는다.

"저놈이 엄마 위에 앉지 못하게 할 거야." 내가 말한다. "캐시 형 위에도 앉지 못하게 할 거야."

캐시가 아프다. 그는 상자 위에 누워 있다. 그러나 엄마는 물고기다.

"모슨에 가서 약을 좀 구해야겠다." 아버지가 말한다. "빨리 해야 해."

"캐시, 좀 어때?" 달이 묻는다.

"걱정할 정도는 아니야." 캐시가 말한다.

"베개를 좀 높여줄까?" 달이 묻는다.

캐시의 다리가 부러졌다. 두 번씩이나. 이불을 둘둘 만 것을 베개 삼고 무릎 아래 판자를 대고 상자 위에 누워 있다.

"캐시를 암스티드의 집에 남겨두는 것이 나을 뻔했다." 아버지가 말한다.

내 다리는 멀쩡하고, 아버지와 달의 다리도 멀쩡하다. "울퉁불퉁한 길에서 서로 스쳐서 약간 아플 뿐이에요. 그것 빼곤 괜찮아요." 캐시가 말한다. 주얼이 떠나버렸다. 어느 날 저녁, 말과 함께 사라져버렸다.

"엄마가 신세 지길 원치 않기 때문이지." 아버지가 말한다. "제기랄. 어쨌든 난 최선을 다하고 있단다." 달, 주얼은 제 엄마가 말이라서 떠난 거야? 내가 묻는다.

"아마도 줄을 너무 팽팽하게 당겨서인가 봐." 달이 말한다. 아마도 그래서 주얼과 난 마구간에 있었던 모양이다. 엄마는 마차 안에 있었고. 말은 마구간에 사니까. 난, 그놈의 말똥가리들을 쫓아버려야 했어.

"좀 덜 아프게 할 수 있으면 뭔가 해보렴." 캐시가 말한다. 듀이 델의 다리도 멀쩡하고, 내 다리도 멀쩡해. 캐시는 내 형이다.

우리는 멈춰 선다. 달이 줄을 느슨하게 하자, 캐시는 식은땀을 흘리고, 벌어진 입으로 이가 드러나 보인다.

"아파?" 달이 묻는다.

"줄을 전처럼 팽팽하게 당기는 편이 낫겠어." 캐시가 말한다.

달은 줄을 세게 당기면서 다시 묶는다. 캐시의 이가 보인다.

"아파?" 달이 묻는다.

"괜찮아." 캐시가 말한다.

"아버지에게 좀 천천히 가라고 할까?" 달이 말한다.

"아니. 꾸물거릴 시간 없어. 난 괜찮아." 캐시가 말한다.

"모슨에 가서 약을 구해야 한다." 아버지가 말한다. "꼭 그래야 해."

"어서 가라고 말씀드려." 캐시가 말한다. 그러곤 우리는 계속해서 움직인다. 듀이 델이 엎드려 캐시의 얼굴을 닦아준다. 캐시는 내 형이다. 그러나 주얼의 엄마는 말이고, 나의 엄마는 물고기다. 달이 말하길, 우리가 물속에 가면 엄마를 다시 볼 수 있다고 했다. 그러나 듀이 델은 엄마가 상자 속에 있다고 한다. 엄마는 어떻게 상자에서 빠져나갈 수 있었을까. 어쩌면 내가 뚫은 구멍으로 빠져나갔을지도 몰라. 물속으로 말이야. 물속에 가면 다시 엄마를 볼 수 있을 거야. 엄마는 상자 속에 있지 않아. 엄마에게서는 저런 고약한 냄새가 나지 않거든. 우리 엄마는 물고기다.

"제퍼슨에 도착할 즈음엔 케이크가 정말 볼만할걸." 달이 말하지만 듀이 델은 쳐다보지 않는다.

"저 케이크는 모슨에서 팔아 치우는 것이 나을 텐데." 달이 말한다.

"달, 언제 모슨에 도착할까?" 내가 묻는다.

"내일쯤. 노새들이 주저앉지만 않는다면 말이야. 스놉스는 노새에게 톱밥만 먹인 모양이야." 달이 말한다.

"왜 톱밥만 먹이는 거야?" 내가 묻는다.

"자, 저기 봐. 보이지?" 달이 말한다.

긴 타원형으로 돌고 있는 새들, 이제 벌써 아홉 마리다.

언덕 기슭에 이르자, 아버지가 마차를 멈춘다. 달과 듀이 델, 나는 마차에서 내린다. 다리를 다친 캐시는 걷지 못한다.

"자, 이 노새들아, 힘내란 말이다." 아버지가 말한다. 노새는 힘겹게 걷고 마차는 삐거덕거린다. 달과 듀이 델, 나는 걸어서 언덕을 오른다. 언덕 꼭대기에 이르자 우린 다시 마차에 올라탄다.

하늘에서 긴 타원형으로 돌고 있는 새들, 이제 열 마리다.

모즐리

우연히 고개를 들어보니 창문 밖에서 한 소녀가 안쪽을 들여다보고 있었다. 유리창에 그리 가까이 다가와 있는 것도 아니고, 무엇인가를 특별히 보고 있는 것 같지도 않았다. 그냥 이쪽으로 고개를 돌리고, 멍하니 나를 바라보고 있었다. 무슨 신호라도 기다리는 것처럼. 고개를 들었을 때 그녀는 입구 쪽으로 움직이고 있었다.

방충망 근처에서 잠시 멈칫거리더니 들어왔다. 머리 위에 빳빳한 챙이 달린 모자를 쓰고 손에는 신문지로 싼 보따리를 들고 있었다. 기껏해야 25센트나 1달러 정도밖엔 없을 것 같았다. 잠시 둘러보다가 값싼 빗이나, 흑인들이 쓰는 화장수나 한 병 사리라 생각했다. 그래서 잠시 그녀를 방해하지 않고 내버려두었다. 가만히 보니, 뭔가 침울하고 어색하긴 해도 꽤 예쁜 처녀였다. 무엇을 사서 입든지 간에 지금 입은 줄무늬 무명 옷과 화장기 없는 얼굴에 훨씬 잘 어울릴 것 같았다. 그런데 이 상점에 들어오기 전부터 소녀는 뭘 살지 이미 마음을 정하고 있는 듯했다. 그래도 손님을 재촉해서는 안 된다. 앨버트가 소다수 판매대 근처에서 그녀를 잡고 도와주리라 생각하며 나는 하던 일을 계속했다.

"저 여자," 그가 말했다. "뭘 사려고 하는지 물어보는 편이 낫겠어요."

"뭘 원하는데?" 내가 말했다.

"모르겠어요. 도무지 알 수가 없어요. 아저씨가 묻는 게 좋겠어요."

그래서 내가 계산대 뒤에서 빠져나왔다. 그녀는 맨발이었는데 편안해 보였다. 마치 늘 맨발로 다니는 것처럼. 보따리를 들고 뚫어지게 나를 쳐다보고 있었다. 내가 본 눈 중 가장 까만 눈이었다. 그녀는 이곳 모습에서 본 적이 없는 낯선 소녀였다.

"뭘 도와드릴까요?" 내가 말했다.

그녀는 아무 말도 하지 않았다. 눈 한번 깜빡이지 않고 나를 바라보고만 있었다. 그러곤 소다수 판매대에 서 있는 사람들을 둘러보더니, 이어서 내 뒤쪽, 그러니까 가게의 뒤편을 쳐다보았다.

"화장품을 몇 가지 보고 싶은가요?" 내가 물었다. "아니면, 약이 필요한가요?"

"맞아요. 약이 필요해요." 그러곤 소다수 판매대에서 서성이는 사람들을 힐끔 쳐다본다. 여자만 사용하는 약이 필요해서 엄마가 보냈는데, 아마도 부끄러워 말하기를 꺼리고 있는 듯했다. 저런 피부색을 지닌 소녀가 그런 약이 필요할지는 고사하고, 그런 약이 무엇에 쓰이는지조차 알 만큼 나이가 들어 보이지도 않았다. 정말 부끄러운 일이지. 그런 약으로 자신의 몸을 망치다니. 하지만 가게에 그런 물건이 없으면 장사를 그만둬야 할 것이다.

"그래요?" 내가 말했다. "어떤 약이 필요하지요? 우리 가게엔……." 마치 쉿 소리를 내며 말을 멈추게라도 하듯이 그녀는 나를 바라보기만 했다. 그러곤 가게 뒤편을 다시 건너다보았다.

"거기 뒤로 가서 말할게요." 그녀가 말했다.

"좋소." 가게를 운영하려면 고객의 비위를 맞춰야 하니까. 그녀를 따라 뒤편으로 들어갔다. 그녀는 손을 문 위에 놓았다.

"약 조제서 외에 아무것도 없소이다. 도대체 무얼 원하시오?" 내가 말했다. 그녀는 멈춰 서서 나를 바라보았다. 이제야 얼굴에 씌웠던 뚜껑을 열기라도 한 것처럼 그녀의 눈은 명청하기도 하고 희망에 가득하기도 하고, 동시에 실망을 감수할 듯한 태도로 침울해 보이기도 했다. 어쨌든 무슨 문제가 있는 것은 확실했다. "뭐가 문제요? 원하는 물건을 말하시오. 난 바쁘니까." 서두를 의도는 아니었지만, 나는 밖에서 돌아다니는 사람들처럼 한가하지는 않았다.

"여자 몸에 듣는 약이 필요해요." 그녀가 말했다.

"그래요? 그게 전부인가요?" 어쩌면 그녀는 내가 생각한 것보다 훨씬 어린 탓에 첫 생리를 하고 놀랐거나, 젊은 여성이 흔히 그렇듯이 생리가 불규칙한 것인지도 몰랐다.

"아가씨의 어머니는 어디에 있지요? 엄마가 없나요?" 내가 말했다.

"엄마는 바깥 마차에 있어요." 그녀가 말했다.

"약을 사기 전에 먼저 엄마와 상의해 보시오. 누군가 아직까지 가르쳐주지 않았단 말이오?" 그러자 그녀는 나를 올려다본다. 나도 그녀를 쳐다보며 다시 말한다. "몇 살이지?"

"열일곱이에요."

"오, 내 생각엔 좀 더……." 그녀는 나를 면밀히 관찰하고 있었다. 저 나이에는 누구나 자신이 모든 것을 알고 있다고 여기곤 한다.

"너무 규칙적이어서 문제인가? 아니면 불규칙적이어서?"

이제는 더 이상 나를 바라보지 않고 가만히 서 있다. "맞아요. 아마도 그런 것 같아요."

"어떤 쪽 말이지요?" 내가 말한다.

이것은 범죄고 수치임에 틀림없다. 그러나 결국 이 소녀는 누군가에게서 약을 사고 말 것이다. 나를 쳐다보지 않은 채 그녀는 서 있었다. "그것을 멈추게 하는 약이 필요한 거요? 그런가요?"

"아니요. 이미 멈춰버렸어요."

"그렇다면……." 그녀는 얼굴을 더욱 수그리고 있었다. 여자들이 남자를 대할 때 으레 그러듯이 고개를 숙이고 있어서 다음에 무슨 말이 나올지 짐작할 수가 없다. "아가씨는 결혼하지 않았지, 그렇지?" 내가 물었다.

"예."

"오. 그렇다면 그것이 멈춘 지 얼마나 된 거지? 다섯 달쯤 되었나?"

"아니요. 두 달밖에 안 되었어요." 그녀가 말한다.

"그렇다면 아가씨에게 필요한 물건은 내게 없소. 우유병 꼭지라면 몰라도. 그거나 사서 집에 돌아가 아버지께 말씀드려요. 아버지가 있다면 말이야. 아버지에게 말해서 결혼 신고나 해요. 또 무엇이 필요하지?"

그러나 그녀는 시선을 돌리고 가만히 서 있었다.

"난 돈이 있단 말이에요." 그녀가 말한다.

"아가씨 돈인가, 아니면, 그 짓을 하라고 사내가 준 돈인가."

"그이가 주었어요. 10달러나요. 그 정도면 될 거라고 했어요."

"내 가게에서는 천 달러를 주어도 그런 일은 하지 않아. 자, 내 말 듣고 집에 가서, 그 녀석을 혼내줄 수 있는지, 아버지나 오빠에게 말해 봐요."

그러나 그녀는 움직이지 않았다. "약방에서 내게 필요한 약을 살 수 있을 거라고 래프가 말했단 말이에요. 그리고 그 약을 팔았다고 아무에게도 말하지 않겠다고 약속하라고도 했어요."

"그러면 그대의 소중한 래프가 직접 오게 해. 그게 내가 바라는 바지. 그렇게 한다면 조금은 그에게 사람대접을 해줄 수 있을 거요. 가서 그렇게 말해요. 짐작건대 지금쯤 텍사스로 반은 도망갔겠지. 나로 말할 것 같으면, 이 가게로 내 가정을 지켜온 존경받는 약사야. 여기 마을 교회에 오십육 년 동안 착실히 다녔고. 아가씨의 식구들을 보면 내가 당당하게 바른 소리를 해줄 수 있을 거요."

처음 창문을 들여다볼 때와 같은 멍청한 얼굴로 그녀는 쳐다본다.

"난 잘 몰라요. 약방에 가면 구할 수 있을 거라고 그가 말했거든요. 어쩌면 약사가 팔지 않을지도 모르니까, 10달러를 주고 비밀로 하겠다고 하면……."

"그가 바로 여기로 오라고 말한 것은 아니겠지? 혹시라도 그가 내 약방과 내 이름을 들먹였다면, 내가 가만있지 않을 거요. 고소라도 할 거란 말이오. 가서 그렇게 전하시오."

"하지만 다른 약방이라면 내가 필요한 물건을 팔지도 모르겠군요."

"그것은 내 알 바 아니오. 내가 보기엔 그런 일은……." 그런 다음 그녀를 쳐다보았다. 여자들의 삶이라는 것이 힘겹기는 하다. 종종 남자들이…… 저지른 죄에 대한 변명이 있다면 그것은 남자 탓이지. 사람이 한평생 사는 일이 만만하지가 않다. 그렇지 않다면 선량한 사람이 죽어야 할 이유가 없겠지.

"이봐 아가씨, 그런 생각일랑 지워버려요. 그것은 어쨌거나 하느님이 주신 것이오. 비록 악마를 통해서일지라도 말이오. 하느님의 뜻이 생명을 없애버리는 것이라면 그렇게 될 것이오. 래프에게 돌아가서 그가 준 10달러로 결혼이나 해요."

"약국에 가면 살 수 있을 거라고 래프가 말했거든요." 그녀가 말했다.

"그렇다면 가서 구해 봐요. 그러나 이곳에서는 살 수 없소."

손에는 보따리를 들고, 발로 바닥을 쓸면서 그녀는 밖으로 나갔다. 출입문에서 그녀는 다시 멈칫거렸다. 창문을 통해 거리로 걸어 나가는 그녀의 모습이 보였다.

소녀에 대한 나머지 이야기는 앨버트를 통해 들었다. 마차 한 대가 그러미트의 철물점 앞에 멈춰 섰는데, 여자들은 모두들 손수건으로 코를 틀어막았고, 냄새에 그리 민감하지 않은 남자들과 소년들은 마차 주변에 둘러서서 한 남자와 경찰관이 다투는 광경을 지켜보고 있었다. 마차 위에 앉아 있는 그 남자는 키가 좀 큰 듯하고 얼굴이 초라한 사람이었는데, 이 거리는 공공시설이니만큼 자신이 거리에 서 있을 권리가 있다고 주장하고 있었다. 그러나 경찰관은 주민들이 냄새를 견딜 수 없으므로 마차를 치우라고 요구하고 있었다. 앨버트에 따르면 관 속의 시체는 벌써 여드레나 되었다고 한다. 요크나파토파 카운티의 어딘가에서 온 그들은 제퍼슨으로 가는 길이라고 했다. 마치 사람들이 북적거리는 거리에 던져진 썩은 치즈같이 보였던 것이 틀림없다. 금방이라도 부숴질 듯한 마차에다, 집에서 짜 만든 관, 그 위에 누워 있는 다리 부러진 남자, 그리고 앞자리에 앉은 아버지와 작은 소년을 보며, 사람들은 그들이 마을을 빠져나가기도 전에 모두 산산조각 나버리지 않을까 공포에 질려 있었다. 그래서 경찰관은 그들이 한시라도 빨리 마을을 떠나게 하려고 애쓰고 있었던 것이다.

"이곳은 공공 도로요. 다른 사람들처럼 우리도 필요한 물건을 살 수 있지 않소. 돈도 있단 말이오. 원하는 곳에서 자기 돈을 쓰겠다는데, 안 된다는 법이 어디 있소." 그 남자가 말한다.

그들은 시멘트를 사려고 멈추었던 것이다. 아들 하나가 그러미트의 철물점에서 시멘트를 사고 있었는데, 시멘트 한 부대를 헤트려 10센트어치만 사겠다고 고집을 부리고 있었다. 마침내 그러미트는 그 사람들을 빨리 떠나게 할 요량으로 부대를 뜯어 그가 원하는 만큼을 팔았다. 부러진 다리를 고정시킬 목적으로 필요한 모양이었다.

"당신들은 저 남자를 결국 죽게 할 거요. 시멘트를 바르면 다리를 잃게 될 거란 말이오. 어서 의사에게 데려가시오. 그리고 시체는 빨리 땅에 묻으시오. 공공 위생을 저해한 죄로 당신을 감옥에 넣을 수도 있는 것을 도대체 알기나 하오?"

"우리도 최선을 다하고 있소." 아버지란 사람이 말했다. 그는 자신들이 왜 여기까지 오게 되었는지 긴 이야기를 늘어놓았다. 마차가 돌아오기를 얼마나 학수고대했는지, 다리가 어떻게 떠내려갔는지, 다른 다리를 찾아 다시 8마일을 갔으나 그것마저 떠내려가 여울목으로 강을 건넌 이야기, 그 와중에 노새를 잃은 이야기, 그래서 다른 노새를 구해서 가보니 길이 떠내려가 다시 모슨으로 우회해서 가고 있다는 이야기 등등을. 시멘트를 사러 갔던 아들이 돌아와서 이 광경을 보고는, 떠벌리는 아버지에게 닥치라고 말했다.

"우린 곧 떠날 거예요." 아들이 경찰관에게 말했다.

"누구도 귀찮게 하지 않을 거요." 아버지가 말했다.

"저 친구를 의사에게 보내시오." 시멘트를 들고 있던 아들에게 경찰관이 말했다.

"그는 괜찮을 거예요." 그가 말했다.

"우리들이 몰인정한 사람이기 때문이 아니오. 아마도 당신들 자신이 더 잘 알 거요." 경찰관이 말했다.

"물론이죠. 보따리를 전달하러 간 듀이 델이 돌아오는 즉시 떠날 거예요."

사람들이 손수건으로 입을 틀어막고 뒷걸음치는 가운데, 소녀가 신문지로 둘둘 만 보따리를 들고 나타날 때까지 그들은 그 자리에 남아 있었다.

"어서 가요. 여기서 너무 오랫동안 꾸물거렸어요." 시멘트를 들고 있던 아들이 말했다. 그러자 모두 마차를 타고 떠났다. 저녁을 먹으러 거리에 나가자, 그 냄새가 아직도 남아 있는 듯했다. 다음 날 코를 쿵쿵거리며 그 경찰관에게 말했다.

"무슨 냄새가 나는 것 같지 않소?"

"그들은 지금쯤 제퍼슨에 당도했을 것이오."

"아니면 감옥에 있을지도 모르지. 얼마나 다행인지. 그들이 우리 마을의 감옥에 있지 않은 것이 말이오."

"정말 그렇소." 경찰관이 말했다.

달

　"여기가 좋겠어." 아버지가 마차를 멈추고 한 집을 바라본다. "저 집에서 물을 좀 얻을 수 있을 거야."

　"그러지요." 내가 말한다. "듀이 델은 가서 물 길을 양동이를 구해 봐."

　"이런 제기랄." 아버지가 말한다. "여기에서 오래 머무를 수는 없다."

　"꽤 큰 양동이여야 해." 내가 말한다. 듀이 델은 여전히 보따리를 움켜쥔 채로 마차에서 내린다. "모슨에서 케이크 팔려고 했던 일이 생각보다 잘 안 된 모양이구나." 바람도 소리도 없이 피곤하게 반복하는 지친 몸짓으로 되돌아가는 우리들의 삶. 밑도 끝도 없이 끓어오르는 오랜 욕망의 메아리. 해 질 녘 우리는 분노한다. 그러나 그 역시 인형들의 죽은 몸짓일 뿐. 캐

내가 죽어 누워 있을 때

시의 다리가 부러지고, 이제 톱밥도 다 떨어져간다. 피를 너무 많이 흘려 죽을 지경이다.

"여기에 오래 머무를 수는 없다." 아버지가 말한다.

"그러면 아버지가 직접 물을 길어 오시지요. 캐시 형의 모자에 떠오면 되니까요." 내가 말한다.

듀이 델은 어떤 남자와 함께 마차 쪽으로 돌아오고 있었다. 그러다가 남자는 멈춰 서더니 다시 집으로 돌아가 현관에 서서 우리를 지켜보기 시작했다.

"캐시를 마차에서 들어 내릴 필요는 없다. 그곳에 도착해서 하자." 아버지가 말한다.

"캐시 형, 밑으로 내려올래?" 내가 묻는다.

"내일이면 제퍼슨에 도착하지 않니?" 캐시가 말한다. 그의 눈은 뭔가에 깊이 골몰하여 묻는 듯하지만, 또 왠지 슬퍼 보였다. "내일까지는 참을 수 있어."

"이렇게 하면 다리가 서로 마찰되는 것을 막을 수 있을 거다." 아버지가 말한다.

"참을 수 있어요. 이곳에서 시간을 낭비해서는 안 되니까요." 캐시가 말한다.

"시멘트를 이미 사놓았다." 아버지가 말한다.

깡통에 시멘트를 풀고 천천히 물을 부어 섞는다. 창백한 푸른빛의 시멘트가 나선형으로 반죽된다. 캐시가 볼 수 있는 곳으로 시멘트가 담긴 깡통을 가지고 온다. 벌렁 누워 있는, 여윈 옆모습의 그림자가 하늘을 배경으로 금욕적이고 심오해 보인다. "이 정도면 반죽이 잘 된 거야?" 내가 말한다.

"물을 너무 많이 타면 안 돼. 제대로 붙질 않거든."

"이 정도면 물이 많은 셈인가?"

"모래를 좀 더 섞어야겠어. 하지만 이제 하루만 더 가면 되는데……. 난 괜찮아." 캐시가 말한다.

바더만이 곧장 길을 내려가 방금 건넌 시냇가로 간다. 그러고는 모래를 움켜쥐고 돌아온다. 천천히, 나선형의 걸쭉한 반죽 속으로 모래를 붓는다. 난 다시 마차로 간다.

"이 정도면 괜찮아?"

"응. 난 더 참을 수 있는데……. 성가시게 하고 싶지 않은데……."

부목을 느슨하게 하고 그 사이에 시멘트를 부어 넣는다. 천천히…….

"상처를 조심해. 될 수 있으면 상처 위에는 붓지 마."

"알았어."

보따리의 한 귀퉁이에서 찢어낸 신문지 조각으로 듀이 델은 캐시의 상처 위에 떨어진 시멘트를 닦아낸다.

"좀 어때?"

"괜찮아. 약간 차갑지만 괜찮아."

"도움이 된다면 좋겠구나." 아버지가 말한다. "네게 좀 미안하구나. 너도 마찬가지겠지만 나도 이런 일이 일어나리라곤 예측하지 못했다."

"전 괜찮아요." 캐시가 말한다.

너의 삶이 시간 속으로 풀려간다면 그건 멋진 일이지. 그저 시간 속으로 환원된다면, 멋진 일이고말고.

부목과 끈을 다른 것으로 바꾸고 단단히 조여 맨다. 그러자 창백한 푸른빛의 걸쭉한 시멘트가 끈 사이로 채워진다. 캐시는 심오하면서도 의아한 눈초리로 조용히 우리를 지켜본다.

"이젠 고정될 거야." 내가 말한다.

"응, 고마워."

　그때 저만큼에서 그가 오고 있다. 나무처럼 뻣뻣한 등과 얼굴, 허리 아래쪽만 움직이면서 우리 뒤에서 걸어오고 있었다. 아무 말 없이, 교만하고 무뚝뚝한 얼굴과 창백하고 완고한 눈으로 마차에 올라탄다.

"이제 또 언덕배기구나." 아버지가 말한다. "모두 내려서 걸어야 하겠구나."

바더만

마차 뒤에서 모두들 걸어가고 있다. 달과 주얼, 듀이 델, 그리고 나. 주얼이 돌아왔다. 길을 올라와서 마차에 올라탔다. 그는 걷고 있었고, 말은 더 이상 보이지 않았다. 주얼은 내 형이고, 캐시도 내 형이다. 캐시는 다리를 다쳤지만 우리가 고쳐주었으니 이젠 아프지 않을 것이다. 캐시는 내 형이야. 주얼도, 하지만 그는 다리를 다치지는 않았지.

이제, 길고 검은 타원을 그리며 돌고 있는 새가 다섯 마리다.

"달 형, 저 새들은 밤이면 어디로 가지?" 내가 묻는다. "밤에 우리가 헛간에 묵을 때 저 녀석들은 어디에 있는 거야?"

언덕배기로 오르는 길은 하늘에서 멈춘다. 태양은 언덕마루에 걸려 있고, 노새와 마차, 그리고 아버지는 태양 위를 걷고 있다. 태양 위를 천천히 걷고 있는 그들을 쳐다볼 수가 없다. 제퍼슨에 있는, 창문 너머에 있는 그것도 빨간색이지. 철로 위를 반짝거리며 돌고 돈다. 듀이 델이 그렇게 말했다.

오늘 밤 우리가 헛간에 있는 동안, 그 새들이 어디에 머무는지 살펴봐야겠다.

달

"주얼, 넌 누구 아들이지?"

헛간으로부터 바람이 불기 시작하여 관을 사과나무 아래로 옮겼다. 달빛에 비친 사과나무의 그림자가 기다랗고 졸린 듯한 관 위에 드리워졌다. 이따금 비밀스럽게 웅얼거리는 엄마의 말소리가 드문드문 관 속에서 새어나온다. 그 소리를 한번 들려주려고 바더만을 데리고 갔다. 관에 다다랐을 때, 관 위에 앉아 있던 고양이 한 마리가 펄쩍 뛰어내리며 은빛 발톱과 눈을 반짝이며 잽싸게 어둠 속으로 사라져버렸다.

"네 엄마는 말이었어. 그런데 네 아버지는 누구지, 주얼?"

"못된 거짓말쟁이!"

"그런 말, 하지 마."

"나쁜 거짓말쟁이 놈아!"

"주얼, 그런 말, 하지 마, 주얼."

중천에 떠오른 달빛 아래 그의 얼굴은 마치 허공에 솟아오른 작은 축구공에 들러붙은 백지 조각처럼 보였다.

저녁 식사 후 캐시가 땀을 조금씩 흘리기 시작했다.

"날씨가 점점 더워지는구나." 캐시가 말한다. "하루 종일 다리에 댄 시멘트 위로 햇볕이 내리쪼였을 테니까."

"물을 좀 부어줄까? 그러면 뜨거움이 좀 가라앉을지도 몰라." 우리가 말한다.

"그렇게 해주면 고맙고." 캐시가 말한다. "햇볕이 내리쪼였기 때문이야. 생각을 좀 했더라면 뭐라도 그 위에 덮어둘 것을……."

"우리가 생각했어야 하는 건데. 전혀 짐작도 못 했어."

"나 역시 이렇게 뜨거워질 줄 몰랐어. 신경을 썼어야 하는 건데……." 캐시가 말했다.

그래서 다리 위에 씌운 시멘트 위로 물을 쏟아부었다. 시멘트 속의 다리와 발이 부글부글 끓었다.

"좀 괜찮아?"

"고마워. 좀 나은 것 같아."

듀이 델은 치맛자락으로 캐시의 얼굴을 닦아준다.

"잠을 청해 봐." 우리가 말한다.

"그렇게 하지. 정말 고마워. 훨씬 나은 것 같아."

주얼, 네 아버지가 누구지? 내가 묻는다.

나쁜 놈. 나쁜 놈.

바더만

엄마는 사과나무 아래에 있었다. 달빛을 가로질러 달과 함께 엄마에게 왔을 때 고양이가 관에서 뛰어내려 도망가 버렸다. 나무 관 속에서 엄마가 말하는 소리가 들린다.

"들리지? 귀를 가까이 대봐." 달이 내게 말한다.

귀를 바싹 대니 관 속에서 엄마가 말하는 소리가 들린다. 그런데 무슨 말인지 알아들을 수가 없다.

"형, 엄마가 무슨 말을 하는 거지? 엄마가 누구에게 말하고 있는 거야?" 달에게 묻는다.

"엄마는 하느님에게 말하고 있는 거야. 자신을 도와달라고 부탁하는 거지." 달이 말한다.

"하느님에게 뭘 해달라고 부탁하는 거지?"

"사람들의 눈에 띄지 않게 해달라고 부탁하는 거야." 달이 말한다.

"엄마는 왜 사람들 눈에 띄고 싶지 않지?"

"그래야 엄마의 삶을 포기할 수 있을 테니까." 달이 말한다.

"왜 삶을 포기하고 싶은 거지?"

"잘 들어봐." 소리가 들린다. 관 속에서 엄마가 옆으로 돌아 눕는 소리가 들린다.

"엄마가 돌아누웠어. 나무 관을 뚫고 엄마가 나를 쳐다보고 있어." 내가 말한다.

"맞아."

"엄마는 어떻게 나무를 뚫고 내다볼 수 있을까?"

"자, 잘 봐. 우린 엄마가 조용해지도록 만들어야 해."

"엄마는 밖을 내다볼 수 없어. 왜냐하면 구멍이 관 뚜껑 위에 뚫렸거든. 그런데 어떻게 밖을 볼 수 있는 걸까?"

"캐시가 어떤지 가보자." 달이 말한다.

그리고 난 보았다. 듀이 델이 아무에게도 말하지 말라던 뭔가를 난 보았다.

캐시는 다리가 아프다. 오늘 오후 그의 다리를 치료해 주었는데, 아직도 아파 누워 있다. 다리에 물을 붓고 나니 좀 나은 모양이다.

"난 괜찮아. 고맙다." 캐시가 말한다.

"한숨 자봐."

"난 괜찮아. 고마워."

그리고 난 보았다. 듀이 델이 아무에게도 말하지 말라던 뭔가를 난 보았다. 아버지에 대한 것도, 캐시나 주얼, 듀이 델에 대한 것도 아니고, 나에 대한 것도 아니다.

잠을 자기 위해 듀이 델과 난 헛간이 보이는 뒷문 앞에 깔판을 깔고 누웠다. 달빛에 노출되어 깔판의 반쯤은 어둠 속에, 나머지 반쪽인 발치는 달빛에 하얗게 드러나 있었다. 우리가 헛간에 있는 동안 그 녀석들이 어디에 머무는지 알아볼 참이었다. 오늘 밤 우리는 헛간에 있지는 않지만, 헛간이 잘 보이는 곳에 있으니까 한번 알아볼 작정이었다.

달빛에 발을 담그고 우리는 깔판에 누워 있다.

"여기 봐. 내 다리가 까맣게 보여. 누나의 다리도."

"잠이나 자." 듀이 델이 말한다.

제퍼슨에 가려면 아직도 멀었다.

"듀이 델 누나."

"왜 그래."

"요즘은 크리스마스가 아닌데, 그 물건이 거기에 있을까?"

그것은 빛나는 철로 위에서 빙글빙글 돌아간다. 그리고 철로도 빙글빙글 빛을 내며 돌아간다.

"뭐 말이야?" 듀이 델이 묻는다.

"그 기차. 가게 진열장의 그 기차 말이야."

"잠이나 자. 진열장에 있으면 내일 보게 될 거야."

어쩌면 산타 할아버지는 걔네들이 도시 아이들인지 알지 못할지도 모른다.

"듀이 델 누나."

"잠이나 자라니까. 도시 아이들이 갖게 하진 않을 테니까 걱정하지 말고."

기차는 쇼윈도 뒤쪽 진열대 위에 놓여 있었다. 빛나는 트랙 위에서 빨간 기차가 빙글빙글 돌고 있었다. 그것을 보았을 때 마음이 아팠다. 그리고 그때 아버지, 주얼, 달, 길레스피 씨의 아들 모습이 나타났다. 길레스피 씨 아들의 다리가 잠옷 아래로 드러나 있었다. 그가 달빛 속으로 들어가자, 다리의 솜털이 살랑살랑 흔들린다. 그들은 집 건물을 돌아 사과나무로 간다.

"누나, 그들이 도대체 뭘 하려는 거지?"

사과나무를 향해 집 건물을 돌아갔다.

"엄마 냄새가 나. 누나도 엄마 냄새를 맡을 수 있어?"

"쉬." 듀이 델이 말한다. "바람의 방향이 바뀌었기 때문이야. 잠이나 자."

이제 곧 그 새들이 밤에 어디에서 자는지 알 수 있을 것이다. 엄마를 어깨에 짊어지고 집 건물을 돌아, 달빛이 가득한 뜰을 지나간다. 그들은 엄마를 헛간에 내려놓고, 달빛이 나지막하고 조용하게 엄마의 관을 비춘다. 그러고는 그들은 돌아와 다시 집으로 들어간다. 달빛에 서 있을 때 길레스피 씨 아들의 다리 위에 난 솜털이 하늘거렸다. 좀 기다렸다가 내가 말했다. 듀이 델? 그런 다음 다시 기다렸다. 그러고는 그 새들이 밤새 어디에서 자는지 보려고 나갔다. 그때 듀이 델이 아무에게도 말해서는 안 된다는 그 사건을 내 눈으로 보게 되었다.

달

불꽃이 타오르기 시작할 무렵, 어두운 현관 앞에 속옷 바람으로 서 있던 그의 모습은 마치 어둠으로 만들어진 덩어리처럼 보였는데, 경기용 말처럼 미끈한 근육질이었다. 도저히 믿을 수 없다는 듯이 난폭한 표정으로 땅바닥에 뛰어내렸다. 얼굴도 눈도 돌리지 않은 채 그는 나를 의식했고, 그의 눈은 타오르는 두 개의 횃불처럼 출렁이고 있었다. "이럴 수가."라고 말하며 그는 비탈길을 뛰어내려 헛간으로 달려간다.

달빛 아래 한순간 은빛으로 달리던 그는 곧이어 갑작스럽게, 소리 없이 폭발하는 함석으로부터 정교하게 잘려 나온 납작한 조각처럼 몸이 퉁겨져 오른다. 동시에 헛간 전체가 마치 화약이라도 내장되어 있었던 듯, 한꺼번에 화염에 휩싸인다. 입체파 그림 속의 벌레처럼 톱질 모탕 위에 놓인 납작한 사각형의 관을 제외하고, 입구에 사각 구멍이 뚫려 있는 헛간의 정면이 훤히 드러나 보인다. 나를 따라서 아버지, 길레스피, 맥, 듀이 델, 바더만이 집 밖으로 뛰어나온다.

그는 관 옆에 멈춰 선다. 허리를 구부리고, 나를 바라보는 그의 얼굴은 분노로 가득 차 있다. 머리 위로 타오르는 불길은 천둥 같은 소리를 내는데, 한 줄기 차가운 바람이 우리를 스치고 지나간다. 아직 그다지 뜨겁지는 않았다. 갑자기 왕겨가 한 움큼 솟아 날리더니 빠른 속도로 마구간으로 날아들고, 이에 놀란 말들이 날카롭게 소리 지른다. "서둘러!" 내가 소리친다. "말을 어떻게 해보란 말이야."

그는 한참 동안 나를 쏘아본 후, 위쪽의 지붕을 바라보았다. 그러곤 말들이 아우성치는 마구간으로 뛰어간다. 펄떡펄떡 날뛰는 소리가 불길 속으로 삼켜진다. 말과 불길이 내는 소리는 한없이 이어지는 기차가 끝도 없는 교각을 건너는 소리처럼 들린다. 무릎까지 내려오는 잠옷을 입은 길레스피와 맥이 달려간다. 가늘고 높은, 그러나 의미 없는 소리를 내지르며 뛰어간다. 그 목소리는 깊은 뜻을 지닌 듯 야성적이고 또한 슬프게 들린다. "…… 소…… 마구간……." 털이 북슬북슬한 다리 위에 걸친 잠옷을 바람에 펄럭이며 길레스피가 주얼 앞으로 밀어닥친다.

마구간 문이 홱 닫힌다. 엉덩이로 문을 다시 밀어 열면서 주얼이 나타난다. 등은 잔뜩 휘어지고 옷 위로 근육이 불끈 드러난 채로 말 머리를 끌고 나온다. 불길 속에서 말의 눈은 부드럽고 빠르게, 야성적인 단백석 빛깔의 불을 밝히며 움직인다. 머리를 흔들 때마다 근육이 주름 잡혔다 펴지면서 그에 따라 주얼의 몸도 흔들거린다. 주얼은 능숙하게 말을 천천히 끌어낸다. 그때 주얼은 다시 한번 짧은 순간 난폭한 눈빛으로 어깨 너머로 날 쳐다본다. 헛간에서 빠져나온 다음에도 말은 계속해서 발길질하며 문 쪽으로 가려고 난동을 부린다. 마침내 길레스피가 잠옷을 벗어 말 머리에 덮어씌우고는 발가벗은 채 미쳐버린 말을 문에서 끌어낸다.

주얼이 뛰어 돌아온 후, 잠시 관을 내려다보다가 "소는 어디에 있지?" 하고 외치며 다시 달려 나간다. 내가 그의 뒤를 따른다. 헛간에서는 맥이 다른 말을 끌어내려고 애쓰고 있었다. 말이 불길 쪽으로 얼굴을 돌릴 때마다 거칠게 희번덕거리는 눈이 보인다. 그러나 말은 아무 소리도 내지 않고 맥이 다가갈 때마다 뒷발을 흔들거리면서 어깨 너머 맥을 바라보기만 한다. 맥은 우리를 뒤돌아본다. 두 눈과 입, 얼굴에 난 세 개의 구멍과 주근깨는 접시에 놓인 영국 콩처럼 보인다. 그의 목소리는 가느다랗고 높으며, 아주 멀리서 들리는 듯하다.

"끌어낼 수가 없어." 그 소리는 마치 입술에서 쓸려 나왔다가 사라져버리는 것 같다. 그러다 다시 건네는 그의 말은 아득히 먼 거리에서 들리는 소리 같다. 주얼이 미끄러지듯 우리 옆을 지나친다. 노새는 빙글빙글 돌면서 발길질을 한다. 그러나 이미 주얼이 그놈을 붙들었다. 맥의 귀에 대고 내가 작게 말한다.

"잠옷을. 노새 머리에……."

맥은 나를 뚫어지게 쳐다보더니, 옷을 벗어 노새의 머리에 씌운다. 그러니 노새는 당장에 잠잠해진다. 주얼이 그에게 소리친다. "소, 소는?"

우리가 들어서자 소는 우릴 바라본다. 구석에 물러서서 머리를 숙인 채 잽싸게 되새김질하고 있다. 하지만 움직이지 않았다. 주얼은 위쪽을 쳐다보며 멈춰 섰다. 갑자기 다락까지 이르는 전체 바닥이 무너져 내린다. 소는 그냥 바라보기만 한다. 힘없는 갈짚에 불이 붙어 비 내리 듯 불똥이 쏟아져 내린다. 눈을 휘휘 돌려 주얼은 주위를 돌아본다. 구유 아래 뒤쪽으로 우유 짤 때 앉는 세 발 달린 의자가 놓여 있다. 주얼은 의자를 집어 들고 헛간의 뒷벽 판자로 냅다 던져버린다. 판자를 하나씩 뜯어내기 시작한다. 우리도 작은 조각들을 뜯어내 버린다. 그때 뭔가가 우리 뒤에서 달려든다. 바로 소다. 숨 한번 몰아쉬는 사이, 뚫린 구멍 사이로 불빛이 환한 바깥으로 뛰쳐나갔다. 등 끝에 빗자루를 못 박기라도 한 것처럼 꼬리를 빳빳하게 세운 채 달려 나간다.

주얼은 헛간으로 되돌아간다. "이봐, 주얼!" 내가 부른다. 그를 잡아보지만 그는 내 손을 뿌리친다. "바보 같으니라고. 저쪽으로는 이제 갈 수 없어. 모르겠어?" 내가 말한다. 통로는 횃불이 빗물로 변한 듯 쏟아져 내린다. "잠깐. 이쪽으로······." 내가 말한다.

틈새를 통과하자, 주얼은 달리기 시작한다. "주얼." 달리면서 내가 부른다. 그는 구석으로 치닫는다. 구석진 곳에 이르자 곧이어 다른 구석으로 움직였다. 불길 속의 주얼은 함석에서 잘라낸 조각처럼 보인다. 아버지, 길레스피, 맥은 멀찌감치 떨어져서 어둠을 배경으로 붉게 빛나는 헛간을 바라보고 있다. 얼마간 달빛은 사라져버렸다. "주얼을 잡아! 가지 못하게 하란 말이야!" 내가 소리친다.

헛간의 앞문에 내가 다다랐을 때 주얼은 그를 막는 길레스피와 서로 실랑이가 붙어 있었다. 완전히 발가벗은 한 사람과, 잠옷 바람이지만 미끈한 근육질의 또 한 사내는 붉은빛을 받아, 희랍 조각 장식 속의 등장인물들처럼 현실에서 벗어나 있는 듯했다. 내가 미처 도착하기 전에 이미 주얼은 길레스피를 때려눕히고 헛간으로 달려 들어간다.

강물 소리가 그러했던 것처럼, 불길이 내는 소리도 점차 잦아들었다. 무너지는 입구의 전면을 통해 주얼이 보인다. 달려가서 관의 가장 끄트머리에 웅크려 앉아 그 위에 엎드린다. 불붙은 구슬 휘장처럼 타오르는 짚이 쏟아져 내리는 사이로 주얼은 고개를 쳐들고 우리 쪽을 내다본다. 그의 입 모양은 나를 부르는 것 같다.

"주얼! 주얼!" 듀이 델이 소리 지른다. 지난 오 분 동안 그녀는 계속해서 저렇게 고함치고 있었는데 들리지 않다가, 이제야 한꺼번에 들리는 것 같다. 그녀는 몸부림치며 울부짖으나 아버지와 맥이 그녀를 붙들고 있다. "주얼! 주얼!" 그러나 주얼은 더 이상 우릴 쳐다보지 않는다. 어깨에 힘을 주어 관을 한 손으로 톱질 모탕에서 미끄러지게 한 후 일으켜 세운다. 그의 앞에 세워진 관은 믿을 수 없을 만큼 높다. 죽은 후 편안히 눕기 위해 엄마가 저토록 넓고 높은 공간을 필요로 했다는 사실이 믿어지지 않는다. 불꽃이 사방으로 흩뿌리는 가운데, 관은 잠시 가만히 서 있다. 흩어지는 불꽃이 다른 불꽃에 닿자마자 또 다른 불똥이 튀어나오는 듯하다. 관이 무게중심을 옮겨 다시 앞으로 쓰러지자 그 뒤로 주얼이 보인다. 폭풍이 휘몰아치듯 불꽃이 그의 몸 위에 쏟아져 내린다. 그는 마치 불로 만들어진 얇은 휘광 속에 갇혀 있는 듯하다. 관은 계속해서 뒤집어졌다 다시 일으켜 세워지고, 잠시 멈추었다가 천천히 앞으로, 불의 휘장을 관통하며 쓰러졌다. 이번엔 주얼이 관에 매달려 올라타고 있었다. 마침내 관은 쓰러져 내리고 주얼은 앞으로 고꾸라지며 내동댕이쳐졌다. 살 타는 희미한 냄새 쪽으로 맥이 펄쩍 뛰어가더니, 잠옷의 꽃무늬처럼 점점 커지는 붉은 구멍을 냅다 후려쳤다.

바더만

새들이 밤에 어디에 있는지 보려고 헛간에 갔다가 난 보았다. 그들은 물었다. "달은 어디 있지? 달은 어디로 간 거야?"

그들은 엄마를 사과나무 아래로 도로 데려다 놓았다.

헛간은 아직도 붉게 타고 있었다. 그런데 이제 헛간이 아니었다. 불꽃이 휘몰아치면서 헛간은 폭삭 주저앉았다. 헛간은 작고 붉은 조각으로 흩어져 하늘과 별을 향해 휘몰아 올라갔다. 그래서 별은 더 뒤로 물러났다.

캐시는 아직도 깨어 있었다. 얼굴에 땀을 뻘뻘 흘리면서 머리를 좌우로 흔들었다.

"물을 좀 더 부어줄까?" 듀이 델이 말했다.

캐시의 발과 다리는 검게 변해 있었다. 램프를 들고 까맣게 변한 캐시의 다리를 살펴보았다.

"형 다리가 꼭 흑인 같아." 내가 말했다.

"아무래도 다리에 붙인 시멘트를 깨버려야겠어." 아버지가 말한다.

"도대체 그것은 뭐 때문에 붙여 놓았소?" 길레스피 아저씨가 물었다.

"그렇게 하면 다리를 고정시킬 수 있을 거라고 생각했지요." 아버지가 말했다. "돕자고 한 일이었소."

납작한 철판과 망치를 가져왔다. 듀이 델은 램프를 들고 있었다. 아주 세게 내려쳐야 했다. 그런 다음 캐시는 잠이 들었다.

"잠들었어요. 잠들면 아프지 않겠지요." 내가 말했다.

시멘트는 부서졌지만 완전히 떨어져 나가지는 않았다.

"시멘트는 살가죽을 벗겨내고 말 거요. 도대체 왜 그런 것을 다리에 붙였소. 먼저 기름칠이라도 할 것을 아무도 생각하지 못했단 말이오?" 길레스피 아저씨가 말했다.

"그냥 캐시를 도우려고 했을 뿐이오." 아버지가 말했다. "시멘트를 붙인 것은 달이었소."

"달은 어디 있지?" 그들이 말했다.

"모두들, 그 정도밖엔 생각할 수 없었단 말이오. 하긴, 달이 그랬을 거라 내 짐작하긴 했소만."

주얼은 엎드려 누워 있었다. 등이 붉게 데어 듀이 델이 약을 발라주었다. 화기를 빼려고 버터와 검댕을 섞어 만든 약이었다. 약을 바르자 등이 새까맣게 되었다.

"형. 많이 아파? 형의 등이 흑인처럼 새까매." 내가 말한다. 캐시의 발과 다리도 흑인처럼 새까맸다. 그들이 시멘트를 완전히 부숴버렸을 때 캐시의 다리에는 피가 흘렀다.

"넌 가서 자라. 잠을 좀 자야지." 듀이 델이 내게 말했다.

"달은 어디에 있지?" 그들이 말했다.

달은 사과나무 밑에 있는 관 위에 누워 고양이가 다가오지 못하도록 지키는 중이었다. 그래서 내가 달에게 말했다. "고양이를 내쫓고 있는 거야?"

달빛이 달의 몸 위에 그림자를 드리웠다. 관 쪽에 비치는 달빛은 잠잠했지만, 달의 몸에 비치는 달빛은 얼룩덜룩 출렁거렸다.

"형, 울지 마." 내가 말했다. "주얼이 엄마를 꺼내왔잖아. 그러니 울 필요 없잖아."

헛간은 아직도 붉게 탄다. 아까보다는 덜 붉다. 불길은 하늘로 치솟으며 별을 어김없이 저만치 물린다. 기차를 생각할 때 마음이 아픈 것처럼 이것 역시 내 마음을 아프게 한다.

새들이 밤에 어디에 있는지 보려고 헛간에 갔다가 난 보았다. 그런데 듀이 델은 아무에게도 말해서는 안 된다고 했다.

달

　약방, 옷가게, 처방전 필요 없는 약, 자동차 수리소, 찻집…….
한참 동안 여러 간판을 지나쳤다. 이정표의 거리는 매우 규칙
적으로 줄어들었다. 3마일, 2마일. 언덕 꼭대기에서 다시 마차
를 탔을 때, 바람 한 점 없는 오후, 흔들리지 않는 채 나지막하
게 깔려 있는 연기가 보인다.

　"형, 바로 여기야?" 바더만이 묻는다. "이곳이 제퍼슨이야?"
그의 얼굴도 우리 모두처럼 살이 빠져 초라하고 긴장된, 그러
나 꿈꾸는 듯한 표정을 짓고 있다.

　"맞아." 내가 말한다. 그는 얼굴을 들어 하늘을 본다. 하늘
높이 새들이 작은 원을 그리며 매달려 있다. 마치 연기처럼,
외형과 목적이 비슷한, 그러나 앞으로 나아가든 뒤로 물러서
든 전혀 움직이는 것 같지 않은 새들은 연기와 다르다. 우리는

마차에 올라탄다. 마차에는 캐시가 누워 있는데, 그의 다리 주변엔 깨진 시멘트 조각이 아무렇게나 흩어져 있다. 고개가 축 처진, 지친 노새가 덜커덩거리면서 언덕을 내려간다.

"캐시를 병원에 데려가야 해. 달리 도리가 없을 것 같다." 아버지가 말한다. 주얼의 등 뒤, 살이 닿은 부분이 기름으로 거무스름하게 얼룩져 있다. 생명은 계곡에서 잉태되었다. 생명의 바람은 해묵은 공포, 낡은 욕정, 그리고 오래된 절망을 타고 언덕 위로 불어온다. 그래서 언덕은 걸어 올라가야 하는 거다. 그런 다음에야 마차를 타고 내려갈 수 있게 된다.

신문지로 싼 보따리를 무릎 위에 올려놓고 듀이 델은 가만히 자리에 앉아 있다. 마침내 언덕을 다 내려가자, 빽빽한 나무들 사이에 평평한 길이 뻗어 있고, 듀이 델은 조용하게 이곳저곳을 훑어보기 시작한다. 마침내 그녀가 말한다.

"여기 멈춰요."

듀이 델을 바라보는 아버지의 초라한 옆모습은 의아해 하면서도 시무룩하고 짜증스러워 보인다. 아버지는 마차를 멈추지 않는다.

"왜 멈춰야 하지?"

"풀숲에 들러야겠어요." 듀이 델이 말한다.

그러나 아버지는 여전히 마차를 세우지 않는다. "마을에 도착할 때까지 기다리면 안 되겠니? 이제 1마일도 남지 않았는데."

"멈추란 말이에요. 풀숲에 가야 해요."

아버지는 길 한가운데 마차를 세운다. 듀이 델은 보따리를 들고 마차에서 내린다. 그녀는 뒤를 돌아보지도 않는다.

"케이크 보따리는 왜 가져가는 거야?" 내가 말한다. "여기 두면 우리가 봐줄게."

우리를 돌아다보지도 않은 채 듀이 델은 천천히 내려간다.

"읍내에 도착하게 되면 누나가 어디로 가야 할지 어떻게 알 겠어요?" 바더만이 말한다. "듀이 델 누나. 마을에 가면 어디로 갈 거지?"

그녀는 보따리를 마차에서 내리고 돌아서서는, 나무와 관목 사이로 사라져버린다.

"너무 지체하지 마라." 아버지가 말한다. "꾸물거릴 시간이 없다."

그러나 듀이 델은 대답이 없다. 조금 지나자 그녀의 모습이 전혀 보이지 않는다.

아버지가 말한다. "암스티드와 길레스피가 말한 대로 마을에 미리 전갈을 보내 땅을 파놓고 준비하게 할걸 그랬다."

"왜 그렇게 하지 않았지요?" 내가 말한다. "전화를 할 수도 있었는데……."

"필요 없는 짓이야." 주얼이 말한다. "땅속에 구멍 팔 줄 모르는 사람이 대체 어디 있단 말이야."

자동차가 언덕을 올라온다. 천천히 클랙션을 누른다. 낮은 기어로 천천히, 길 한옆으로 달린다. 바깥쪽 바퀴는 도랑에 빠진 채 천천히 우리를 지나친다. 자동차가 완전히 사라질 때까지 바더만은 자동차를 바라본다.

"달, 이제 얼마나 남았어?" 그가 묻는다.

"이제 다 왔어." 내가 말한다.

"미리 했어야 하는 건데……." 아버지가 말했다. "난 그저, 엄마의 피붙이 이외에 아무에게도 신세를 지고 싶지 않았다."

"땅에 구멍 팔 줄 모르는 사람이 대체 어디 있단 말이야." 주얼이 말한다.

"엄마의 무덤에 대해 그런 식으로 말하는 것은 점잖지 못하구나." 아버지가 말한다. "너희들은 아무것도 모른다. 너희들 중 누구도 엄마를 진정으로 사랑하지 않은 거야."

주얼은 아무 대꾸도 하지 않는다. 그는 불에 덴 등이 옷에 닿지 않도록 가슴을 내밀고 다소 뻣뻣하게 몸을 곧추세운 채 앉아 있다. 그의 선명한 턱이 앞으로 삐죽 나와 있다.

듀이 델이 돌아온다. 풀숲에서 빠져나온 그녀는 여전히 보따리를 손에 쥐고 마차에 오른다. 나들이용 정장과 신발, 양말을 갈아입고, 구슬 목걸이까지 걸고 있다.

"그 옷은 집에 두고 오라고 말했잖아." 아버지가 말하지만 듀이 델은 아무 말도 하지 않는다. 말없이 보따리를 마차에 올려놓은 다음, 자신도 올라탄다. 그리고 마차는 다시 움직인다.

"형, 고개를 몇 개나 더 넘어야 하지?" 바더만이 묻는다.

"이제 한 개만 더 넘으면 된다." 내가 말한다. "다음 고개를 넘으면 바로 읍내로 들어가는 거야."

이번 언덕은 붉은 모래언덕이었고 양옆엔 흑인들의 통나무 집이 늘어서 있다. 앞에 펼쳐진 하늘엔 전화선이 가득 이어졌고, 법원의 시계탑 꼭대기가 나무 사이로 드러나기 시작한다. 마차가 굴러가는 길 위의 모래는 우리의 입성을 잠잠케 하려는 듯, 조용히 사각거린다. 오르막길에 이르자 우리는 마차에서 내린다.

사각거리는 마차 뒤를 따라간다. 눈을 허옇게 뜨고 갑자기 문밖으로 뛰어나오는 얼굴과 그들의 놀란 목소리를 들으며 통나무집을 지나간다. 주얼은 좌우로 휘둘러본다. 머리를 앞으로 숙이면, 광란의 붉은빛을 띤 그의 귀가 보인다. 우리 앞쪽으로 세 명의 흑인들이 걸어간다. 흑인들보다 10피트 앞쪽에 또 한 백인이 걸어가고 있다. 우리가 흑인들을 지나쳤을 때, 그들은 갑자기 충격과 본능적인 분노로 일그러진 표정으로 얼굴을 돌렸다. "맙소사." 그들 중 하나가 말했다. "도대체 저 마차 안에 뭐가 있기에……."

주얼이 획 돌아서서, "개자식들."이라고 말한다. 그렇게 욕할 때 마침 백인과 꽤 가까이 다가와 있었다. 백인은 멈춰 선다. 주얼은 잠시 정신이 나간 듯 보였다. 왜냐하면 이번엔 주얼이 백인 쪽으로 획 돌아섰기 때문이다.

"달!" 캐시가 마차에서 말한다. 난 주얼을 만류한다. 그 백인은 한 발 늦추고 기가 막힌다는 듯 턱을 떨어뜨리고 섰다가, 이번엔 턱을 꽉 악문다. 주얼은 턱 근육이 하얗게 변한 백인에게 대든다.

"지금 뭐라고 했지?" 백인이 말한다.

"이보시오. 내 동생은 아무 말도 하지 않았소. 주얼……." 내가 말한다. 내가 주얼을 건드리자 그는 그 남자에게 주먹을 휘두른다. 나는 그의 팔을 잡고 옥신각신한다. 주얼은 나를 쳐다보지도 않은 채 팔을 빼내려고 한다. 다시 그 남자를 보았을 때, 그의 손에는 날이 선 칼이 쥐어져 있다.

"여보시오. 잠깐." 내가 말한다. "내가 애를 붙들고 있지 않소. 주얼……."

"빌어먹을. 도시 놈이라고 감히 우릴……." 숨을 헐떡거리고 몸을 비틀며 주얼이 말한다. "개자식."

그 남자는 칼을 옆구리에 낮게 잡고 주얼을 바라보며 주위를 돌기 시작한다. "감히 내게 그딴 소리를 하다니……." 그가 말한다. 아버지가 마차에서 내리고 듀이 델은 주얼을 밀면서 붙들고 있다. 난 주얼을 놓고 그 남자에게 정면으로 다가간다.

"잠깐." 내가 말한다. "주얼의 말에는 악의가 없었소. 이 아이는 환자요. 지난밤 화재로 화상을 입었소. 그래서 제정신이 아니란 말이오."

"불이 났든 안 났든, 내 알 바 아니오. 어느 누구도 내게 그딴 욕지거리를 할 수는 없지." 그 남자가 말한다.

"내 동생은 당신이 뭔가 기분 나쁜 말을 한 것으로 오해했소." 내가 말한다.

"난 아무 말도 하지 않았소. 난 저놈을 본 적도 없단 말이오." 그가 말했다.

"오, 하느님." 아버지가 말한다. "오, 하느님."

"난 알고 있소. 동생은 악의가 없었을 거요. 그는 아까 한 말을 취소할 것이오."

"그렇다면 취소하게 하시오."

"그 칼을 거두시오. 그러면 취소할 거요."

그 남자는 나를 바라본다. 그러곤 주얼을 번갈아 쳐다본다.

주얼은 이제 잠잠하다.

"칼을 거두시오." 내가 말한다.

남자는 칼을 접는다.

"오, 하느님." 아버지가 말한다. "오, 하느님."

"주얼, 나쁜 뜻이 없었다고 말해라." 내가 말한다.

"난 저자가 무슨 말을 한 줄로 알았어." 주얼이 말한다. "단지 저자가 도시……."

"그만둬." 내가 말한다. "악의가 없었다고 말하면 된다."

"악의는 없었소." 주얼이 말한다.

"그럼, 그래야지." 그 남자가 말한다. "감히 내게 욕지거리를 하다니……."

"당신이 두려워서 내 동생이 욕지거리하지 못할 거라고 생각하오?" 내가 말한다.

남자는 날 바라본다. "난 그런 말 한 적 없소." 그가 말한다.

"난 무섭지 않아." 주얼이 말한다.

"입 닥쳐." 내가 말한다. "아버지. 이제 떠납시다."

마차가 움직인다. 남자는 우리를 쳐다보며 계속 서 있다. 주얼은 뒤돌아보지 않는다. "주얼 형이 때려줄 수도 있었는데……." 바더만이 말한다.

언덕 꼭대기에 이르자, 자동차들이 오고 가는 길이 쭉 뻗어 있다. 노새가 끄는 마차는 덜커덩거리며 언덕에서 길로 나아간다. 아버지가 마차를 세운다. 길은 쭉 뻗어 광장을 지나 법원 앞의 기념비가 서 있는 곳까지 나 있다. 익숙한 표정으로 고개를 돌리면서 모두 마차에 올라탄다. 주얼만 빼고. 마차가 다시 출발하지만 주얼은 마차에 오르지 않는다. "타라. 주얼." 내가 말한다. "자, 어서 이곳을 떠나야지."

그러나 그는 마차에 오르지 않는다. 대신, 뒷바퀴 굴대 위에 한 발을 올려놓고 한 손으로 마차의 의자를 붙잡는다. 발바닥 아래 천천히 돌아가는 축 위에 다른 한 발도 마저 올려놓고 그 위에 웅크려 앉는다. 미동도 없이, 나무처럼 뻣뻣하고 야윈 몸으로 곧바로 앞만 바라보고 있다. 메마른 나무로 만든 목각 인형처럼.

캐시

달리 방도가 없었다. 달을 잭슨으로 보내거나 아니면 길레스피가 우릴 고소하게 내버려 두는 것, 그것 말고는 도리가 없었다. 길레스피는 어쨌거나, 달이 불을 지른 사실을 알게 되었다. 어떻게 알았는지는 몰라도 아무튼 알고 있었다. 바더만은 그 장면을 보았지만 듀이 델을 빼고는 어느 누구에게도 말한 적이 없다고 맹세했다. 그녀가 아무에게도 말해서는 안 된다고 당부했으니까. 그러나 길레스피는 알고 있었다. 아마 일이 있은 후, 그렇게 추측했던 모양이다. 달의 이상한 행동을 보고 짐작한 것 같다.

그래서 아버지가 말했다. "다른 방법이 없을 것 같구나."

그리고 주얼이 말했다. "지금 데려갈까요?"

"데려가다니?" 아버지가 말한다.

"지금 잡아 묶어버린단 말이지요." 주얼이 말한다. "젠장. 그럼, 달이 이 빌어먹을 노새와 마차에 또 불을 지른 다음에나 잡아둘 셈인가요?"

그러나 아무 소용이 없었다. "아무 소용없어." 내가 말한다. "엄마를 땅에 묻을 때까지 기다리자." 평생 병원에 갇혀 살 운명이라면, 갇히기 전에 최대한 즐기도록 해주어야 한다.

"달은 병원에 가야 한다." 아버지가 말한다. "아, 정말 내겐 시련의 연속이군. 한번 시작된 액운이 끊이질 않는단 말이야."

가끔씩 난 확신할 수가 없다. 누가 미쳤고 누가 정상인지 알게 뭐란 말인가. 어느 누구도 완전히 미치거나 완전히 정상일 수는 없을 거다. 마음의 균형이 제대로 잡히는 것이 쉽진 않으니까. 중요한 것은 사람이 어떻게 행동하느냐가 아니라, 대다수의 사람들이 그의 행동을 어떻게 생각하느냐다.

주얼은 달에게 너무 매몰차니까. 하기야, 그날 밤 엄마를 읍내로 나르기 위해 주얼의 말을 팔았으니……. 달이 태워버리려 한 것은 결국 주얼의 말이나 다름없지. 그러나 강을 건너기 전이나 후에도 여전히 난 이렇게 생각했다. 하느님이 엄마를 우리 손에서 깨끗하게 없애버린다면, 그것이 바로 그분의 축복일 거라고 말이다. 주얼이 그토록 절박하게 엄마를 강물에서 건져낸 것은 어쩌면 하느님의 뜻에 어긋나는 일일지도 모른다. 달도 그렇게 생각하여 불을 질렀다면 옳은 일을 한 것일 수도 있다. 그러나 남의 헛간에 불을 지르고 남의 가축과 재산에 해를 끼친 것에는 변명의 여지가 없다. 그래서 난 달이 미쳤다고 생각한다. 미쳤기 때문에 다른 사람들과 똑같이 생각할 수 없다. 이제 다른 사람들이 옳다고 믿는 그대로 하는 수밖에, 달리 도리가 없다.

그러나 한편으로는 부끄러운 일이다. 사람들은 옛 가르침을 따르지 않는 것 같다. 무엇이든 만들 때는 제 자신이 편안하게 사용할 물건처럼 정성 들여 못을 박고 마무리를 잘하라고 했거늘. 어떤 이들은 법원을 지을 만치 매끈하고 근사한 나무판자를 가졌고, 다른 이들은 닭장이나 만들기에 적합한 거친 통나무밖에 없다. 그러나 엉성한 법원을 짓는 것보다는 탄탄한 닭장을 짓는 편이 낫다. 잘 짓든 못 짓든, 다른 사람들의 기분을 좋게 만들어야지, 불쾌하게 만들려고 일하는 것은 아니니까 말이다.

그리하여 우리는 광장을 향하여 거리를 올라갔다. 그리고 달이 말했다. "먼저 캐시를 병원에 데려가자. 캐시를 병원에 남겨두고 다시 돌아오면 돼." 그렇다. 달과 난 나이가 거의 비슷하다. 우리가 태어난 지 십 년쯤 지나서야 주얼, 듀이 델, 바더만이 줄줄이 태어났으니까. 그들과도 가깝긴 하지만…… 나도 모르겠다. 장남인 내가 달과 똑같은 생각을 하다니…… 나도 모르겠다.

아버지는 입을 우물거리며 나와 달을 번갈아 쳐다보았다.

"아니요. 먼저 엄마를 묻도록 해요." 내가 말한다.

"엄마는 우리 모두가 가길 원할 거다." 아버지가 말한다.

"먼저 캐시를 병원에 데려가요." 달이 말했다. "엄마는 좀 더 기다릴 수 있어요. 이미 아흐레나 기다렸잖아요."

"너희들은 모른다." 아버지가 말한다. "우린 젊음을 함께했고, 함께 늙어왔다. 늙어가는 모습을 보면서 하는 괜찮다는 말, 슬픔과 시련으로 가득한 험한 세상에서 괜찮다는 말은 진실이란다. 너희들은 이해하지 못하지."

"우리 함께 땅을 파야 하잖아요." 내가 말했다.

"암스티드와 길레스피는 미리 전갈을 보내달라고 말했어요." 달이 말한다. "캐시, 지금 피바디 의사에게 가야 하지 않겠어?"

"아니야." 내가 말한다. "지금은 괜찮아. 순서대로 일을 처리해야지."

"땅을 파야 하는 거라면……." 아버지가 말한다. "그런데 삽을 잊어버렸군."

"그렇군요." 달이 말한다. "내가 철물점에 가서 하나 사 오지요."

"그럼 돈이 들잖아." 아버지가 말한다.

"돈이 든다고 엄마를 원망하는 것인가요?" 달이 말한다.

"가서 삽을 사 옵시다." 주얼이 말한다. "자, 돈을 주세요."

그러나 아버지는 멈추지 않았다. "아마 삽을 그냥 얻을 수 있을지도 몰라." 아버지가 말했다. "여기에도 좋은 기독교인이 있을 거다." 그래서 달은 잠잠히 앉아 있고 우리는 계속 앞으로 나아갔다. 주얼은 마차의 뒷문에 웅크리고 앉아 달의 뒤통수를 쳐다보고 있었다. 주얼은 꼭 불독처럼 보였다. 줄에 매여 웅크린 채, 짖지도 않고 물체를 덮칠 양으로 조용히 쳐다보며 기다리는 개처럼 보였다.

주얼은 번드런 부인의 집에 다다를 때까지 그런 모양으로 앉아 있었다. 음악을 들으며, 희번덕이는 눈으로 달의 뒤통수를 뚫어지게 쳐다보면서……

그 집에는 음악이 흐르고 있었다. 축음기에서 나오는 음악이었다. 실제 연주처럼 자연스럽게 들렸다.

"피바디 의사에게 가야 하지 않아?" 달이 묻는다. "다른 사람들은 여기서 기다리면 돼. 아버지에게 말하고. 내가 데려다줄게. 그리고 돌아오면 되잖아."

"그럴 필요 없다." 내가 말한다. 엄마를 먼저 묻어야 한다. 이제 거의 다 왔으니까. 아버지가 삽을 빌리기만 하면 된다. 아버지는 음악이 들리는 곳으로 마차를 움직이고 있었다.

"어쩌면 이곳에 삽이 있을지도 몰라." 그가 말했다. 아버지는 번드런 부인의 집 앞에 마차를 멈췄다. 그는 이미 알고 있는 것 같았다. 난 종종 게으른 사람이 게으름에 대해 아는 것만큼, 부지런한 사람이 일에 대해서 알고 있는지 궁금하다. 그는 다 안다는 듯이 거기에 멈추었다. 음악이 흐르는 새로 지은 작은 집 앞에 멈춰 섰다. 음악을 들으며 기다렸다. 서랫과 잘만 흥정하면 5달러에 축음기 하나를 살 수 있었을 텐데……. 음악이란, 정말 마음을 편안하게 한다. "아마도 이곳에 삽이 있을 것이다." 아버지가 말했다.

"주얼을 보낼까요? 아니면 내가 들어가 볼까요?" 달이 말한다.

"아니다. 내가 들어가는 편이 낫겠다." 아버지가 말한다. 마차에서 내려 길을 올라간다. 집 뒤쪽으로 돌아간다. 음악이 멈췄다가 다시 시작됐다.

"아버지도 역시 그것을 얻을 테지." 달이 말했다.

"맞아." 내가 말했다. 달은 벽을 뚫고 보기라도 하듯이, 십 분 후에 일어날 일을 미리 아는 것 같았다.

아버지가 집 안에 머무른 시간은 십 분이 넘었다. 음악은 멈추었고, 그녀와 아버지가 집 뒤에서 얘기를 나누는 한참 동안 음악은 다시 시작하지 않았다. 우리는 마차에서 기다리고 있었다.

"형을 피바디 의사에게 데려다 줄게." 달이 말한다.

"아니다. 엄마를 먼저 묻어야 해." 내가 말했다.

"흥. 아버지가 돌아오기만 한다면 말이야." 이렇게 말하고 주얼은 욕지거리를 시작한다. 마차에서 내리며 다시 말했다. "난 갈 거야."

그때 아버지가 삽을 두 개 들고 그 집을 돌아 나오고 있었다. 삽을 마차에 들여놓고 올라탔다. 마차가 떠난다. 음악 소리는 다시 들리지 않았다. 아버지는 등을 돌려 방금 떠난 집을 바라보며 희미하게 손을 흔들었다. 조금 열린 창문의 커튼 틈새로 여자의 얼굴이 보였다.

그러나 가장 이상한 사람은 듀이 델이었는데, 내겐 놀라운 일이었다. 사람들은 모두 달이 이상하다고 말하곤 했었다. 늘 그래왔기 때문에, 미워서 하는 말이 아니라는 것을 모두 알고 있었다. 다른 사람들과 마찬가지로 달 자신도 별로 개의치 않았다. 그런 말에 화내는 것은 마치 스스로 뛰어 들어간 웅덩이에서 흙탕물이 제 몸에 묻었다고 화내는 것과 같으니까. 그런데 달과 듀이 델에게는 뭔가 둘만이 아는 비밀이 있다는 느낌이 든다. 듀이 델이 누굴 제일 좋아하는지 굳이 묻는다면, 그것은 바로 달이었다. 그러나 우리가 삽을 싣고 덮개를 덮은 후 문을 나서 길로 접어들자 그놈들이 기다리고 있었다. 그들은 마차에 달려들어 달을 붙들었고 그는 내빼려고 몸부림쳤다. 그때 달을 도망가지 못하게 붙잡은 사람은, 주얼이 아닌 바로 듀이 델이었다. 순간, 방화범이 달인 것을 길레스피가 어떻게 알았는지, 그 의문이 풀렸다.

듀이 델은 아무 말도 하지 않았고, 달을 쳐다보지도 않았다. 그런데 자신을 잡으러 온 놈들을 보고 재빨리 도망치려던 달을, 듀이 델이 마치 들고양이처럼 덮쳤던 것이다. 그래서 그 놈들은 우선 들고양이처럼 할퀴고 후비는 듀이 델을 먼저 말려야 했다. 다른 한 사람과 아버지, 주얼이 함께 달을 넘어뜨리고 땅바닥에 엎어뜨렸다. 그때 달이 나를 올려다보았다.

"형은 내게 미리 말해 줬어야지." 달이 말했다. "형이 그럴 줄 몰랐어."

"달." 내가 말했다. 그러나 그는 다시 도망치려고 몸부림쳤고, 경찰 한 사람과 주얼이 달을 붙잡았다. 다른 한 사람은 듀이 델과 그 옆에서 소리 지르는 바더만을 붙들고 있었다.

"죽여버려. 개자식." 주얼이 말한다.

끔찍했다. 정말 끔찍했다. 일을 그르치면 그에 대한 책임을 져야 한다. 달도 마찬가지다. 그에게 얘기해 주려고 했지만, 그는 단지 이렇게 말할 뿐이었다. "내게 일러줄 줄 알았어. 잘못을 부인하는 것은 아니지만……." 그리고 달은 웃기 시작했다. 달을 잡으러 온 경찰은 달에게 덤벼드는 주얼을 떼어버린다. 달은 땅바닥에 주저앉아 정말 미친 듯이 웃어대기 시작했다.

"형은 내가 가버리면 좋겠어?" 달이 묻는다.

"가는 것이 네게 좋을 거다." 내가 말한다. "거기에 가면 조용할 거야. 귀찮게 하는 사람도 없고. 달, 네겐 더 좋은 곳이야."

"더 좋은 곳이라고?" 이렇게 말하고 달은 다시 웃기 시작했다. "더 좋은 곳!" 웃느라고 제대로 말할 수도 없었다. 끔찍했다. 정말 끔찍했다. 웃을 일이라곤 전혀 없었다. 땀 흘려 일으켜 세운 것, 땀의 열매가 담긴 것을 고의로 파괴했는데 어떻게 이 일이 정당화될 수 있겠는가?

그러나 누가 미쳤고 누가 정상인지 말할 권리를 가진 사람이 있는지, 난 확신할 수 없다. 정상적이거나 비정상적인 갖가지 일을 저지른 후, 다시금 똑같은 공포와 놀라움으로 자신의 광기 어린 행위를 지켜보는 누군가가 우리 안에 들어 있는 것인지도 모른다.

피바디

"곤경에 빠진 사람이라면 수의사에게 봐 달라고 할 수도 있겠지. 비록 빌어먹을 노새처럼 치료할지라도 말이야. 그런데 멍청한 앤스 번드런이 부러진 다리에 시멘트를 붓도록 내버려 둔 누구는 남보다 다리가 하나쯤 더 많은 모양이군." 내가 말했다.

"흔들거리는 다리를 고정시키려 했을 뿐이에요." 캐시가 말했다.

"고정시키려 했다고? 흥." 내가 말했다. "암스티드가 자네를 관 위에 올려놓으라 했을 때 왜 그랬다고 생각하나?"

"관이 너무 눈에 띄었기 때문이지요." 캐시가 말했다. "우린 꾸물거릴 시간이 없었어요." 난 그저 그를 쳐다보고만 있었다. "관 때문에 불편하지는 않았습니다." 그가 말했다.

"용수철도 없는 마차 위에서 부러진 다리로 엿새씩이나 누워 오면서 불편하지 않았다고?"

"그다지 불편하지 않았습니다." 그가 말했다.

"아마도 앤스의 마음이 전혀 불편하지 않았다는 뜻인 모양이군." 내가 말했다. "사람들이 오고 가는 대로에서 마치 살인범 체포하듯 자신의 아들을 붙잡아 가도 전혀 불편하지 않듯이 말이야. 시멘트를 벗겨내느라 피부가 죄다 떨어져나간 것도 전혀 불편하지 않았다고 말하지 말게. 이제 남은 평생 동안 한쪽 다리가 짤막한 채 절뚝거리며 다녀도, 일단 걷기만 한다면 불편하지 않을 거라고 말하지 말게. 콘크리트라니……." 내가 말했다. "하느님 맙소사. 왜 앤스가 자네를 가까운 제재소에 데려가서 다리를 톱으로 잘라버리지 않았는지 모를 노릇이군. 그렇게 했다면 차라리 나았을 것을……. 그런 다음 자네 식구들 모두, 톱 밑으로 머리를 들이밀면 가족의 병이 모두 나을걸세. 그런데 앤스는 어디 있나? 뭘 하고 있는 거지?"

"빌려 온 삽을 돌려주러 갔어요." 캐시가 말했다.

"그렇군." 내가 말했다. "제 마누라를 묻기 위해 삽을, 물론 빌려야 했겠지. 땅속의 구멍도 빌려야 했을 테고. 그 구멍 속에 앤스 자신이 들어가지 못한 것이 아쉽군……. 아픈가?"

"별로. 괜찮아요." 캐시가 말했다. 구슬 같은 땀이 얼굴에 흘러내렸고, 얼굴은 압지처럼 창백했다.

"물론 아프지 않겠지." 내가 말했다. "일 년쯤 지나면 절뚝거리며 웬만큼 걸을 수 있을걸세. 그때엔 정말 불편하지 않을 거야. 불행 중 다행인 사실이라면 전에 다쳤던 다리를 또 다쳤다는 것일세."

"아버지도 똑같은 말을 했지요." 그가 말했다.

맥고우원

난 마침 약제실에서 초콜릿 소스를 붓고 있는 중이었다. 그때 조디가 돌아와서 말한다. "이봐, 스키트. 저기 문 앞에 한 여자가 의사를 보겠다고 서 있어. 무슨 의사가 필요하냐고 말했더니, 그냥 여기서 일하는 의사라는 거야. 여기엔 의사가 없다고 말했는데도 저기 서서 계속 이쪽을 바라보고 있잖아."

"뭐 하는 여자지?" 내가 말한다. "2층 앨퍼드 가게에나 가라고 해."

"시골 아가씨야." 그가 말한다.

"그럼 법원에나 보내게." 내가 말한다. "의사들이란 의사는 모두 멤피스의 이발사 총회에 갔다고 말해."

"그러지." 가면서 그가 말한다. "시골 처녀치곤 꽤 예쁘군."

"잠깐." 그를 멈추게 하고, 틈새로 여자를 엿본다. 그러나 불빛에 비친 다리가 미끈한 것 말고는 별다른 데가 없다. "여자가 어리다고 했니?"

"시골 아가씨치곤 꽤 근사해." 그가 말한다.

"이것 받아." 그에게 초콜릿을 넘겨주고 앞치마를 풀면서 여자에게 다가간다. 그녀는 꽤 괜찮았다. 검은 눈을 가진 여자, 배신당하면 칼로 찌를 만한 그런 눈을 가진 여자였다. 꽤 예뻤다. 점심시간이라서 가게에는 아무도 없었다.

"뭘 도와드릴까요?" 내가 말한다.

"당신이 그 의사인가요?" 그녀가 묻는다.

"맞아요." 내가 말하자, 그녀는 고개를 돌려 주위를 두리번거린다.

"저 뒤로 가서 말해도 되나요?" 그녀가 말한다.

이제 겨우 12시 15분이었다. 주인이 1시 이전에 돌아오는 일은 없었지만, 그래도 조디에게 밖을 지키다가, 주인이 나타나면 휘파람을 불라고 이른다.

"그만두는 것이 좋겠어." 조디가 말한다. "주인이 알면 자네를 당장 해고해 버릴 거야."

"1시 이전엔 돌아오지 않아." 내가 말한다. "주인이 우체국에 들어가는 모습이 보일 거야. 잘 보고 있다가, 그때 휘파람을 불어."

"뭘 할 건데?" 그가 묻는다.

"망이나 잘 보란 말이야. 잠시 후에 말해 줄게."

"나도 좀 해볼 기회를 줄 텐가?" 그가 묻는다.

"대체 내가 뭘 할 것으로 생각하는 거야?" 내가 말한다.

"종마 사육장이라도 되는 줄 알아? 망이나 잘 보라고. 그럼 난 상담을 시작하겠네."

그러고는 가게 뒤쪽으로 간다. 거울 앞에 잠시 멈춰 머리를 가다듬고, 그녀가 기다리고 있는 약제실 뒤편으로 간다. 약이 진열된 선반을 바라보다가 나를 쳐다본다.

"자, 그럼, 아가씨." 내가 말한다. "문제가 뭐지요?"

"여자들만의 문제예요." 나를 살펴보면서 그녀가 말한다. "돈도 있어요."

"아, 그렇군." 내가 말한다. "여자들만의 문제가 지금 있다는 말인가요? 아니면 원한다는 말인가요? 어쨌거나 제대로 왔소." 멍청한 시골 친구들. 자신이 뭘 원하는지도 모르고, 뭘 원하는지 말할 줄도 모른다. 시계는 12시 20분을 가리킨다.

"아니요." 그녀가 말한다.

"뭐가 아니란 말이지요?" 내가 말한다.

"그게 없어요." 그녀가 말한다. "그냥 그뿐이에요." 그녀는 날 살펴본다. "돈도 있고요."

그녀가 무슨 말을 하는지, 이제야 이해할 수 있었다.

"오." 내가 말한다. "아가씨 배 속에 원하지 않는 뭔가가 들어 있군." 그녀가 날 쳐다본다. "그래서 그 뭔가를 더 키우고 싶다는 말인가, 아니면 없애버리고 싶다는 말인가?"

"돈이 있어요." 그녀가 말한다. "약방에 가면 원하는 것을 살 수 있다고 그가 말했어요."

"누가 말했다고?" 내가 물었다.

"그이가요." 나를 살펴보며 그녀가 말했다.

"이름은 말하고 싶지 않은 모양이군." 내가 말한다. "아가씨의 배 속에 도토리를 집어넣은 녀석의 이름 말이야. 그가 그렇게 말했소?" 그녀는 아무 대꾸도 하지 않는다. "결혼하지 않았군. 그렇지?" 내가 말한다. 결혼반지는 이곳에서도 본 적이 없다. 하지만 시골에서 결혼반지를 주고받는다는 말을 들은 적도 없는 것 같다.

"돈이 있어요." 그녀가 말한다. 손수건 안에 꼬깃꼬깃 싸둔 돈을 내게 보여주었다. 10달러였다.

"정말 그렇군." 내가 말한다. "그가 돈을 주었소?"

"맞아요." 그녀가 말한다.

"남자들 중 누구?" 내가 말하자, 그녀는 날 쳐다본다. "여러 남자들 중에서 누가 돈을 주었다는 말이오?"

"남자는 한 사람밖에 없어요." 그녀가 말하며 날 쳐다본다.

"계속해요." 내가 말한다. 그러나 그녀는 아무 말도 하지 않는다. 지하실의 문제는 출구가 하나뿐이라는 사실이다. 나가려면 실내 계단을 사용할 수밖에 없었다. 1시가 되려면 이십오 분이 남았다. "아가씨처럼 예쁜 사람이……" 내가 말한다.

그녀는 날 살펴보고 손수건 안에 다시 돈을 싸기 시작한다. "잠깐만." 내가 말한다. 약제실 선반을 돌아서 그녀에게 가까이 다가간다. "귀를 삔 친구에 대해 들어본 적이 있나요? 귀를 삔 후엔 엄청나게 큰 폭발음도 듣지 못하게 되었지."

"주인이 오기 전에 빨리 아가씨를 밖으로 내보내." 조디의 목소리가 들린다.

"네가 가게 앞에 제대로만 서 있으면 주인은 아가씨는 볼 수 없고 나만 보게 될 거야." 내가 말한다.

조디는 가게 앞으로 천천히 돌아간다. "스키트, 자네 그 아가씨에게 무슨 짓을 하고 있는 거야?" 그가 말한다.

"지금은 말할 수 없어." 내가 말한다. "부도덕한 일이지. 가서 망이나 보게."

"말해 줘. 스키트." 그가 말한다.

"가란 말이야." 내가 말한다. "약을 짓고 있을 뿐이니까."

"주인이라면 그 뒤에서 아가씨와 수상한 짓을 하진 않을 거야. 네가 약장에 손댄 것을 주인이 알면 네 엉덩이를 걷어차서 지하실 계단으로 굴러 떨어뜨리고 말걸."

"내 엉덩이는 주인보다 덩치 큰 불한당에게 걷어차인 적이 있지." 내가 말한다. "돌아가서 망이나 봐주란 말이야."

그리고 난 다시 여자에게 돌아온다. 1시 십 분 전이다. 그녀는 손수건에 돈을 싸고 있다. "당신은 의사가 아니지요?" 그녀가 말한다.

"물론 난 의사지." 내가 말한다. 그녀는 날 쳐다본다. "내가 젊어서인가, 아니면 너무 잘생겨서인가? 옛날엔 늙어서 다리가 흐물흐물한 의사들이 많이 있었지. 그런데 사업이 시들해지기 시작했소. 여자들이 통 아프지 않게 되었단 말이야. 그래서 늙은 의사들은 죄다 떠나버리고 여자들이 좋아하는 우리처럼 젊고 잘생긴 의사들이 들어오게 되었지요. 그러자 여자들이 다시 아프게 되었고 사업은 나아졌지. 전국적인 현상이지요. 들어보지 못했나요? 아마도 의사를 볼 필요가 한 번도 없었던 모양이지요?"

"지금 의사가 필요해요." 그녀가 말했다.

"아가씨는 의사를 제대로 찾은 거요." 내가 말한다. "아까 말한 것처럼."

"내게 필요한 약이 있나요?" 그녀가 말한다. "돈을 드릴게요."

"글쎄." 내가 말한다. "의사라면 감홍[3]을 포장하는 것뿐 아니라, 온갖 것을 다 배워야 하지. 어쩔 수 없는 일이야. 그런데 아가씨의 문제는 내가 영 모르겠단 말이야."

"뭔가 살 수 있을 거라고 그이가 말했어요. 약국에 가면 살 수 있을 거라고요."

"약 이름을 말하진 않았나요?" 내가 말한다. "돌아가서 남자에게 다시 물어봐요."

손안에서 손수건을 굴리면서 이제 그녀는 더 이상 날 쳐다보지 않는다. "뭔가 해야만 해요." 그녀가 말한다.

"얼마나 간절하게 그것을 원하는 거지요?" 내가 말하자, 그녀가 날 바라본다. "물론, 의사는 사람들이 모를 거라고 생각하는 많은 것들을 배웠소. 그러나 의사는 자기가 아는 모든 것을 다 말해서는 안 되오. 위법이니까."

가게 앞에서 조디가 부른다. "스키트."

"잠시 기다리시오." 여자에게 말하고는 가게 앞으로 나간다. "주인이 나타났어?" 내가 묻는다.

"아직 끝나지 않았나?" 그가 말한다. "이제 자네가 와서 망

---

3) 염화제일수은, 이뇨제나 연고 따위로 쓰인다.

보고 내가 상담하는 편이 낫겠어."

"자넨 별로 흥미를 끌지 못할걸세." 그렇게 말하고 난 돌아온다. 그녀는 나를 바라보고 있다. "물론, 내가 그 약을 아가씨에게 준다면 내가 감옥에 들어갈 거라는 사실을 알고 있지?" 내가 말한다. "그리고 의사 면허도 잃고 막노동이나 해야 할거요. 그것도 알고 있나요?"

"난 10달러밖엔 없어요." 그녀가 말한다. "다음 달에 나머지를 낼게요."

"푸." 한숨이 절로 나온다. "내 지식과 기술은 돈으로 잴 수 있는 것이 아니요. 하찮은 10달러짜리를 위한 것은 분명히 아닐 것이오."

그녀는 눈 한번 깜빡이지 않고 나를 쳐다본다. "그럼, 뭘 원하는 거죠?"

1시 사 분 전이다. 이제 그녀를 내보내야 한다. "한번 알아맞혀 봐요. 세 번 만에 맞히면 보여드리지." 내가 말한다.

그녀는 뚫어지게 날 쳐다본다. "난 뭔가 해야 해요." 그녀가 말한다. 그녀는 두리번거리며 주위를 훑어보더니, 계산대로 다가온다. "약을 먼저 주세요." 그녀가 말한다.

"그렇다면 지금 준비가 되었다는 뜻인가요?" 내가 말한다. "바로 여기서?"

"약을 먼저 주세요."

난 계량 유리컵을 집어 들고, 그녀에게 등을 돌리고 선다. 그럴듯해 보이는 약병을 하나 집는다. 독약이 들었다면 표시해 두지 않은 놈이 감옥에 들어갈 테지. 송진 냄새가 나는 약을 유리컵에 쏟아서 그녀에게 건네준다. 그녀는 냄새를 맡아 보고는 유리병을 가로질러 날 쳐다본다.

"송진 냄새가 나네요." 그녀가 말했다.

"맞소." 내가 말한다. "하지만 이것은 치료의 초기 단계일 뿐이오. 오늘 밤 10시에 다시 오면 나머지 약을 주고 수술을 해줄 거요."

"수술이요?" 그녀가 말한다.

"아프지 않을 거요. 아가씨는 전에도 이런 수술을 받아본 적이 있겠지. 독을 제거하기 위해서는 또 다른 독이 필요하다는 말을 들어본 적이 있소?"

그녀는 날 바라본다. "효과가 있을까요?"

"물론 효과가 있지. 와서 수술을 받는다면 말이야."

그녀는 병에 든 약이 무엇이든 간에 눈 한번 깜빡거리지 않고 다 마셔버렸다. 그러곤 가게 앞으로 나갔다.

"대체 무슨 일이었지?" 조디가 묻는다.

"무슨 말이야?"

"자, 말해 봐. 자네 일에 끼어들지는 않을 테니."

"아, 그 아가씨 말인가?" 내가 말한다. "그냥, 약을 달라더군. 설사병이 좀 심해서 낯선 사람에겐 말하기를 꺼렸던 모양이야."

어쨌든 오늘 밤은 내 차지다. 그래서 주인이 가게 마무리하는 것을 도와주고 모자까지 씌워주었다. 주인은 8시 반에 가게에서 나갔다. 그를 모퉁이까지 배웅하고 가로등 두 개를 건너 시야에서 사라질 때까지 지켜보았다. 그런 다음 가게로 돌아와 기다렸다. 9시 반이 되자 가게 앞의 전등을 끄고 문을 잠갔다. 뒤쪽의 전등 하나만 켜놓고 활석⁴⁾ 가루를 캡슐 여섯 개에 담았다. 지하실을 깨끗하게 치우고 나니 준비가 모두 끝났다.

10시가 되자, 시계 종이 다 울리기도 전에 그녀가 찾아왔다. 빠른 걸음으로 그녀는 들어왔다. 밖을 내다보았으나 도로변에 앉아 있는 통바지를 입은 소년을 제외하고는 아무도 없었다. "뭐가 필요하니?" 내가 물었지만 그는 아무 말도 하지 않았다. 난 문을 잠그고 불을 끈 다음 가게 뒤쪽으로 갔다. 그녀가 기다리고 있었다. 그녀는 날 쳐다보지 않았다.

"어디 있지요?" 그녀가 물었다.

캡슐이 담긴 상자를 그녀에게 건네주었다. 그녀는 상자 속에 담긴 캡슐을 바라보았다.

"분명히 효과가 있나요?" 그녀가 말한다.

"물론." 내가 말한다. "나머지 치료를 받기만 한다면."

"어디에서 치료받지요?"

"아래 지하실에서." 내가 말한다.

---

4) 베이비파우더의 재료로 흔히 쓰였다.

바더만

길이 훨씬 넓고 밝다. 그러나 모두들 집에 가버린 가게들은 어둡다. 가게는 어둡지만 우리가 지나칠 때 불빛이 창문에 비친다. 법원 주변의 나무에서 불빛이 흘러나온다. 불빛이 나무에만 머물고, 법원 건물은 캄캄하다. 법원의 시계는 밝게 빛나서 사방에서 다 보인다. 달도 어둡지 않다. 그리 어둡지 않다. 달이 잭슨에 갔다. 내 형 달이, 달은 내 형인데…… 철로에서 빛을 내며 달리는 기차는 저쪽에 있다.

"듀이 델 누나, 저쪽으로 가자." 내가 말한다.

"뭐 하러." 듀이 델이 말한다. 창문 주위를 뱅뱅 도는 빛나는 철로 위에 빨간 기차가 달린다. 마을 아이들에게는 그 기차를 팔지 않을 거라고 듀이 델이 말했다. "기차는 크리스마스가 되면 다시 진열될 거야. 주인이 다시 진열할 때, 그때까지 기다려야 해."

달이 잭슨으로 갔다. 잭슨에 가는 사람이 많지는 않다. 달은 내 형이다. 내 형이 잭슨에 갔다.

불빛은 나무에 머물며 우리가 걷는 대로 따라오는 듯하다. 사방이 모두 마찬가지다. 법원 건물을 돌아서니, 불빛은 더 이상 보이지 않는다. 그러나 이번엔 어두운 창문 저편에서 불빛이 보인다. 나와 듀이 델 말고는 모두들 집에 가서 잠든 모양이다.

잭슨까지 기차를 타고 갔다. 내 형이 갔다.

가게의 뒤쪽 끝에 불빛이 보인다. 창문에는 소다가 담긴 커다란 병 두 개가 있었는데, 하나는 붉고 하나는 녹색이었다. 사람도, 노새도, 암소도 마실 수 없는 물이었다. 달.

한 남자가 문으로 나와서 듀이 델을 바라본다.

"넌 여기서 기다리고 있어." 누나가 말한다.

"들어가면 왜 안 되지?" 내가 말한다. "나도 들어가고 싶은데."

"밖에서 기다리란 말이야." 누나가 말한다.

"그럴게." 내가 말한다.

듀이 델이 들어간다.

달은 내 형이다. 달은 미쳤다.

걷는 것보다는 앉아 있는 것이 쉬웠다. 문을 연 남자는 나를 바라보며 물었다. "뭐가 필요하니?" 그 남자의 머리는 반질반질하다. 종종 주얼의 머리도 반질거린다. 그러나 캐시의 머리는 반질거리지 않는다. 달, 그는 잭슨에 갔다. 내 형 달. 길거리에서 그는 바나나를 먹었다. 차라리 바나나를 먹지 않을래? 듀이 델이 말했다. 크리스마스까지 기다리면 기차가 진열될 거야. 그러면 볼 수 있을 거야. 그래서 우리는 바나나를 몇 개 먹을 것이다. 나와 듀이 델. 우리는 하나 가득 바나나를 먹게 된다. 남자는 문을 잠근다. 듀이 델은 안에 들어가고 불빛은 가물가물 꺼져 간다.

그는 잭슨에 갔다. 미쳐서 잭슨에 갔다. 미치는 사람이 많지는 않다. 아버지, 캐시, 주얼, 듀이 델, 나, 모두 미치지 않았으니까. 우린 미치지 않았고 그래서 잭슨에 가지도 않았다. 달.

암소 한 마리가 딸각거리며 걸어가는 소리가 한참 동안 들린다. 광장을 가로지른다. 고개를 숙이고 딸각거리며, 음매 하고 운다. 암소가 음매 울기 전, 광장에는 아무도 없었다. 그런데 광장이 비어 있진 않다. 암소가 운 다음에는 광장이 텅 비었다. 딸각거리며 계속 걸어간다. 다시 음매 하고 운다. 내 형은 달이다. 그는 기차를 타고 잭슨에 갔다. 기차를 타서 미친 것은 아니다. 우리 마차 안에서부터 미쳐 있었으니까. 달. 누나는 가게 안에 꽤 오래 있었다. 암소도 가버렸다. 가버린 지 한참 지났다. 암소가 여기 있었던 시간보다 더 오랫동안 누나는 안에 있었다. 그러나 광장이 텅 빈 시간만큼 길지는 않았다. 달은 내형이다. 내 형 달.

듀이 델이 나왔다. 그녀는 날 쳐다본다.

"이제 저쪽으로 돌아서 가자." 내가 말한다.

그녀는 날 쳐다본다. "효과가 없을 거야." 그녀가 말한다. "나쁜 놈이야."

"누나. 뭐가 효과가 없을 거라는 거지?"

"그냥 알 수 있어." 그녀는 말한다. 그녀는 아무것도 보지 않는다. "다 알 수 있어."

"우리 저쪽 길로 가자." 내가 말한다.

"어서 여관으로 가야 해. 너무 늦었거든. 아무도 모르게 살짝 들어가야 해."

"잠깐 들러보면 안 될까?"

"차라리 바나나를 먹는 편이 낫지 않겠니? 그렇지 않아?"

"그래." 내 형, 그는 미쳐서 잭슨에 갔다. 잭슨은 먼 곳이다.

"효과가 없을 거야." 듀이 델이 말한다. "분명해."

"뭐가 효과가 없다는 거지?" 잭슨에 가기 위해 그는 기차를 타야만 했다. 난 기차를 타본 적이 없는데……. 그러나 달은 기차를 타고 있다. 달. 달은 내 형이다. 달. 달.

달

달은 잭슨에 갔다. 낄낄 웃고 있는 그를 기차에 집어넣었다. 낄낄거리면서 기다란 기차 안에서 걸어다녔다. 그가 지나갈 때 사람들은 올빼미같이 생긴 머리를 돌려 그를 보았다. "왜 웃는 거지?" 내가 물었다.

"맞아 맞아 맞아 맞아."

두 남자가 그를 기차에 태웠다. 그들은 오른쪽 뒷주머니가 불룩한, 잘 어울리지 않는 코트를 입고 있었다. 최신 이발사들은 캐시의 초크라인 같은 도구를 사용하는지, 목덜미가 말끔하게 면도되어 있었다. "저 총 때문에 웃는 것인가?" 내가 말했다. "왜 웃는 거지?" 내가 묻는다. "웃음소리가 싫어서 웃는 것인가?"

그들은 자리 두 개를 합쳐 달을 앉혔다. 창문 옆에 앉아서 달은 실컷 웃었다. 한 사람은 그의 옆자리에 앉고, 또 한 사람은 그 앞에 앉아 거꾸로 가고 있었다. 그들 중 한 사람은 거꾸로 가야만 했다. 미시시피의 돈은 각각 앞면과 뒷면이 붙어 근친상간을 하고, 그 돈으로 그들은 기차를 타고 있다. 5센트짜리 동전은 한 면에 여자가 있고 다른 면엔 물소가 새겨져 있다. 얼굴만 두 개고 뒤통수가 없다. 왜 그런지 모르겠다. 달은 전쟁 중 프랑스에서 얻은 쌍망원경 하나를 가지고 있었다. 그 안에는 여자와 돼지가 새겨져 있었는데, 얼굴은 없고 모두 뒤통수만 있었다. 그게 뭔지 나는 알고 있다. "달, 그래서 웃고 있는 건가?"

"맞아 맞아 맞아 맞아 맞아 맞아."

마차가 광장에 매여 있다. 노새는 미동도 없고, 고삐는 좌석 밑 용수철에 감긴 채로 마차의 후미가 법원을 향하여 서 있다. 그곳에 서 있는 수백 개의 다른 마차들과 똑같이 평범하다. 주얼은 마차 옆에 서서 다른 사람들처럼 거리를 올려다보고 있다. 그러나 특이한 뭔가가 있긴 하다. 이제 막 떠나려 하는 낌새가 분명하다. 듀이 델과 바더만이 마차의 좌석에 앉아 있고 마차 안의 깔판에 누워 있는 캐시가 종이 봉지에서 바나나를 꺼내 먹고 있기 때문인지도 모른다. 달, 그래서 웃고 있는 건가?

달은 우리 형제다. 우리 형제 달. 잭슨의 새장에서 살게 될, 우리 형제 달, 조용한 철망의 틈새에 때 긴 손을 가볍게 올려놓고 밖을 바라보며 거품을 뿜게 되겠지. "맞아 맞아 맞아 맞아 맞아 맞아 맞아."

듀이 델

아버지가 내 돈을 결국 보고야 말았다.

"내 돈이 아니에요. 내 것이 아니란 말이에요."

"그럼, 누구의 돈이야?"

"코라 툴의 돈이지요. 툴 부인이요. 부인의 케이크를 판 돈이에요."

"케이크 두 개에 10달러라고?"

"건드리지 말아요. 내 것이 아니란 말이에요."

"넌 처음부터 케이크를 가지고 있지 않았다. 모두 거짓말이었어. 그 보따리에 들어 있던 것은 나들이용 정장이었지."

"절대로 건드려서는 안 돼요. 만약 손대면 아버지는 도둑이나 마찬가지예요."

"딸이 아버지를 도둑 취급하다니 바로 내 딸이⋯⋯."

"아버지."

"내가 너를 먹이고 입혀 이만큼 키웠다. 사랑으로 보살펴 왔지. 그런데 내 딸이, 내 죽은 아내의 딸이 감히 엄마의 무덤 앞에서 날 도둑이라 부르다니……."

"말했잖아요. 내 것이 아니라고. 내 것이라면 맹세코 아버지가 가질 수 있어도, 정말 내 것이 아니에요."

"이 10달러를 어디서 구했지?"

"아버지."

"대답을 못 하는군. 뭔가 부끄러운 짓을 해서 번 돈이기 때문에 감히 말할 수 없는 것이냐?"

"내 돈이 아니에요. 왜 이해하지 못하세요? 내 돈이 아니라고요……."

"이 애비가 돈을 갚지 않겠다고 하디? 제 아비를 도둑이라고 부르다니……."

"그럴 수 없어요. 내 돈이 아니니까요. 내 돈이면 드릴 수 있을 거예요."

"그 돈을 빼앗으려는 게 아니야. 십칠 년 동안 먹여놓은 딸이 겨우 10달러 빌린다고 앙탈을 부린단 말이냐."

"내 것이 아니에요. 빌려드릴 수 없어요."

"그럼 누구 돈이지?"

"무엇인가 사기 위해 필요한 돈이에요."

"뭘 사려고?"

"아버지."

"그냥 좀 빌린다니까? 오, 맙소사. 자식이 아비를 비난하다니…… 아낌없이 가진 것 모두 주었건만…… 아낌없이, 기꺼이 주었건만…… 그런데 이제 와서 아비 말을 듣지 않고…… 오 애디, 당신은 이런 꼴 안 보고 일찍 죽었으니 행운이오, 애디……."

"아버지."

"정말 당신은 행운이오."

아버지는 결국 내 돈을 빼앗고는 나가버린다.

캐시

처음 삽을 빌리러 갔을 때 그 집에서 축음기의 음악 소리가 들렸었다. 삽을 다 쓰고 나자, 아버지가 말한다. "삽을 돌려주러 가야겠군."

그래서 우리는 그 집으로 가게 되었다. 주얼이 말한다. "캐시를 피바디에게 데려가야겠어요."

"잠깐이면 된다." 아버지가 말하고는 마차에서 내린다. 음악 소리는 멈췄다.

"바더만에게 시키세요." 주얼이 말한다. "아버지가 다녀오는 시간의 반쯤밖엔 걸리지 않을 겁니다. 아니면, 제가 다녀오지요."

"아니, 내가 다녀올게." 아버지가 말한다. "삽은 내가 빌린 것이니까 내가 돌려줘야지."

그래서 우리는 마차에 앉아 기다렸다. 음악 소리는 들리지 않았다. 우리에게 축음기가 없는 것은 차라리 다행스럽다. 음악을 들으면서 무슨 일을 할 수 있겠는가. 그러나 이따금 듣는다면 정말 멋질 것이다. 피곤한 저녁에 음악을 조금 들을 수 있다면 피로가 확 풀릴 것 같다. 손잡이가 있어서 마치 가방처럼 여닫는 축음기를 본 적이 있다. 원한다면 어디든지 가지고 다닐 수도 있고.

"아버지는 안에서 도대체 뭘 하고 있는 거지?" 주얼이 말한다. "내가 갔다면 지금쯤 열 번은 왔다 갔다 했을 텐데."

"시간이 많이 필요하신 모양이지." 내가 말한다. "아버지는 너처럼 민첩하지 못하니까."

"그렇다면 왜, 내가 가도록 내버려두지 않았을까? 어서 형의 다리를 고치고 내일이면 집으로 가야 할 텐데……."

"시간은 충분해." 내가 말한다. "할부로 사면 저 기계 값이 얼마나 될까?"

"할부로 무엇을 사는데?" 주얼이 묻는다. "뭘 사려는 건데?"

"사람 일은 알 수 없단 말이야." 내가 말했다. "서랫한테서라면 5달러에 살 수 있었을지도 몰라."

아버지가 돌아온 다음 우리는 피바디에게 갔다. 병원에 있는 동안 아버지는 이발소에 가서 면도를 하겠다고 나가버렸다. 그날 밤 아버지는 볼일이 있다면서 외출했다. 그런데 그 말을 하면서 아버지는 어쩐 일인지 우리의 눈길을 피하면서도, 머리는 단정하고 매끈하게 빗어 넘겼고 향수 냄새를 풍겼다.

내버려두라고 내가 말했다. 어쨌든 음악을 좀 더 들을 수 있는 것은 좋은 일이었기 때문이다.

다음 날 아침, 아버지는 다시 어디론가 나갔다가 돌아왔다. 마차를 풀고 떠날 채비를 하라고 말한 뒤, 곧 돌아오겠다고 덧붙였다. 식구들이 밖으로 나가자, 아버지는 내게 다가와 물었다.

"너, 돈 좀 있니?"

"피바디 의사가 여관 숙박비만큼만 돈을 주었어요." 내가 말했다. "이제 돈 들 일이 없잖아요?"

"맞아." 아버지가 말한다. "이제 돈이 필요 없지." 그는 나를 쳐다보지 않은 채 가만히 있었다.

"필요한 것이 굳이 있다면, 피바디 선생이 다시 도와줄 겁니다."

"아니다." 아버지가 말했다. "더 이상 필요한 것은 없다. 모퉁이에서 기다려라."

주얼은 나를 마차에 태우고 광장을 가로질러, 아버지와 만나기로 약속한 모퉁이로 갔다. 듀이 델과 바더만은 바나나를 먹으며 마차에 앉아 기다리고 있었다. 그때 그들이 나타났다. 죽은 어머니가 알면 별로 기분 내키지 않을 뭔가를 저지른 사람처럼 아버지는 대담하면서도 비열한 표정을 짓고 있었다. 그의 손에는 가방이 들려 있었다. 주얼이 묻는다.

"저 사람이 누구죠?"

그러고 보니 아버지가 평소와 다르게 보인 것은 손가방 때문이 아니었다. 바로 그의 얼굴 때문이었다. 주얼이 말한다. "이를 해 넣으셨군."

사실이었다. 새로 해 넣은 의치는 아버지의 머리를 반듯하게 세워줘서, 놀랍게도 키가 30센티쯤 더 커 보이게 했다. 그래서 더욱 당당하면서도 동시에 비열하게도 보였다. 그의 뒤에는 한 여자가 보였다. 오리같이 생긴 여자가 정장 차림으로 서 있었다. 손에는 가방을 들고, 마치 아무도 말하지 못하게 윽박지르려는 듯이 툭 튀어나온 눈을 하고 있었다. 듀이 델과 바더만은 먹던 바나나를 손에 쥔 채 입을 반쯤 벌리고 쳐다보았다. 여자는 아버지의 뒤에서 나와 우리를 바라보았다. 당당하게. 그러고 보니, 그녀의 손에 들린 가방은 소형 축음기였다. 이 모든 것은 이제 변할 수 없는, 그러나 그림처럼 예쁘게 틀에 박힌 사실이었다. 이제 우편으로 주문한 새 음반을 틀어놓고, 겨울에는 집 안에 앉아 음악을 듣게 되겠지. 달이 그 음악을 즐기지 못하다니, 참 안된 일이다. 그러나 그편이 낫지. 이 세상은 달의 세상이 아니고, 이곳의 삶은 그의 삶과는 다르니까.

"이쪽이 캐시이고, 주얼, 바더만, 그리고 듀이 델이오." 비열하면서도 당당하게, 우리를 바라보지 않은 채 아버지가 우리를 소개한다. 그는 이제 의치도 있고 모두 다 가진 듯하다. "얘들아. 새엄마, 번드런 부인이다." 아버지가 말한다.

어머니를 묻기 위한 부조리한 여행

윌리엄 포크너는 현대 미국 문학에서 가장 위대한 작가 중 하나로 꼽힌다. 생전에 서른 권의 소설을 출간하였고, 퓰리처상을 비롯하여 작가로서 영예로운 여러 상을 받았으며 마침내 1949년에 노벨 문학상을 수상하였다.

1897년 미시시피주의 뉴올버니에서 출생한 포크너는 평생 같은 주의 옥스퍼드에 머무르며 작품을 저술하였다. 젊은 시절 포크너는 부기 사무소, 서점, 전기 발전소, 우체국 등 작가와는 무관한 직장을 전전하다가 저명한 소설가 셔우드 앤더슨(Sherwood Anderson)의 도움으로 첫 소설을 출판하게 된다. 자신의 가족뿐 아니라 동생들, 처가까지 부양하는 부담을 짊어진 탓에 포크너는 돈을 벌기 위해 글을 써야 하는 경우가 많았다. 그러나 돈을 벌기 위한 상업적 소설과 예술적인 소설이 전혀 다른 것은 아니었다. 어느 소설이든지 그의 작가 의식은 살아 있고, 노벨상 수상 연설에서 밝힌 대로 "인간에 대한 연민과 희생, 그리고 인내할 수 있는 능력"에 대한 것이었다. 1962년 심장마비로 사망하기까지 발표한 대표적인 작품으로 『음향과 분노』(1929), 『내가 죽어 누워 있을 때』(1930), 『8월의 빛』(1932), 『압살롬, 압살롬!』(1936), 『정복되지 않은 사람들』(1938), 『무덤 속의 침입자』(1948), 『한 수녀를 위한 애가』(1951), 『우화』(1954), 『회상』(1962) 등이 있다. 그 외에도 많은 장편과 단편 소설, 그리고 시집을 출간하였다.

포크너의 작품 세계를 설명하면서 빠질 수 없는 것은 그가 남부 태생이라는 사실이다. 미국의 역사에서 남부는 독특한 역사적 문화적 배경을 지닌다. 식민지 시대의 초기에 형성된 남부 지역은 유럽의 영향이 비교적 짙고, 변화에 보수적인 전형적인 농경사회였다. 노예제도를 기반으로 삼아 담배와 목화를 생산하여 유럽에 수출함으로써 경제적인 풍요로움을 누렸고, 토지와 부의 세습을 통해 유럽과 비슷한 귀족, 자작농, 소작농, 노예라는 비교적 뚜렷한 사회계층을 형성했다. 그러나 남북전쟁이 끝나고 찾아온 경제의 쇠퇴와 자신감의 상실은 이후 남부 문학의 주된 정서적 바탕을 이루었다. 그것은 과거 넉넉한 농경사회를 동경하는 비극적 상실감과 함께, 인종 갈등과 억압적 종교에 대한 죄의식을 포함하고 있었다. 포크너는 이러한 남부의 정서를 문학 속에서 재현하였고, 그 재현은 지역적 특수성을 넘어 보편성을 획득하고 있다.

따라서 포크너의 문학은 정치적이기보다는 실존적이다. 그의 작품에서 인종적 억압의 문제는, 백인이 흑인을 억압하는 직설적 드라마보다는 원주민이 흑인을 착취하는 상황 설정 속에서 다루어짐으로써 정치적 인종 갈등을 넘어 인간사 전반의 다양한 착취 구조를 주목하게 한다. 성(性)적 억압의 문제 역시 남성의 억압에 항거하는 여성이라는 다분히 정치적 설정보다는, 모든 인간관계에 존재하는 억압 구조에 대한 불만을 극화한다. 다양한 형태의 억압과 착취를 극복하고 상호간의 불완전함에 대한 동정과 연민, 인내, 사랑을 베풀 것을 그는 잠잠히 주장하고 있는 것이다.

포크너는 기법의 실험성 때문에 흔히 미국의 제임스 조이스라 할 만하다. 작품의 여러 곳에서 발견되는 서체의 변화, 문장 중간의 공백과 도형의 삽입 등은 다소 공격적으로 보이기도 한다. 서체의 변화는 작품의 화자가 말하는 표면의 이면에서 진행되는 또 다른 생각의 흐름을 구별하기 위하여 사용되는데, 언어 이전의 의식을 아무런 표시 없이 불쑥 들이대는 제임스 조이스나 버지니아 울프보다는 독자에게 사실상 훨씬 친절한 편이다. 느닷없이 등장하는 포크너의 의도적인 공백이나 도형 역시, 언어로 표현할 수 없는 존재를 재현하기 위한 어쩔 수 없는 선택이고, 이러한 기호는 언어보다 오히려 효과적인 경우가 많다.

포크너의 기법적인 특성으로 주목할 만한 것은 다양한 관점을 사용한 서술 구조다. 일상생활에서 우리는 흔히 양편 모두의 이야기를 들어봐야 제대로 사태를 파악할 수 있다고 말한다. 그만큼 상황은 화자의 관점에 따라 재구성될 수 있고,

재구성된 그림은 서로 판이하게 다를 수 있다는 것이다. 더구나 포괄적인 관점을 도리어 불신하고(왜냐하면 불가능하므로) 저마다 다른 관점의 일리를 인정하는 현대의 분위기에서 볼 때 포크너는 소설에서 시점이 만들어내는 다양한 함축성을 미리 꿰뚫고 이를 선구적으로 실천한 작가라고 할 수 있다.

그러나 포크너의 난해함은 흔히 말하듯 그의 기법상의 실험성 때문은 아니다. 그의 난해함은 복잡하고 인위적인 언어 구조에서 비롯된다. 예를 들어, 대명사의 사용이 불분명하여 전후 맥락을 살펴도 뜻을 파악하기 힘들고, 기괴한 메타포는 해석하기가 더욱 어렵다. 원관념과 보조관념의 거리가 멀수록 상징이나 메타포는 인위적이고, 이해하기가 더욱 곤란하다. 즉 특별한 상상력이 요청되는 것이다. 미국인의 세세한 문화적 습관에 익숙하지 않은 외국인에게 포크너의 메타포는 더더욱 난해해서 소설의 심오함에도 불구하고 기피되는 경향이 없지 않다.

그럼에도 불구하고 포크너의 문체는 아름답고 서정적이다. 지나치게 기발한 상징을 제외하면 대부분 시적이고 지성적이다. 끔찍한 폭력으로 점철된 『8월의 빛』과 같은 작품도 마지막 페이지를 넘기면 고요한 평화가 느껴진다. 폭력을 묘사할 때조차 포크너는 폭력 자체보다는 폭력이 만들어내는 감성적 반응에 더욱 주목하는데, 이러한 내면 묘사가 오히려 부드러운 여운을 남긴다. 그래서 살인자인 조 크리스마스에게조차 연민을 느끼게 한다. 그 힘은 바로 포크너가 의도하는 것이고 그의 문체를 통해 가능해진 것이다.

포크너의 작품 전반에 흐르는 어두운 현실 묘사는 출구가 없는 막막한 상황이면서도 유럽의 소설들처럼 한 줄기의 빛도 스미지 않는 막막한 어둠만은 아니다. 컴프슨 가의 비극적 몰락을 다루는 『음향과 분노』조차 마지막 장면은 희망을 예감케 한다. 화려한 과거를 지닌 귀족 컴프슨 가의 말로는 지능이 세 살배기에 머무르는 백치인 막내, 가족에게 탕녀로 낙인 찍혀 추방당한 외동딸, 온 가족의 기대를 모았으나 자살한 장남 퀜틴, 천박한 상업주의의 상징인 차남 제이슨의 면면에서 보듯이, 가문이 재기할 희망은 보이지 않는다. 마치 비극의 코러스와도 같이 백치 벤지의 칭얼거림은 작품 전체에 계속되고 있어서 작품을 다 읽고 나면 그의 울음 소리만 들리는 듯하다. 그러나 포크너는 명문가의 몰락이 자아내는 허무감과 삶에 대한 비극적 인식에 머물지는 않는다. 컴프슨 가의 비극적 몰락의 한가운데에는 엷게 비쳐 나오는 희망의 빛이 존재하기 때문이다. 그것은 허물어진 잔해 속에서 고요한 평화를 찾은 벤지의 맑은 눈빛이며, 회개를 외치며 광야에서 울부짖는 세례 요한의 이글이글 타는 눈과는 다른, 십자가에 못 박히는 무력한 구세주의 눈빛이다. 그의 무력함은 제자들을 뿔뿔이 흩어버리고 그들의 희망을 앗아가지만, 죽은 후 부활하는 구세주는 무력하고 약한 존재의 진짜 힘을 보여주고 있다. 비록 활활 타는 강렬한 빛은 아니어도 희망은 희미하나마 남아 있는 것이다.

또 다른 대표작 『8월의 빛』도 마찬가지다. 제목 자체인 8월의 빛은 뜨거운 여름이 서서히 수그러드는 초가을, 아직 덥지만 어딘가 시원한 가을을 예감하게 하는 한결 부드러워진 여성적인 빛이다. 인간의 욕정과 폭력이 뜨겁게 난무하는 삶의 한가운데를 지나, 생의 언저리에서 인생에 대한 보다 지혜로운 전망을 얻게 되는 시점이다. 자신이 저지른 살인에 대한 대가로 남근이 거세된 후, 비남성으로서 평화롭게 주변을 응시하는 조 크리스마스가 생의 마지막에 얻게 된 삶에 대한 전망인 것이다. 그 전망은 허무적이지 않고 희망적이다. 자신의 삶을 통째로 바꾸고 싶어 하는 버든에게서 벗어나고자, 그의 주장대로 내적 평화를 얻으려고 버든을 살해하지만, 그의 평화는 관계를 떠나 고립 속에서 얻어지는 평화에 불과했다. 타인에 대한 희망과 기대를 접고 홀로 고고한 평화가 아니라, 더불어 연민하고 용서하는 가운에 고요히 스미는 참다운 평화를 최후의 순간에 얻게 되는 것이다.

최근 여러 분야에서 '미국적'인 것이 무엇인가에 대한 많은 연구가 진행 중이다. 19세기 중반 프랑스의 역사가 알렉시 드 토크빌은 미국적 특성을 만들어내는 가장 중요한 요소로 사회적 유동성을 꼽았다. 유럽과 달리, 광활한 대륙 위에 세워진 미국은 언제든지 원하면 옮겨 갈 땅이 있었기에 미국인은 낙천적일 수 있었고, 언제든지 이주할 수 있다는 가능성은 그들을 개인적이고 독립적으로 만들었다. 새로이 들어오는 다양한 사람들 속에서 공동체를 유지하는 유일한 수단은 법밖에 없었기에 미국인의 준법정신은 어느 나라 사람보다 강하게 되었다. 더불어 미국인 특유의 낙천성은 일상생활의 유머 감각과도 밀접하게 연관되어 있으며, 이 점이 20세기의 회의적이고 허무적인 서구 사회 전반의 지적 풍토 속에서도, 미국 문학에서는 여리나마 낙관적 희망이 불식되지 않는 이유다. 포크너 역시 20세기의 허무적인 지적 풍토에 젖어 있으면서도, 미국인 특유의 낙관성을 잃지 않고 언뜻 어두워 보이는 소설에도 늘 빛이 스며 있다.

『내가 죽어 누워 있을 때』는 앞서 설명한 작품들보다 훨씬 더 암울하다. 죽은 어머니를 묻기 위해 관을 끌고 더운 여름날 40마일(64킬로미터)이 넘는 길을 돌아가는 부조리한 여정을 담은 이 소설은 언뜻 매우 단순한 이야기 같으나 실상 복잡하고 다층적인 해석이 가능한 작품이다.

우선, 기독교 문화권인 미국의 소설에서 40이란 숫자는 성경적인 해석이 가능하다. 신의 진노가 땅에 미치는 노아의 홍수가 40일이었고, 가나안에 들어가기까지 이스라엘 민족이 광야에서 헤맨 것이 40년이었으며, 예수가 전도를 시작하기 전 황야에서 금식한 기간이 40일이었다. 고난을 상징하는 40이란 숫자는 아기가 어머니의 배 속에 머무르는 40주란 숫자와도 맞아떨어진다. 반나절 거리인 40마일을 열흘 걸려 여행하여 비로소 땅속의 평화를 얻는 죽은 어머니와 가족들의 여정은 황야에서 헤매는 고난을 상징하고 있다.

이 작품의 핵심적인 사건은 역시 애디의 죽음이다. 애디가 화자로서 말하는 부분은 단 한 개의 장에 불과하지만, 제목의 '나'는 죽어서도 주변의 정황을 인식하는 듯한, 죽어서도 영향력이 있는 존재이다. 스스로 자신을 '비움'으로 인식하면서도 다른 이들의 가슴을 '채우고' 있는 존재다. 그런 애디가 죽어가며 누워 있을 때, 세상에서 가장 친밀한 존재인 어머니를 잃은 가족들의 태도는 다양하다. 그리고 그들의 상실감은 시간이 지남에 따라 다양한 방식으로 대체된다. 아버지는 새 의치와 후처를 얻음으로써, 캐시는 새어머니가 가져오는 축음기를 기뻐하면서, 듀이 델과 바더만은 바나나를 먹는 일상으로 복귀함으로써, 그들 모두의 상실은 쉽게 잊혀질 듯하다. 주얼은 그 특유의 목석 같은 성품 탓에, 상실이 그에게 그다지 큰 흔적을 남기지 않으리라 생각된다. 다만, 상실을 무엇으로도 대체할 수 없는 달은 홀로 정신병원으로 향하게 된다.

결국 이 작품은 죽음에 대한 이야기인데, 그토록 큰 자리를 차지하는 어머니의 존재도 사멸과 함께 잊혀지는 정황은 삶에 대한 허무적 인식을 바닥에 깔고 있다. 그럼에도 불구하고 작품을 읽어보면 폭소를 자아낼 만큼 유머러스한 장면이 상당히 많다. 희극적 사건은 주로 애디의 남편 앤스에 의해 만들어진다. 무능한 남편, 자식들의 돈을 갈취하는 파렴치한 아버지, 땀을 흘리면 죽는다는 이유로 이웃의 노동력을 공짜로 이용하는 얌체인 그는 홍수와 화재의 위기 상황에서 대처 능력을 상실한 어리석음, 아내를 땅에 묻자마자 새 여자를 얻는 교활함을 보여주며 작품의 어두운 주조 가운데, 밝은 희극적 요소가 되고 있다. 벤지나 조 크리스마스의 빛처럼 기분 좋은 밝음은 아니어도, 비극을 희석시키는 충분한 역할을 수행하고 있다.

『내가 죽어 누워 있을 때』를 해석하고 연구하는 관점은 다양하다. 가족들의 여정을 자연의 힘에 대항하는 영웅적인 행

위로 보는가 하면, 무의미하고 부조리한 여행으로서 보는 견해도 있다. 아울러 달의 난해한 구절에 초점을 맞춰 포크너의 존재론적 견해를 밝히는 연구도 상당히 많다. 작품에 대한 이데올로기적 연구가 주류를 이루는 1990년대 이후 한국에서는 포크너의 인종과 성, 생태적 입장에 대한 연구가 활발한 가운데, 특히 이 작품에 대해서는 애디의 죽음이 상징하는 침묵과 공백에 대한 여성주의적 접근이 참신하게 이루어지고 있다.

존재의 무게를 되도록 가볍게 다루고 싶어 하는 오늘날의 문학에 비해 포크너의 작품은 지나치게 진지하게 느껴질 수 있다. 혹은 무한히 확장되는 해석의 바다에서 표류하는 최근의 소설들 속에서 포크너 문학은 과도하게 교훈적으로 다가올 수도 있다. 언어를 불신하면서도 그는 여전히 진리를 전달하는 도구로서의 문학을 신뢰하고 있으며, 삶의 무의미함에 절망하면서도 여전히 더불어 사랑하는 삶을 주장하고 있기 때문이다. 포크너가 죽은 지 반세기가 넘은 지금에도 포크너를 말하는 것이 유의미한 까닭은 인간에게 항존하는 보편적 가치를 담고 있기 때문이다.

머리는 명석한데 삶에 대한 성찰과 느낌이 없는 사람들이 주변에 많다. 타인을 이해할 수 있는 상상력도 없다. 그런 사람들에게 포크너를 권하고 싶다. 한 점으로 작아지는 자신을 발견하며 존재가 확대되는 기쁜 체험이 있길 바란다.

작가 연보

1897년   미국 미시시피주 뉴올버니에서 태어났다.

1902년   같은 주의 옥스퍼드로 이주했다. 이후 대체로 이곳에
          서 일생을 보냈다.

1924년   첫 시집 『대리석 목신(The Marble Faun)』을 출간했다.

1926년   첫 소설 『병사의 봉급(Soldiers' Pay)』을 출간했다.

1927년   소설 『모기(Mosquitoes)』를 출간했다.

1929년   소설 『사토리스(Sartoris)』와 『음향과 분노(The Sound
          and the Fury)』를 출간했다. 어릴 적 친구인 에스텔 프랭
          클린과 결혼했다.

1930년   소설 『내가 죽어 누워 있을 때』를 출간했다.

1931년   소설 『성역(Sanctuary)』을 출간했다. 첫딸이 태어났으나
          아흐레 만에 사망했다.

1932년	소설 『팔월의 빛(Light in August)』을 출간했다. 할리우드의 MGM사와 계약하여 시나리오 작가로 일하기 시작했다.
1933년	딸 질 포크너가 태어났다.
1936년	소설 『압살롬, 압살롬!(Absalom, Absalom!)』을 출간했다.
1948년	미국예술원(American Academy of Arts and Letters) 회원으로 피선되었다.
1950년	노벨문학상을 수상했다.
1951년	『단편집(Collected Stories)』으로 내셔널 북어워드(National Book Award)를 수상했다.
1954년	소설 『우화(A Fable)』를 출간했다. 이 책으로 내셔널 북어워드와 퓰리처상을 수상했다.
1960년	버지니아 대학의 교수로 임명되었다.
1962년	전미예술가협회(National Institute of Arts and Letters)로부터 소설 부분 금메달을 수상했다. 심장마비로 사망, 고향 옥스퍼드의 세인트피터스 묘지에 안장되었다.

세계문학전집 **81**

내가 죽어 누워 있을 때

1판 1쇄 펴냄   2003년 7월 15일
1판 48쇄 펴냄   2024년 8월 9일

지은이   윌리엄 포크너
옮긴이   김명주
발행인   박근섭, 박상준
펴낸곳   (주)민음사

출판등록   1966. 5. 19. (제 16-490호)
서울특별시 강남구 도산대로1길 62(신사동) 강남출판문화센터 5층 (우편번호 06027)
대표전화 02-515-2000 팩시밀리 02-515-2007
www.minumsa.com

© 김명주, 2003. Printed in Seoul, Korea

ISBN 978-89-374-6081-4 04800
ISBN 978-89-374-6000-5 (세트)

세계문학전집 목록

세계문학전집은 계속 간행됩니다.